Conformément aux statuts de la Société des Textes Français Modernes, ce volume a été soumis à l'approbation du Comité de lecture, qui a chargé MM. Roger Guichemerre et Roger Zuber d'en surveiller la correction en collaboration avec Mme Françoise Gevrey.

Cet ouvrage est publié avec le concours du C.N.R.S.

Contes moins contes que les autres
précédés de
L'Illustre Parisienne

L'Illustre Parisienne, frontispice de l'édition :
Nancy et Paris, P. Witte, 1714.

Jean de Préchac

Contes
moins contes que les autres

précédés de
L'Illustre Parisienne

édition critique publiée par
Françoise Gevrey
Paris, Société des Textes Français Modernes 1993

ISSN 0768-0821
ISBN 2-86503-231-0

INTRODUCTION

L'abondance et la mode nuisent souvent à un écrivain. Parce qu'il composa quelque trente ouvrages en treize ans, non sans s'accorder des facilités pour plaire à ses lecteurs, on a refusé à Préchac la considération qu'on accorde à un auteur digne de passer à la postérité. Au reste, il eut sans doute conscience, comme Voiture en son temps, de produire une littérature de divertissement, toute orientée vers le succès immédiat et non vers l'avenir. C'est pourquoi il choisit les genres de la nouvelle et du conte dont il attrapa l'esprit et la manière tout en affectant de s'en détacher. *L'Illustre Parisienne* et les *Contes moins contes que les autres* sont pourtant des œuvres que les lecteurs du XVIIIᵉ siècle ont connues, car elles furent rééditées, reprises dans des recueils et même traduites. Elles expriment le goût du temps pour une littérature galante et enjouée qui frôle parfois la parodie. Mais il ne faudrait pas s'en tenir à cet intérêt esthétique. Les deux œuvres portent, à vingt ans d'intervalle, un regard sur l'histoire. Lorsque Préchac entreprit la rédaction des contes, il s'était fixé un dessein : célébrer le règne de Louis XIV après la paix de Ryswick. Ces contes sont donc un document susceptible d'éclairer le mythe politique qui se forma autour de la personne et de l'action du souverain.

« *Je suis bon compatriote, mais je suis encore meilleur serviteur du Roi* »[1].

L'identité de Préchac resta longtemps obscure. Ses contemporains n'ont presque rien retenu d'une existence de courtisan revenu sur le tard dans sa province. C'est seulement au début de notre siècle que la destinée de ce romancier abondant fut éclaircie grâce aux recherches d'un généalogiste érudit[2]. La publication de la Correspondance par R. Le Blant[3] vint ensuite préciser les contours d'une personnalité encore mal connue. Malgré ces documents, des lacunes subsistent : on ne peut toutes les combler par les témoignages de la fiction, suspecte d'embellir l'image d'un auteur qui cherche tantôt à plaire, tantôt à provoquer, lorsqu'il se montre sur le devant de la scène.

Jean de Préchac naquit probablement en 1647, à Buzy, un petit village des Pyrénées-Atlantiques, près d'Oloron-Sainte-Marie, à l'ouverture de la vallée d'Ossau, sur la route de l'Espagne. Préchac aime à rappeler qu'il est né gentilhomme ; sa famille était fixée à Buzy depuis le XVIe siècle, mais son père n'avait qu'une noblesse récente et modeste ; l'écrivain se vante donc quelque peu en affirmant, en 1700, qu'il appartient à « l'une des principales familles »[4] de sa province. Le nom de Préchac garantit ses origines béarnaises[5] qui ne furent jamais reniées par l'écrivain et par le courtisan. L'action de *L'Héroïne mousquetaire* (1677-1678), une de

---

1. *Lettres de Jean de Préchac* (désignées ensuite par l'abréviation *Corr.*), 22 juin 1715, p. 98.

2. A. de Dufau de Maluquer, auteur de l'*Armorial de Béarn*, et d'une communication publiée en 1910 (voir la bibliographie).

3. *Lettres de Jean de Préchac, Conseiller Garde-Scel au Parlement de Navarre (1691-1715)*, Pau, G. Lescher-Montoué, 1940.

4. *Corr.*, 16 août 1700, p. 29.

5. Préchac est un toponyme assez répandu : on relève deux communes de ce nom des Pyrénées-Atlantiques (près de Navarrenx) et une commune du Gers (Préchac-sur-Adour).

ses premières et meilleures nouvelles, se déroule d'abord dans une famille noble du Béarn. Le récit s'ouvre sur un éloge de cette province : « Quoique le Béarn soit une des plus petites provinces qui obéissent au plus grand Monarque du monde, elle est une des plus considérables par le grand nombre de soldats qui en sortent »[6]. Préchac s'abrite derrière ses origines béarnaises pour jouer la modestie : « Comme je suis d'un pays où l'on se pique peu de bien parler, je me suis toujours défié de mon langage »[7], ou parle ailleurs « des témoignages d'estime que, dit-il, je n'oserais vous répéter par modestie béarnaise »[8]. Les Béarnais sont tous dévoués à Louis XIV, car leur folie « est de croire que le Roi est notre compatriote par rapport à Henri IV »[9].

L'existence de Préchac se déroula en trois périodes, sur lesquelles nous sommes inégalement renseignés : celle de la formation jusqu'à l'âge de 29 ans, celle qui associe la cour et la littérature jusqu'à l'âge de 43 ans, celle du courtisan parlementaire plus souvent retiré en province qu'à la cour jusqu'à sa mort, à l'âge de 73 ans.

Sans doute l'enfant et l'adolescent connurent-ils les étés à la campagne, les granges, les champs de blé, les chasses qui font le décor des premières pages de *L'Héroïne mousquetaire*. Il dut être écolier au collège de Pau, comme le fils de M. de Meyrac, et il rêva d'être envoyé à Paris pour y faire ses exercices. Mais il n'eut pas la destinée d'un Francion ; le narrateur du *Fameux Voyageur* (1682) n'est qu'un double idéalisé qui veut faire croire à une vocation militaire de Préchac, vocation déjà affirmée par « l'auteur » qui, dans *La Valise ouverte*

---

6. *L'Héroïne mousquetaire*, Lyon, Besson, 1692, Ire partie, p. 16.

7. Épître à Dangeau qui accompagne la seconde partie de *L'Héroïne mousquetaire*.

8. *Corr.*, 18 janvier 1715, p. 96.

9. *Corr.*, 28 septembre 1706, p. 64.

(1680), se donne pour « un homme qui a passé sa vie à l'armée et dans les voyages »[10]. C'est vers la robe que fut orienté le jeune homme, puisqu'il fut reçu, le 27 février 1669, avocat au Parlement de Navarre. Le 23 mai 1693, il deviendra conseiller au même Parlement, puis, le 16 mars 1696, Garde-Scel[11] de la Chancellerie de Pau. La formation juridique de Préchac fut sans doute rapide et assortie du traditionnel mépris de beaucoup de nobles pour les professions juridiques et pour leurs tracasseries. Préchac évoque dans une lettre des « paperasses pour l'affaire de la Paulette »[12], et, au moment de vendre une de ses charges, il écrit : « étant entré tard au Palais, je n'en ai jamais bien su le grimoire, et je me fais souvent scrupule de juger »[13].

La culture et la curiosité ne faisaient pourtant pas défaut à Préchac. Son intérêt pour les langues s'accorda avec son goût des voyages. En 1706, il écrit qu'il sait « l'espagnol et un peu d'allemand »[14], les deux langues qui vont favoriser sa carrière à la Cour, et dont il fera usage dans ses nouvelles pour créer des imbroglios ou pour assurer l'authenticité des situations[15] ; en 1710, on aura encore recours à lui pour interroger un espion espagnol. Il faut probablement situer les premiers voyages de Préchac en Espagne et en Italie entre 1670 et 1676. Le courtisan poursuivra cette existence voyageuse, comme l'atteste l'*incipit* du *Fameux Voyageur* : « Ayant eu l'honneur de voir depuis six ans les plus considérables cours de l'Europe, et d'entretenir plusieurs souverains dans leurs

10. *La Valise ouverte*, Paris, Veuve Olivier de Varennes, 1680, « Lettre de l'auteur à M. de Claverie », p. 66.

11. Officier préposé dans les anciennes juridictions pour sceller les expéditions et les arrêts.

12. *Corr.*, 20 novembre 1692, p. 22.

13. *Corr.*, 5 janvier 1706, p. 51.

14. *Corr.*, 14 septembre 1706, p. 61.

15. Voir F. Gevrey, « Images de l'Italie et de l'Espagne dans l'œuvre romanesque de Préchac », Actes du Colloque *Méditerranée*, Toulouse, 1989, p. 319.

états, j'ai cru que le public ne serait pas fâché de voir une relation de mes voyages »[16]. Mais ce personnage est plus noble que Préchac, plus heureux en amour, plus impliqué dans les grands événements de l'histoire. Cependant on ne peut douter des déclarations du romancier sur ses séjours en Italie et en Espagne. L'image qu'il donne de ces pays est certes orientée politiquement et destinée à plaire à la Cour, mais elle garde assez de couleur locale pour fournir un document authentique dans *L'Héroïne mousquetaire* ou dans *L'Ambitieuse Grenadine*. Préchac affirme avoir fréquenté, lors de son voyage en Italie, le salon de la princesse des Ursins, duchesse de Bracciano (« Je l'ai fort pratiquée, et à Rome, et à Paris »[17]), il a aussi connu à Milan le comte de Melgar, dit l'« Amirante »[18]. Il semble bien avoir visité Turin, Gênes, Rome, Messine et Venise[19].

Est-ce quelque rencontre de voyage qui permit à Préchac de s'avancer à la Cour ? Ses écrits ne nous expliquent pas sa désignation comme lecteur de Monsieur, frère du Roi, une faveur qui fut raillée par Gacon, le « poète sans fard », comme une preuve du « mauvais sens » :

Avant que d'un tel mal on coupe la racine,
Les écrits de Pradon vaudront ceux de Racine,
Préchac méritera la charge de lecteur,
Et Perrault du sublime atteindra la hauteur[20].

Préchac et Perrault écriront tous deux des contes et feront l'éloge du siècle de Louis XIV : sans doute sont-ils ici

---

16. *Le Fameux Voyageur*, Paris, Veuve A. Padeloup, 1682, p. 1.

17. *Corr.*, 19 juillet 1704, p. 31.

18. *Corr.*, 6 juin 1696, p. 26.

19. Voir *Le Fameux Voyageur*, et *La Noble Vénitienne*, Paris, Claude Barbin, 1679, p. 1.

20. *Le Poète sans fard ou discours satirique, par le Sr Gacon*, « Cologne », 1696, « Satire contre les femmes », pp. 31-32. Texte cité par Jacques Chupeau, « Jean de Préchac ou le romancier courtisan », *Littératures classiques*, n° 15, 1991, p. 272.

associés dans leur destinée de courtisans et d'écrivains « modernes ».

Cette charge dans la Maison Royale permit à Préchac de devenir le secrétaire et le professeur d'espagnol de Marie-Louise d'Orléans, alors âgée de 14 ans, jusqu'au mariage de cette dernière avec Charles II, roi d'Espagne, qui eut lieu en 1679. Préchac assure qu'il a fait partie du petit cortège qui accompagna la reine à Burgos, puis à Madrid. Ce voyage lui donna l'idée d'une nouvelle galante, *Le Voyage de la Reine d'Espagne* (1680), et la matière de plusieurs épisodes du *Fameux Voyageur* qui résume les cérémonies abondamment décrites dans le *Mercure galant* de l'année 1679[21].

A son retour d'Espagne, Préchac poursuivit sa carrière de « gentilhomme ordinaire du duc d'Orléans ». Au Palais-Royal ou à Saint-Cloud, il a bénéficié des faveurs de Béchameil, surintendant de la Maison de Monsieur ; il a profité de « pensions, table, logements, entrées »[22]. On lui confia des missions, comme celle de recueillir, lors d'un voyage en Hollande, la succession de l'Électeur Palatin, mort en septembre 1680[23]. Préchac se maria en 1682, à Paris, avec Anne-Françoise Rouget, fille d'un docteur en médecine de la Faculté de Montpellier : la *Relation d'un voyage fait en Provence* (1683), qui suit un itinéraire à partir de Montpellier, illustre cet épisode de la vie du romancier.

Mais, pour faire sa cour, Préchac choisit une stratégie qui lui assure notoriété et profits : il va écrire des œuvres de fiction en faisant l'éloge des Grands à qui il dédie ses livres ; les épîtres dédicatoires, souvent signées du nom de l'auteur, s'adressent à la famille royale et à son entourage (Conti, Dangeau, le chevalier de Lorraine) ou à quelques personnalités du Béarn (le gouverneur Louvigny, la duchesse de Gramont).

---

21. *Mercure galant*, septembre 1679, p. 259 et suiv. ; décembre 1679, p. 220, p. 327. Préchac faisait sans doute partie des maîtres qui furent donnés à Mademoiselle (novembre 1679, p. 215).

22. *Corr.*, 5 décembre 1711, p. 90 ; 18 août 1711, p. 89.

23. *Corr.*, 28 janvier 1715, p. 96.

Les éloges distribués dans ces épîtres trouvent un écho dans le cours des récits où le narrateur ne se prive pas de célébrer Monsieur :

> Cependant, Monsieur de Luxembourg arriva devant Saint-Omer dans le temps que Monsieur se préparait à sortir de ses lignes, pour aller au-devant des ennemis, quoiqu'il eût beaucoup moins de troupes qu'eux. [...] On a vu un détail si fidèle et si bien écrit de cette glorieuse bataille, que je n'en pourrais rien dire qui approchât de ce qui a déjà paru. Il est constant que dans les relations qui en ont été faites par les ennemis mêmes, on en attribue tout l'avantage et toute la gloire à l'intrépide Philippe de France, qui se trouva partout, rassurant ceux qui étaient ébranlés, et animant tout le monde par son exemple et par ses ordres »[24].

Préchac fut donc courtisan et romancier entre l'année 1677, date de son premier ouvrage, *La Princesse d'Angleterre ou la duchesse reyne*, et l'année 1690, date de la publication de la deuxième partie de *L'Illustre Parisienne*. Il ne reviendra ensuite à la littérature de fiction qu'en 1698, pour sacrifier à la mode des contes de fées avec les *Contes moins contes que les autres*.

Ce sont les charges de conseiller au Parlement de Navarre et de Garde-Scel qui ramenèrent l'écrivain vers un autre métier et vers d'autres horizons. Sans renoncer à « faire sa cour »[25], il va, à partir de 1691, partager son existence entre les séjours à Buzy et à Pau pour les sessions du Parlement, et les voyages à Paris. Il ne cesse de rêver sur l'élévation qu'on peut espérer à la Cour, comme celle qu'a obtenue le fils de Riquet-Bonrepos[26]. Il reste assez lié avec l'entourage de Monsieur pour obtenir, en 1700, un titre de « maître des requêtes ». Il ne cache guère l'ennui qu'il éprouve au Parlement : « on passe les séances à lire quelqu'un de mes livres qu'on me prie

---

24. *L'Héroïne mousquetaire*, IIe partie, pp. 99-100.
25. *Corr.*, 15 novembre 1692, p. 21 ; 19 juillet 1704, p. 31.
26. *Corr.*, 15 novembre 1692, p. 21.

de porter. Il n'y a pas une affaire, et cependant on ne voit que des robes par la ville »[27]. Tout en veillant sur ses petites récoltes, il entreprend une correspondance suivie, entre 1691 et 1715, avec les ministres du Roi, le contrôleur général des finances Pontchartrain et le secrétaire d'État à la guerre Chamillart. L'identité de ces correspondants ne favorise pas les confidences personnelles (à l'exception d'un petit accident en 1711), mais le caractère de l'écrivain se révèle dans ses réflexions sur les trois sujets qui occupent ses lettres : les relations avec l'Espagne, la situation économique et politique du Béarn, les affaires financières de Préchac. Sur l'Espagne, les informations concernent le rôle joué par la princesse des Ursins[28], ainsi que les témoignages des commerçants ou des soldats qui passent la frontière. Plus personnels sont les jugements de Préchac sur l'état de sa province : il dépeint la misère, les mendiants, les ravages dus au comportement des armées. Il dénonce les abus dans la gestion d'un intendant peu délicat comme Barrillon, ou d'un directeur de la Monnaie. Tout en expliquant la révolte des femmes à Orthez, il se montre aussi dur que Mme de Sévigné en face des révoltes de Bretagne : « si j'en avais été cru, on en aurait branché quelqu'une »[29]. Il s'agit de rassurer le Roi, et Préchac se dit si partisan du centralisme qu'il ironise sur les assemblées, qui le lui feront payer par des exclusions[30]. Toujours soumis aux ordres venus de la Cour, Préchac n'hésite pas à recourir à la délation pour pimenter des écrits qui doivent ne pas ressembler à des « rapsodies de province »[31]. La destinée du romancier croise un moment celle du financier Deschiens qui occupera Robert Challe dans ses *Mémoires* et dans *Les Illustres Françaises*.

Après la mort de Monsieur, survenue en juin 1701, les

---

27. *Corr.*, 21 août 1694, p. 25.

28. *Corr.*, 19 juillet 1704 ; 1er octobre 1712 ; 21 février 1714.

29. *Corr.*, 20 août 1709, p. 73.

30. *Corr.*, 7 juillet 1711, p. 87.

31. *Corr.*, 6 avril 1705, p. 43.

affaires de Préchac prennent une nouvelle allure ; c'est alors la disgrâce : « J'ai perdu [...] à la mort de Monsieur, mille écus de rente et le fruit de 25 ans de service, sans que M. le Duc d'Orléans en donnât d'autre raison que parce que j'étais trop attaché aux Ministres »[32]. Menacé par un édit qui, en octobre 1704, interdit le cumul des charges de conseiller et de Garde-Scel, il est contraint de solliciter et de payer pour être rétabli au Parlement en 1706. La même année, le Roi en personne lui a donné une gratification de 2 000 livres. Ces faveurs, qui consacrent sa place de notable, ont été précédées par un second mariage célébré à Pau le 27 décembre 1705 : Préchac a épousé Esther de Planterose, héritière d'un trésorier général de la Maison de Navarre. En 1709, Préchac fut admis aux États de Navarre, pour la seigneurie de Poey à Buzy. Mais ces honneurs ne mirent pas le parlementaire courtisan à l'abri des difficultés financières, comme le prouve sa lettre du 12 août 1715 :

En 1712, on désunit la charge de conseiller que je vendis 24 mille livres pour subsister et entretenir mon fils à l'armée. [...] Je n'ai jamais été assez riche pour rien acheter. Je n'ai d'autre bien que mes pensions que j'ai acquises par 25 ans de services à la Cour, sans jamais de tracasseries, et seul en France qui eût pension des deux frères. Si des livres, bons ou mauvais, avec une infinité de lettres sur les affaires du temps qui ont souvent diverti le Roi, méritent un renouvellement de finance, je suis dans le cas »[33].

De cette infinité de lettres, une seule nous est parvenue, la *Lettre interceptée du Sultan Soliman Kan, empereur des Turcs, à Guillaume, prince d'Orange* (1690).

Préchac mourut à Pau, le 12 mars 1720, à l'âge de 73 ans. Il fut enterré à l'église de Buzy. Il laissait un fils, né de son premier mariage, qui s'éteignit en 1736, sans postérité.

---

32. *Corr.*, 28 avril 1712, p. 92.
33. *Corr.*, 12 août 1715, pp. 98-99.

« Mon premier métier de faire des livres »[34].

Comme pour la plupart de ses contemporains, le mot *métier* n'avait pas pour Préchac des connotations très positives. Pendant une période assez courte de son existence, il a vécu des revenus de sa plume, ce qui explique le choix de genres réputés faciles et à la mode, et son attitude distante à l'égard d'une œuvre qu'il ne pouvait pourtant renier, sauf à perdre tous les bénéfices de son travail.

Ce métier, exercé avec aisance, fit de Préchac le plus abondant romancier de son temps : trente titres, dont certaines œuvres assez étoffées, comme *L'Héroïne mousquetaire* (près de 1000 pages in-12) ou *Les Nouvelles galantes du temps et à la mode*. L'année même de la première partie de *L'Illustre Parisienne*, furent également publiés le premier volume des *Nouvelles galantes du temps [...]*, *La Noble Vénitienne*, la *Suite du Roman comique* et *Le Triomphe de l'amitié*. Cette abondance fut préjudiciable à Préchac. Dès 1679, Bayle note que l'auteur de *L'Héroïne mousquetaire* « fait des romans à perte de vue »[35], et, en 1734, Lenglet-Dufresnoy n'est guère plus tendre lorsqu'il désigne, dans *De l'Usage des romans*, l'auteur de *La Valise ouverte* et de *Sans Parangon* comme le « copieux auteur d'un grand nombre de petits romans » ou comme « une pépinière de petits romans »[36]. Préchac lui-même n'a pas toujours contribué à donner du sérieux à son œuvre. Confronté à la modestie ou à la désinvolture, le lecteur ne sait parfois à quoi s'en tenir. En effet, pour son auteur, *L'Héroïne mousquetaire* n'est qu'une « petite histoire » que Messieurs de l'Académie Française, « qui seuls ont droit de décider de ces ouvrages, n'examineront pas » (épître à Dangeau). *L'Illustre Parisienne* se donne

---

34. *Corr.*, 24 janvier 1705, p. 39.

35. Lettre à M. son frère aîné, Sedan, 21 janvier 1671, *Nouvelles Lettres de P. Bayle [...]*, La Haye, Jean Van Duren, 1739, t. II, p. 84.

36. *De l'Usage des romans*, « Amsterdam, Veuve Poilras », 1734, t. II, p. 146, p. 281.

pour une « petite historiette »[37], tout comme *Le Gris-de-lin*[38] et *Le Voyage de Fontainebleau*[39].

A ces désignations péjoratives, s'ajoutent plusieurs formes de défi. La littérature ne serait pour Préchac qu'un moyen de gagner de l'argent, si l'on en croit la déclaration sur laquelle s'achève *La Noble Vénitienne* : « L'auteur ayant perdu quelque argent à la bassette, a trouvé moyen de se dédommager, en faisant un livre sur la bassette, dont il a retiré la meilleure partie de ce qu'il avait perdu »[40]. Les jugements méprisants de l'auteur sur ses livres reviennent comme un refrain ; on lit plusieurs fois : « J'ai une si petite opinion de mes livres »[41]. La longue « Réponse de l'auteur à un de ses amis qui l'avait félicité du succès de ses ouvrages », insérée dans *La Valise ouverte* et signée de Préchac, ne fait que confirmer cette attitude :

> Vous n'y songez pas, Monsieur, lorsque vous me félicitez sur mes ouvrages : peut-être ne savez-vous point que je me moque de ceux qui les trouvent bons, et encore plus de ceux qui les achètent ? [...] Quatre jours après je trouvai mon nom dans le *Mercure galant* et dans le *Journal des Savants*, où l'on me traitait d'auteur. Je me suis si bien accoutumé à cette qualité, qu'enfin j'ai cru tout de bon que je l'étais ; et comme j'ai remarqué que la plupart de ceux qui achètent des livres demandent les plus nouveaux, j'en fais un toutes les semaines qui se débite sur la nouveauté de la date, et l'impression est quelquefois vendue avant qu'on se soit aperçu que le livre ne vaut rien[42].

---

37. P. 7.

38. *Le Gris-de-lin*, Épître à Madame la Dauphine, 1680.

39. *Le Voyage de Fontainebleau*, Paris, Cie des Libraires associés, 1678, p. 27.

40. *La Noble Vénitienne ou la Bassette, histoire galante*, Paris, Cie des Libraires associés, 1678, p. 186.

41. Préface de *L'Illustre Parisienne*, p. 5. On relève la même déclaration dans la dédicace de *La Valise ouverte*.

42. *La Valise ouverte*, pp. 66 et 69.

A quelques nuances près, les diverses voix de l'auteur (celle des épîtres, celle des préfaces et celle du personnage-auteur qui fait irruption dans la fiction) s'accordent pour juger avec ironie les œuvres proposées au public de la Cour. Préchac pousse le défi jusqu'à se mettre en scène et à rompre les lois de l'illusion romanesque en désignant l'ouvrage en train de se faire. Christine de Meyrac, travestie en Saint-Aubin, se voit proposer la lecture de L'Héroïne mousquetaire[43] ; le narrateur du Voyage de Fontainebleau écrit en présence du lecteur et des personnages : « Je lui appris que je faisais son histoire, où il y avait des incidents fort singuliers. — Il faut, reprit-elle, que je vous donne de quoi les remplir »[44].

Malgré cette désinvolture, Préchac eut des libraires et des lecteurs. Il reconnaît lui-même que L'Héroïne mousquetaire a été « mieux reçue à la Cour » qu'il ne l'espérait[45]. Il n'ignore pas que le Mercure galant du mois de janvier 1768 a annoncé la troisième partie de son roman avec sympathie : « vous la trouverez écrite avec le même agrément que les deux premières »[46]. Le succès sera confirmé par les rééditions (six en trente-cinq ans) et les traductions en anglais et en flamand de ce petit volume, « assez estimé » encore par Lenglet-Dufresnoy.

L'agrément des narrations rencontrait la mode qui favorisait un genre alors en plein épanouissement. Car, en 1678, on ne lisait pas la seule Princesse de Clèves. La nouvelle, imposée par Segrais, Saint-Réal et Mme de Villedieu, avait complètement triomphé du roman en dix volumes, comme le constate Du Plaisir en 1683 : « Les petites histoires ont

---

43. L'Héroïne mousquetaire. IIIe partie, p. 4.

44. Le Voyage de Fontainebleau, p. 198. Voir aussi p. 203 : « Je dis à Arabella, que si elle voulait visiter la dame avec un habit de cavalier, il lui serait aisé de me fournir matière pour achever mon livre ».

45. Épître dédicatoire à M. de Frizon, avocat, en tête de la IVe partie.

46. Mercure galant, janvier 1678, p. 290.

entièrement détruit les grands romans »[47]. Préchac a sans doute contribué à la situation que Le Noble enregistre avec esprit en 1694 :

> Les longs romans pleins de paroles et d'aventures fabuleuses, et vides des choses qui doivent rester dans l'esprit du lecteur et y faire du bruit, étaient assez en vogue dans le temps que les chapeaux pointus étaient trouvés beaux. On s'est lassé presque en même temps des uns et des autres, et les petites histoires ornées des agréments que la vérité peut souffrir ont pris leur place, et se sont trouvées plus propres au génie français qui est impatient de voir en deux heures le dénouement et la fin de ce qu'il commence à lire[48].

La mode des nouvelles et des histoires correspondait en effet à quelques exigences du goût : brièveté de la narration qui conduit plus vite au dénouement, simplification des intrigues, humanisation des sentiments héroïques, insertion dans une réalité historique datée et souvent proche du lecteur. Préchac a pratiqué toutes les formes de nouvelles : celles qui allient l'inspiration romanesque et galante à l'actualité militaire ou politique, comme *L'Héroïne mousquetaire* ou *L'Illustre Gênoise*. Celles qui traitent d'un sujet historique du XVIe siècle, comme *La Duchesse de Milan* (1682), ou d'actualité, comme *Le Comte Tékély* (1686). Celles qui se déroulent dans un Orient plus ou moins lointain, comme *La Princesse de Fez* (1681) ou *Cara Mustapha Grand Vizir* (1684). La galanterie s'impose dans *L'Ambitieuse Grenadine* (1678), *L'Illustre Parisienne* ou *Le Beau Polonais* (1681) ; d'autres nouvelles ont pour sujet la Cour et ses divertissements : *Le Voyage de Fontainebleau* (1678) ou *Le Gris-de-lin* (1680).

L'utilisation de l'histoire au service de la fiction fut au cœur des querelles esthétiques de l'époque : ainsi s'explique pour

---

47. *Sentiments sur les lettres et sur l'histoire*, éd. Philippe Hourcade, Genève, Droz, 1975, p. 44.

48. *Ildegerte, Reine de Norvège ou l'amour magnanime*, Paris, G. de Luyne, 1694, Au lecteur, n. p.

une grande part le mépris de Bayle et de Lenglet-Dufresnoy. Il est certain que Préchac a cédé aux facilités de l'affabulation en donnant, comme ses prédécesseurs, des causes privées et galantes à de grands épisodes historiques : *Le Bâtard de Navarre* illustre ce genre de facilité. Le romancier a pourtant essayé de clarifier son attitude face à l'histoire dans l'Avis du *Comte Tékély* :

> J'aurais bien pu donner ce livre sous le nom d'histoire véritable, l'ayant écrit sur des mémoires fort fidèles. Cependant, comme je voulais y mêler les amours du comte Tékély, et qu'on ne sait jamais bien la vérité des intrigues amoureuses, je me suis contenté d'en faire une nouvelle historique ; et bien loin de corrompre l'histoire, les personnes qui ont la moindre connaissance des affaires du monde verront aisément que tous les faits sont véritables, et que je ne me suis aidé de mon invention que dans les choses qui ont rapport à la galanterie.

Ainsi la marge laissée à l'invention justifie les titres génériques, dont le choix pourrait paraître hasardeux chez Préchac. *L'Héroïne mousquetaire* est donnée pour une « histoire véritable », parce qu'elle est écrite dans le cadre des campagnes de Louis XIV en Flandre. *L'Illustre Parisienne* est une « histoire galante et véritable », parce que la politique et la guerre y tiennent moins de place que l'amour de personnes privées. Le titre générique cherche à imposer la vraisemblance, mais aussi à suggérer l'agrément que relève une des définitions du *Dictionnaire* de Furetière :

> *Histoire* se dit aussi d'un petit récit de quelque aventure qui a quelque chose de plaisant, ou d'extraordinaire, qui est arrivé à quelque personne, et surtout quand elle est un peu de notre connaissance. Il nous a conté une *histoire* plaisante et récréative d'une telle personne.

Les aventures de Blanche, l'« illustre Parisienne », sont véritables parce que situées à Paris et dans l'entourage de la princesse de Mecklembourg ; mais elles sont aussi galantes parce qu'elles ont l'air du monde et l'enjouement qui convient pour conter avec naturel des histoires d'amour dont on peut sourire. Préchac avait lu Scarron ; en composant sa suite du *Roman comique*, il avait pu trouver le modèle d'un romanesque assoupli par la condition des personnages et par l'ironie du regard porté sur les situations.

L'Illustre Parisienne (1679-1690)

La nouvelle qu'on va lire ne fut pas proposée au public en une seule livraison. Lorsqu'en 1679 a paru la première partie, imprimée par la Veuve Olivier de Varennes, le lecteur du livre était ainsi sollicité par l'auteur : « [...] si tu es content de celui que je te donne, tu n'as qu'à presser le libraire d'imprimer la suite, je te promets qu'il ne tiendra pas à mes soins que tu n'aies bientôt satisfaction » (Préface, p. 5). Cette partie restait en effet sans dénouement : l'arrivée de la duchesse de Mecklembourg interrompait une scène au cours de laquelle l'héroïne venait de recevoir un billet qui la jetait dans la confusion. Il fallut attendre onze ans pour lire la seconde partie, imprimée en 1690 pour un autre éditeur, Claude Barbin[49]. Faut-il expliquer ce délai par l'insuccès ou par la concurrence de quelque autre livre ? Préchac a laissé plusieurs ouvrages inachevés comme *L'Ambitieuse Grenadine* ou *La Valise ouverte*. En tout cas la tonalité de la seconde partie de *L'Illustre Parisienne* est assez différente de celle de la première pour laisser supposer une rédaction plus tardive. Les dédicataires des deux parties, Marie-Louise d'Orléans et Mme de Grancey, permettent de rattacher l'ouvrage à un grand épisode de la vie de la Cour et de l'existence de Préchac, ce mariage de Mademoiselle dont l'auteur veut faire une histoire d'amour. L'épître dédicatoire montre Mademoiselle accordée à la passion d'un jeune monarque, comme Blanche sera unie à un prince amoureux ; Mademoiselle, comme Blanche, a « une beauté singulière » et « mille surprenantes qualités » ; le roi d'Espagne sera donc un prince heureux. Mais, en 1690, la

---

49. Il n'est pas à exclure que la date de « 1690 » sur la page de titre soit une coquille pour « 1680 ». La Seconde Partie utilise le privilège de 1679, partagé entre Barbin et la Veuve Varennes et qui courait sur six ans. Il n'y a aucune trace de renouvellement.

reine est morte, sans doute empoisonnée, et il ne reste plus qu'à célébrer sa dame d'atour, elle aussi douée de « mille surprenantes qualités », et en tout cas comblée de présents par les Espagnols ainsi que de richesses par Monsieur[50].

Le titre de *L'Illustre Parisienne* veut souligner la condition bourgeoise de l'héroïne qui n'appartient pas au monde de la Cour, tout en présentant cette Parisienne comme une femme dont la valeur et les aventures sont dignes d'intérêt. L'adjectif *illustre* vient d'une tradition lointaine : Plutarque, Boccace, Brantôme, Scudéry l'ont imposé. Il associe les notions de noblesse, de mérite et de vertu. Le culte de la « femme forte » s'accorde avec certaines exigences de la préciosité pour faire le succès de personnages illustres : les héros des grands romans de Mlle de Scudéry sont illustres par leur naissance et par leur destinée remplie d'aventures malheureuses ; dans le récit enjoué de Mme de Villedieu, Henriette-Sylvie de Molière garde ces archétypes à l'esprit lorsqu'elle pense à éclaircir le mystère de sa naissance[51], comme on éclaircit naguère celui de *L'Illustre Laveuse de vaisselle* de Cervantès. En 1685, Préchac présentera, dans *L'Illustre Gênoise*, une héroïne qui appartient bien à une des plus illustres familles de Gênes, celle des Doria[52]. Furetière s'était moqué dans son *Roman bourgeois* d'un mot galvaudé lorsqu'on l'appliquait

---

50. Le *Mercure galant* nomme souvent Mme de Grancey ; voir août 1679, p. 346, septembre 1679, p. 359, octobre 1679, p. 243, décembre 1679, p. 327 : « La manière dont elle a rempli cette place l'a fait admirer partout où elle a passé, et les Espagnols n'ont pu se défendre de la regarder avec estime. On n'en peut douter puisque ces vérités sont prouvées par les présents et les dons qu'elle a remportés de la Cour d'Espagne, et même par une pension de deux mille écus que sa Majesté Catholique lui a donnée ».

51. *Mémoires de la vie de Henriette-Sylvie de Molière*, éd. de l'Université de Tours, 1977, p. 8.

52. En 1697, une nouvelle anonyme aura pour titre *L'Illustre Mousquetaire* ; le héros s'y couvre de gloire avant de faire un heureux mariage.

à une faiseuse de rabat[53]. Appliqué à Blanche Bonnin, une Parisienne de la rue Saint-Denis, l'adjectif crée un oxymore dont Robert Challe reprendra le modèle, en 1713, pour ses *Illustres Françaises*[54].

Dès la première page de son récit, Préchac déclare qu'il veut rompre avec une tradition romanesque pour peindre la réalité : « comme j'écris une histoire véritable, j'ai été obligé de prendre mon héroïne telle que je l'ai trouvée, et j'ai cru que le lecteur aurait la bonté de lui passer sa naissance en faveur de mille autres bonnes qualités qu'elle a »[55]. La ruse est voyante, autant que celle du naturel de la mémoire mimé par des formules comme « si je ne me trompe », mais elle fait attendre une histoire « bourgeoise ». Nous sommes à la ville, dans un quartier bien défini. Après Charles Sorel, Segrais avait déjà placé l'action de deux de ses nouvelles dans Paris[56] ; Préchac sait que la ville peut être le décor d'une histoire pleine d'aventures, comme il l'écrit dans « L'Eunuque », une des *Nouvelles galantes du temps et à la mode* : « Paris est un si grand théâtre, et il s'y passe tous les jours tant de scènes différentes, que le lecteur ne doit pas être surpris, si je prends la plupart des incidents de mes nouvelles dans cette grande ville, sans me donner la peine de m'informer de ce qui se fait ailleurs »[57]. L'héroïne de *L'Illustre Parisienne* porte un nom prosaïque, Blanche Bonnin, qui ne sent pas son roman, comme celui de « la Jalouse Flamande » : « Il me

---

53. *Romanciers du XVIIe siècle*, éd. A. Adam, Bibl. de la Pléiade, Gallimard, 1958, p. 931.

54. La nouvelle édition de *L'Illustre Parisienne*, en 1714, peut avoir été encouragée par le succès des *Illustres Françaises* publiées l'année précédente.

55. P. 4.

56. *Les Nouvelles françaises ou les Divertissements de la Princesse Aurélie* (1657), éd. R. Guichemerre, Paris, S.T.F.M., 1990, t. I. Il s'agit des nouvelles intitulées « *Eugénie* » et « *Honorine* ».

57. *Nouvelles galantes du temps et à la mode*, Paris, Théodore Girard, 1679-1680, t. II, p. 41.

serait aisé de lui donner un nom de roman ; mais comme j'écris un récit fort simple, et non pas une histoire inventée, j'aime mieux traduire son véritable nom, qui signifie en français Belline »[58]. Blanche est la fille d'un riche banquier ; elle apprend l'allemand pour seconder son père dans ses affaires : elle négocie avec les marchands pour acheter les plus belles broderies à son amant, tandis que le gouverneur de ce dernier se met en colère d'avoir à payer les choses trop cher. La vie sentimentale de la jeune fille est conditionnée par les lettres de change que les Grands viennent négocier chez son père. Elle court le risque d'être mariée à un fils de banquier qui ressemble à un « gros facteur ». Ses aventures avec le prince sont interrompues par la politique, tout comme celles du fils d'un négociant de Bordeaux dont Préchac évoque la situation dans sa Correspondance[59]. Mais, en dehors de ces circonstances, Paris et la vie bourgeoise vont se réduire à quelques éléments de décor relevant du réalisme fonctionnel : « appartement fort propre où il y avait une chambre pour son gouverneur », fenêtres, escaliers d'hôtels, antichambres. Seule compte l'inégalité des conditions qui fait obstacle à l'union des jeunes amants, et l'idéal aristocratique efface vite les effets du milieu bourgeois d'abord évoqué.

Cet idéal s'impose par les qualités physiques et intellectuelles généreusement distribuées à Blanche : « Elle avait l'air fort noble, la taille avantageuse, beaucoup d'esprit, et une grande facilité à apprendre tout ce qu'on lui enseignait »[60]. Les arts d'agrément ne sont pas négligés dans son éducation, et Blanche apparaît toute auréolée de musique devant ses voisines ou ses soupirants, à Paris comme à Celle, ou chez la princesse Émilie[61]. A ces talents mondains s'ajoute le don des langues : Blanche a du goût pour le latin, puis apprend l'allemand afin d'occuper ses loisirs sans se précipiter dans un

---

58. *Ibid.*, t. I, p. 4.
59. *Corr.*, 6 mars 1706, p. 53.
60. P. 8.
61. Voir pp. 8, 16, 45, 47, 98.

mariage que l'amour ne consacrerait pas. La jeune fille jouit donc d'une réputation qui s'étend « jusqu'aux dames de la première qualité », ce qui la rend digne d'être aimée par un prince doué de générosité et manifestant « une grâce merveilleuse dans tout ce qu'il faisait ». Toute l'intrigue converge vers le mariage morganatique qui unira Blanche et son prince, un mariage béni par les Grands qui les ont accueillis dans leur Cour. La destinée de Blanche peut être en partie inspirée par la réalité : Éléonore Desmier d'Olbreuze avait suivi la princesse de Tarente à la Cour de Hesse ; malgré l'inégalité de rang et de fortune, elle fut aimée des princes de la maison de Brunswick, et elle devint la femme de Georges-Guillaume par un mariage morganatique, avant de pouvoir porter le titre de duchesse de Celle.

Leurs aventures mettent les héros de la nouvelle en relation avec des personnages qui occupent la scène diplomatique, comme la duchesse de Mecklembourg ; ils ont comme opposants ou adjuvants des ambassadeurs ou des hobereaux tyranniques. L'action se transporte de Paris vers l'Allemagne où Blanche suit la duchesse dans l'espoir de retrouver son amant. Le décor des Cours allemandes est celui de la nouvelle galante : église, chambre et cabinet attenant, galerie, jardin qui sert d'écrin à la reconnaissance et à la réconciliation.

L'intrigue s'inscrit dans une chronologie assez indécise. Les repères extérieurs permettent de situer l'action pendant la guerre de Hollande, au moment où les princes allemands retirent leur soutien à la France. Cette guerre est cause de séparation, de travestissement, de voyages diplomatiques. La paix de Nimègue permet de reprendre librement les voyages vers Paris et d'éclaircir les malentendus. Ces circonstances, qui ont pour fonction d'authentifier l'intrigue, se déroulent sur une durée de trois ou quatre ans, entre 1676 et 1680, pour l'essentiel de l'action ; la durée du dénouement est plus floue : le prince perd son père, visite les états voisins, reconnaît et épouse Blanche, et le récit s'achève dans un présent qui est celui du lecteur plus que celui de l'histoire.

Car, malgré les repères historiques, Préchac donne libre cours à son invention. *L'Illustre Parisienne* est un roman d'aventures : le mot revient de plus en plus souvent dans le récit de la seconde partie[62]. L'aventure porte en elle quelque chose de fabuleux, elle désigne un événement « surprenant et extraordinaire » qui est aux mains du hasard et dont la raison ne peut rendre compte, et elle confère au personnage sa dimension héroïque. Yon, la suivante de Blanche, résume parfaitement la nouvelle en disant au prince : « Il semble, [...] que toutes choses soient de concert pour vous tenir continuellement dans l'erreur »[63]. La situation originelle, qui voit un prince se travestir en fils de banquier, ménage nombre de malentendus et de rebondissements. Blanche arrive à Hambourg pour apprendre la mort de Samuel Solicofané, mais elle ignore qu'il ne s'agit pas de son amant. Parallèlement, le prince arrivera à Paris pour apprendre que Blanche est mariée, alors qu'il s'agit en réalité de sa sœur cadette installée pour un temps dans ses appartements. Trois fois Blanche croit voir le fantôme de son prince, après avoir échappé aux conséquences d'un quiproquo qui n'est pas sans rappeler la situation de l'Angélique du *Malade imaginaire*. Quand le prince arrive enfin chez la princesse Émilie, c'est pour trouver sa maîtresse travestie en princesse. Préchac n'hésite pas à répéter les situations : le prince est deux fois sollicité par un rival (le baron de Werden, puis le comte de Pandorf) ; deux fois il se déguise (en hussard, puis en homme ordinaire). Les équivoques ne se limitent pas au duo des amants : le père de Blanche en est victime lors d'un entretien plaisant avec le prince[64]. Le romancier aime multiplier les obstacles : la vie de Christine, l'« héroïne mousquetaire », n'est qu'une « suite d'aventures extraordinaires »[65] ; l'intrigue de *L'Illustre Gênoise* est faite d'une passion traversée par mille obstacles ;

---

62. « L'aventure du sermon » (p. 62), « cette aventure publique » (p. 65), « cette surprenante aventure » (p. 96) ; le mot apparaît également p. 100.

63. P. 100.

64. Pp. 85-86.

65. *L'Héroïne mousquetaire*, IIe partie, p. 113.

mais c'est *Le Beau Polonais* (1681) qui ressemble le plus à *L'Illustre Parisienne* : les amants, Béralde et le Polonais, sont séparés par la langue et la politique ; le héros se travestit, sert son rival sans le savoir, et retrouve sa maîtresse chez Sylvanire, une femme qu'il avait refusé d'épouser, comme le prince de *L'Illustre Parisienne* a refusé d'épouser Émilie. Préchac travaille donc sur des canevas très voisins qu'il enrichit parfois de ses souvenirs de lecture. Deux fois au moins le lecteur de la nouvelle peut penser à *La Princesse de Clèves* : lorsque le prince se laisse abuser sur le rapport d'un laquais qu'il a chargé d'observer Blanche, et lorsque Blanche découvre son amant endormi dans un cabinet[66].

Toutes ces aventures prennent à la fin de la nouvelle la forme d'un récit, comme si la princesse Émilie découvrait avec le lecteur le livre qui vient de se faire : « La Princesse, qui s'aperçut de l'enjouement de Blanche, la pria de la divertir par quelque historiette réjouissante. Blanche, par une présence d'esprit admirable, lui fit une relation de ses propres aventures sous des noms empruntés, et en demeura à l'endroit où le Prince et Blanche se voient dans le jardin »[67]. Par cette mise en abyme, la boucle se referme, les aventures sont devenues une histoire propre à divertir une princesse et une Cour.

Ces concessions aux usages du roman, dont même Mme de Lafayette ne s'est pas privée[68], s'accordent avec une attention à la galanterie. Blanche a été formée à cette galanterie par la lecture des « petits livres nouveaux » qu'elle recommande ensuite au prince. Les deux amants vont suivre ensemble la Carte de Tendre : la jeune fille éprouve immédiatement « une secrète inclination ». En femme libre qui se défie du mariage (comme Christine, l'« héroïne mousquetaire » qui préférait le fusil au fuseau), Blanche prend l'initiative de la

---

66. Pp. 42 et 64.

67. P. 101.

68. Voir F. Gevrey, « L'aventure dans *La Princesse de Montpensier* et dans *La Princesse de Clèves* », *Littératures*, n° 21, 1989, pp. 39-51.

galanterie : « petites avances », « petites conversations »,
« petites épreuves »[69] vont jalonner cet itinéraire qui doit faire
passer le prince de l'estime à l'inclination. On approche la
question d'amour lorsqu'on se demande si les Allemands sont
aussi galants que les Français. Blanche ne néglige ni les petits
soins, ni les billets doux, ce qui donne à Préchac l'occasion
d'écrire huit lettres d'amour ou de dépit. Blanche maîtrise
l'art du badinage lorsqu'elle déclare son amour en chantant
un couplet à la mode, quand elle use malicieusement des garnitures gris-de-lin. Les épreuves auxquelles le prince doit se
soumettre rappellent les règles de l'amour précieux ; mais cet
éveil à l'amour annonce aussi les situations du théâtre de
Marivaux, et le héros prolongera son déguisement pour avoir
la certitude d'être aimé pour lui-même. Les conventions sont
du reste corrigées par leur pratique dans la vie bourgeoise lorsque le prince offre à Blanche des boucles de souliers ; mais
c'est Robert Challe qui tirera vraiment parti de ces petites
circonstances de la vie privée[70].

Sans être toujours originale, l'analyse des sentiments ne
manque pas de finesse. Préchac souligne la honte de Blanche lorsqu'elle veut se déguiser son amour. Il relève les
moments d'émotion sincère comme ceux de l'attente : « Elle
comptait tous les moments de son absence, et aussitôt qu'elle
se réveillait le matin, elle se faisait une joie de penser que
Samuel pourrait revenir ce jour-là »[71]. Avant Manon, Blanche est plusieurs fois présentée dans l'encadrement d'une fenêtre ou en attente derrière une vitre : « aussitôt qu'elle enten-
dait heurter à la porte de sa maison, elle courait à la fenêtre,
se flattant que c'était peut-être son cher Samuel. Elle avait
honte de se tromper toujours »[72]. Le lecteur assiste aux

---

69. Pp. 14, 15, 18.

70. *Les Illustres Françaises*, « Histoire de Monsieur Des Prez et
de Mademoiselle de L'Épine », éd. F. Deloffre et J. Cormier,
Genève, Droz, 1991, p. 232.

71. P. 29.

72. P. 34 ; voir aussi p. 71.

moments de rêverie agréable et douloureuse lorsque la jeune fille a l'esprit plein de son défunt amant, et quelques brefs monologues esquissent les conflits du cœur et de la raison.

Ces analyses de l'amour sont assorties d'une sympathie familière pour les personnages. Le mot *galant*, comme l'a indiqué Vaugelas[73], recouvre des usages mondains et désigne un « je ne sais quoi » qui ne s'acquiert que dans le commerce des Grands et des dames ; mais il implique aussi la gaieté. Le recours aux procédés de la comédie instaure cette gaieté. Yon, la suivante, joue un rôle déterminant auprès de sa maîtresse (alors que Mme de Clèves ne se confie jamais à une de ses femmes). Cette médiation a des effets plaisants qui sont redoublés par des scènes de théâtre dialoguées entre le père de Blanche et le prince, ou entre Blanche et son oncle. La voix du narrateur maintient un ton de gaieté tout au long du récit. Tantôt il donne ses « indications de régie » avec désinvolture : « le lecteur me dispensera d'insérer ici leurs lettres, parce que celles de l'Allemand étaient fort grossières »[74]. Tantôt il se livre à des réflexions misogynes sur la curiosité féminine ou sur les larmes qui « coûtent peu aux femmes »[75]. Le ton se fait ironique, à la manière d'un Courtilz de Sandras, pour noter au passage la corruption de l'époque : « on aura peine à le croire dans un siècle aussi désintéressé que celui-ci ; mais comme cela pourrait être, je n'ai pas laissé d'ajouter cette petite réflexion »[76].

Le ton de la conversation s'accorde avec un style qui affecte le naturel et même la négligence. Préchac n'évite pas les répétitions ; il emploie les pronoms personnels sans souci de la clarté rigoureuse, ce qui justifiera certaines corrections dans

---

73. *Remarques sur la langue française* (1647), article *Galant*.

74. P. 10.

75. P. 74 . Mêmes notations dans *L'Héroïne mousquetaire*, II, p. 70, et dans *L'Ambitieuse Grenadine*, p. 63.

76. P. 9 ; cette réflexion disparaîtra dans les éditions du XVIIIe siècle.

l'édition de 1714[77]. On corrigera aussi le texte pour des raisons d'euphonie. Mais en rendant son style plus châtié, on lui a parfois enlevé sa tonalité orale et son relief : des tours comme « il lui passa dans la tête », ou l'emploi systématique du mot *affaire* contribuent à créer l'impression d'une langue parlée. Préchac n'hésite pas à recourir au présent de narration, proscrit par Du Plaisir, lorsque l'oncle de Blanche découvre la disparition de sa nièce : « il cherche, il se désole, il demande des nouvelles de sa nièce à tout le monde [...], il court chez Solicofané »[78]. Le dénouement conduit les personnages jusque dans un temps qui est celui de la lecture ; ainsi les aventures deviennent l'exemple de la fidélité, hors de tout contexte historique. C'est l'expérience de chaque lecteur qui confirmera une histoire que l'on a eu plaisir à conter.

Contes moins contes que les autres.

La seconde partie de *L'Illustre Parisienne* fut la dernière œuvre romanesque de Préchac. Huit ans plus tard, en 1698, ce furent peut-être des exigences matérielles, jointes au désir de s'essayer dans un genre dont la Cour était folle, qui l'incitèrent à écrire les *Contes moins contes que les autres*, un ouvrage que Lenglet-Dufresnoy trouve « joli et bien écrit »[79].

Ces contes allégoriques ne sont pas sans lien avec les autres œuvres de Préchac qui a pratiqué l'allégorie sous plusieurs formes. *La Noble Vénitienne* (1679) fut l'occasion de fustiger la bassette sous l'apparence d'une fille de Venise « intéressée, bizarre, infidèle, libertine, dangereuse et très incivile » ; une clé, placée à la fin de la nouvelle, donne l'explication : « M. Justiniani a fait connaître le jeu de la bassette en France, et on sait qu'il y gagna beaucoup dans les commencements »[80]. Mais c'est surtout la gloire du souverain que

---

77. Voir p. 16 (répétition du mot *hasard*), p. 27 (répétition d'*indulgence* remplacé par *intelligence*), p. 40 (*très* remplacé par *fort*).

78. P. 83.

79. *De l'Usage des romans*, t. II, p. 282.

80. *La Noble Vénitienne*, p. 177.

Préchac a célébrée sous le voile de l'allégorie. Le romancier emprunta naturellement ses premières allégories à la mythologie gréco-latine : dans *La Querelle des dieux sur la grossesse de Mme la Dauphine* (1682), on voit Jupiter instruire Louis XIV dans les cieux pendant vingt ans, comme le fera la fée Clairance dans son palais enchanté. Les dieux se disputent le privilège de présider à la naissance de l'enfant de la Dauphine ; Momus est alors désigné pour examiner la conduite de la Cour ; ce sera le Roi, « demi-dieu » sur terre, que Jupiter choisira : « il prétendait lui donner une vie si longue et si heureuse qu'il ne lui resterait rien à souhaiter. Il défendit à la cruelle Atropos de couper le fil d'une vie si précieuse. Et, afin que sa volonté fût connue des autres Parques et des Destinées, il ordonna que son arrêt serait affiché dans tous les carrefours des cieux »[81]. C'est à la même tradition que se rattache le *Compliment des Vertus au Roi sur la naissance de Monseigneur le duc de Bourgogne*[82] : la foule des Vertus se presse à Versailles aux couches de la Dauphine pour célébrer cet « Hercule nouveau » qui les protège ; la Vérité, nue, fait un discours pour vanter la gloire du Roi et la paix qu'il a voulue.

Cependant Préchac tend à préférer d'autres allégories à celle de la mythologie. Ainsi s'élabore une allégorie nationale. Dans *La Jalousie des dieux* (1686), un court texte de huit pages écrit à l'occasion de l'opération de la fistule que subit le Roi, le lecteur est transporté dans l'empire des Gaules : Celte le Grand a chassé le monstre de la Discorde et de l'Hérésie, un monstre qui avait persuadé les dieux de permettre la goutte, la fièvre et la fistule « le plus douloureux de tous les maux qui étaient sortis de la boîte de Pandore »[83]. Déjà le château de Marly apparaît comme un don des fées : « il trouve le moyen, sans se travestir comme faisait autre-

---

81. *La Querelle des dieux*, p. 118.

82. Publié à la suite du *Secret, nouvelles historiques*, Paris, Charles Osmont, 1682.

83. *La Jalousie des Dieux*, p. 7.

fois le maître de l'Olympe, de se dérober de la foule, et de se retirer avec un petit nombre de personnes choisies dans un palais délicieux que les fées ont pris soin d'ajuster »[84]. L'Orient fournit à Préchac une autre occasion de célébrer les exploits du règne. Louis XIV devient alors le héros du *Grand Sophi* (1685) : l'action se transporte dans l'empire des Perses dont le souverain est le fameux Cha-Ismaël. Bien des épisodes de cette nouvelle trouveront leur écho dans « Sans Parangon ». Au début de son règne, le grand sophi reçoit les conseils « d'un marabout, qui était son grand vizir » (Mazarin deviendra « un druide » dans les *Contes*). Il épouse une fille du roi de Golconde, se construit un somptueux palais et passe le fleuve Jehun à la nage avec ses troupes. Lenglet-Dufresnoy s'est montré sévère pour cette transposition allégorique : « Le Sieur de Préchac a voulu faire dans ce livre un éloge de Louis XIV. Oh ! N'en déplaise à cet auteur, l'histoire de ce prince n'est pas matière à roman. Tout est trop vrai et trop noble pour la mettre sous des noms fabuleux »[85]. Mais, à la fin du XVIIe siècle, ce genre de circonstance est à la mode ; Le Noble met en scène des allégories du même type dans ses pamphlets qui soutiennent la politique de Louis XIV face à la Ligue d'Augsbourg : le Roi apparaît dans une fable comme « Le Coq de tous les Coqs le Monarque invincible », prêt à affronter les oiseaux de proie[86].

Au même moment, se développe en France la mode des contes de fées, qu'on estime pouvoir faire remonter au premier conte inséré par Mme d'Aulnoy dans l'*Histoire d'Hypolite, comte de Duglas* (1690). A cette époque, le conte ne saurait se dissocier de la nouvelle : ce sont deux genres modernes, et, par des effets de miroirs, les fées viennent « au che-

---

84. *Ibid.*, p. 5.

85. *De l'Usage des romans*, t. II, p. 88.

86. *La Pierre de touche politique*, mars 1690, *La Diète d'Augsbourg ou la Guerre de l'aigle et du coq*, VIIIe Dialogue, A Vienne, chez Peter Hansgood.

vet du roman »[87]. Préchac s'intéresse au conte lorsque le nombre des auteurs s'est accru de Mlle de La Force, Mlle Lhéritier et Mme d'Auneuil. Dans le milieu où le romancier faisait sa cour, on goûtait fort les contes, et les *Histoires ou contes du temps passé* sont dédiées par Perrault, en 1697, à Elisabeth-Charlotte d'Orléans, fille de Monsieur, dont il est question dans « La Reine des fées ». Le *Mercure galant* de juillet 1698 souligne que « les contes continuent d'être en vogue », après avoir indiqué, en avril 1698, que *Les Illustres fées* de Mailly « ont réjoui les meilleures compagnies »[88].

Ce goût n'était pourtant pas partagé de tout le monde. L'abbé de Villiers développe assez longuement, dans le second de ses *Entretiens sur les contes de fées* (1699), les arguments qu'il oppose à ces « ramas de contes de fées qui nous assassinent depuis un an ou deux »[89]. Les auteurs ne se donnent pas pour des savants, ils croient même que leurs livres « ne valent rien », et l'on pense à Préchac en lisant l'exemple d'une dame « qui est la première à se moquer et des libraires et des lecteurs ». Mais la critique partisane de Villiers montre bien la fonction allégorique des contes : Merlusine permet à une Maison de se donner une origine fabuleuse ; les contes sont donc utiles pour « donner des éloges, et faire des satires d'une manière allégorique [...] ; peut-être même que le premier usage qu'on a fait des contes a été de s'en servir pour louer ou pour critiquer plus finement »[89].

Préchac ne se soucie guère de satire. Il va mettre le merveilleux au service d'une littérature encomiastique et retracer

---

87. Roger Francillon, « Les Fées au chevet du roman », *Saggi e richerche di letteratura francese*, vol. XXII, 1983, pp. 81-107.

88. *Mercure galant*, juillet 1698, p. 71 ; avril 1698, p. 62. Courtilz de Sandras rapporte que Colbert « à ses heures perdues avait des gens tout exprès pour l'entretenir de contes qui ressemblaient assez à ceux de Peau d'Ane », *Annales de la Cour et de Paris pour les années 1697 et 1698*, Amsterdam, P. Brunel, 1706, t. II, p. 43.

89. *Entretiens sur les contes de fées*, Paris, J. Collombat, 1699, p. 69.

les grandes étapes du règne de Louis XIV. Pour les rendre dignes de leurs fonctions, on cherche alors à donner aux fées des origines épiques (un peuple antique né de Jupiter et de la nymphe Ogilire, pour Catherine Durand[90]) ou une origine aulique (des fabliaux composés par Richard Cœur-de-Lion, pour Mlle Lhéritier). Ainsi les fées peuvent présider au destin des têtes couronnées, et les lecteurs n'en sont pas scandalisés alors qu'ils lisent depuis vingt ans des formules comme « nous sommes dans un règne de miracles »[91].

Cependant Préchac prend quelque distance à l'égard du genre auquel il s'adonne. Le seul titre de *Contes moins contes que les autres* annonce qu'on ne va pas lire des contes de nourrice ou des contes bleus, qu'il faudra chercher la réalité cachée derrière la féerie. La dédicace à la Cascade de Marly contribue à créer cette réserve vis-à-vis d'une œuvre qu'on n'offre pas à un Grand de la Cour. Contrairement à son habitude, Préchac ne signe pas son épître dédicatoire, qui s'achève par une formule désinvolte, comme si l'auteur ne se résolvait pas tout à fait à avouer cette concession au goût du temps. Mais le texte de cette dédicace, qui sera repris dans le cours de « Sans Parangon », rappelle que la cascade est une des « merveilles » du règne. Elle réverbère la lumière du Soleil comme vont le faire les contes, et, « Sans Parangon » des cascades, elle est l'image du Roi. Saint-Simon savait bien qu'en s'en prenant à Marly, il critiquait en fait la stratégie du souverain ; sur les rives de sa cascade on mesurait « le baromètre de la faveur » ; le *Mercure galant* de mars 1698 publia précisément une Ode au Roi sur la Rivière de Marly :

Là du plus grand Roi du monde
Tu secondes les désirs,
Là tu fais servir ton onde
A ses innocents plaisirs[92].

---

90. *Les Petits soupers de l'été de l'année 1699 ou Aventures galantes avec l'origine des fées*, Paris, J. Musier, 1702, t. II, p. 180.

91. *Mercure galant*, novembre 1679, p. 329.

92. *Mercure galant*, mars 1698, p. 26.

La Princesse Palatine elle-même va jusqu'à admirer Marly comme une féerie : « On dirait que ce sont des fées qui travaillent ici, car là où j'avais laissé un grand étang, j'ai trouvé un bois ou un bosquet ; là où j'avais laissé une grande place et une escarpolette, j'ai trouvé un réservoir plein d'eau, dans lequel on jettera ce soir cent et quelques poissons de diverses espèces et trente carpes admirablement belles »[93].

Les deux contes qui composent le recueil de Préchac forment un diptyque : l'un (« Sans Parangon ») chante le règne d'un Roi enfant puis adulte, l'autre (« La Reine des fées ») célèbre les mérites d'une reine des fées vertueuse et sainte, qui veille sur les maisons de France et d'Europe ; l'un est à la gloire de Louis XIV, l'autre fait plus de place à Monsieur et à la famille d'Orléans, comme l'indique le choix du château de Montargis pour cadre du jugement des fées. « Sans Parangon » n'accorde que peu d'importance aux *topoï* du conte, alors que « La Reine des fées » reprend des schémas traditionnels qu'on enracine dans la province, puisque ce dernier conte est également écrit pour célébrer le Béarn et les Pyrénées près desquelles le courtisan est retourné vivre.

La féerie n'est en effet qu'un prétexte dans l'histoire de « Sans Parangon », qui se déroule sous la protection d'une fée bienfaisante, Clairance (un nom dont La Morlière se souviendra dans *Angola*, un conte satirique dont le héros découvre la Cour de la fée Lumineuse). Clairance, opposée à la méchante Ligourde, va se pencher sur le berceau de Louis XIV, fils de la Princesse Belle-main, alias Anne d'Autriche ; elle apparaît deux fois à la reine, sous la forme d'une vieille femme, puis sous celle d'un perroquet. Préchac imagine que la reine fut grosse peu de temps après son mariage, et que la fée enleva son enfant pour la protéger de l'influence de Ligourde. Ainsi pendant vingt et un ans, le roi est éduqué dans un « palais enchanté », nourri par une reine

---

93. *Lettres de la Princesse Palatine*, 6 juillet 1702, p. 216. Diderot écrira encore à Sophie Volland : « Cela donna à l'ensemble un air de féerie qui me plut » (10 mai 1759).

enchantée, bercé par les chants de la princesse de Chine, elle-même enchantée. C'est cette princesse qui, sous le nom de Belle-gloire, maintiendra le fil de la féerie en apparaissant à Sans Parangon pour lui imposer des épreuves. On reconnaît dans cet usage de la féerie le mythe du roi caché dans son enfance, un mythe auquel Yves-Marie Bercé rattache l'enfance de Zeus, d'Œdipe, de Rémus et Romulus, de Pyrrhus, de Cyrus et du Christ même[94]. L'attente de Louis Dieudonné prend un sens magique et politique, puisque, tandis que tous les espoirs étaient tournés vers lui, le souverain a été initié à la perfection chez les fées.

Aussi le lecteur de « Sans Parangon » n'a-t-il pas sous les yeux de longues descriptions des effets du merveilleux. Comme dans les prologues d'opéra, le merveilleux et le réel se superposent très vite ; la fiction ne se sépare pas de la réalité qu'elle annonce et qu'elle sacralise. Un jeu de miroirs s'établit entre le jardin magique, lieu sacré et protecteur de l'amour depuis le Moyen Age, et les jardins de Marly ou de Versailles. La ménagerie du palais enchanté ne montre que des animaux faits « pour réjouir les spectateurs : les lions, les tigres et les léopards étaient dépouillés de toute leur férocité »[95]. Si l'on voit le char de Belle-gloire « parsemé d'émeraudes et de lauriers » et attelé de douze cygnes, bien souvent, au contraire, Préchac fait l'économie des descriptions : « il me serait aisé de faire une description de son berceau et de ses langes, mais on n'a qu'à imaginer tout ce qu'il y peut avoir de plus riche, et de meilleur goût dans un Palais enchanté »[96]. On oublie bien vite que Belle-gloire a été soumise à une épreuve traditionnelle, pour la découvrir comme une maîtresse galante et tyrannique ; ce changement de registre est marqué par des réflexions du narrateur telles que : « de semblables paroles prononcées par une belle personne, font toujours

---

94. *Le Roi caché*, Paris, Fayard, 1990, ch. VII.

95. P. 121.

96. P. 116 ; voir aussi p. 129.

beaucoup d'impression sur un amant »[97]. Et, dépouillé de toute baguette magique, le roi prouve sa soumission sur terre par sa promptitude soulignée dans des tours comme « aussitôt dit, aussitôt fait ». Au reste, l'auteur ne donne pas une image très flatteuse des fées ; son dénouement semble traiter toute la féerie avec quelque cynisme : « elle lui apprit que la bonne et la mauvaise fée n'étaient que la même personne qui jouait ces différents personnages pour mieux imposer au public ; que tous les enchantements, et même les riches palais des fées, n'étaient qu'une illusion ; que pour donner ces sorts par lesquels elles se rendaient si redoutables aux hommes, elles profitaient de la connaissance que les démons leur donnent de l'avenir ; et quoiqu'elles n'eussent aucun pouvoir de changer en naissant la destinée de personne, elles ne laissaient pas de donner des sorts qu'elles réglaient sur la connaissance qu'elles avaient de ce chacun devait devenir »[98]. Cette négation de la féerie donne d'autant plus d'éclat aux merveilles que le Roi accomplit sur terre.

En réalité, la période vécue par le prince chez Clairance n'est qu'une initiation aux exploits futurs du souverain. Louis Dieudonné entre dans la vie et à la Cour comme un don des fées et comme un Enfant Jésus[99] qui va surpasser tous les modèles des fées. Ce mythe modernisé s'enracine dans une tradition que souligne l'archaïsme du titre. « Sans Parangon » fait écho sans doute à la devise «*Nec pluribus impar* » ; mais Furetière et Richelet s'accordent pour signaler le mot comme vieilli, et même comique, ce qui peut convenir à un certain ton enjoué[100]. L'enjouement invite le lecteur à participer à

---

97. P. 130.

98. P. 158.

99. Sur la *repuerascentia* au XVIIe siècle, voir Yvan Loskoutoff, *La Sainte et la fée, Dévotion à l'Enfant Jésus et mode des contes merveilleux à la fin du règne de Louis XIV*, Genève, Droz, 1987, p. 44 et suiv..

100. Au XVIe siècle le mot n'avait pas cette valeur comique dans *Le Grand Parangon des nouvelles nouvelles* de Nicolas de Troyes (1531).

un jeu mondain où il faut déchiffrer des énigmes. L'énoncé reste assez indéfini (« un palais », « un canal », « une roche imprenable ») pour solliciter la curiosité d'un lecteur complice qui se laisse guider dans ce parcours du règne. Le jeu autorise les allégories les plus hétéroclites. On voit s'agiter un bestiaire burlesque dans des songes qui n'ont plus rien de grave : « Il voyait un coq attaqué par un aigle, par un paon, par plusieurs dindons, et par un grand nombre de canards qui l'environnaient de toutes parts, et le pressaient vivement ; l'inégalité du combat n'empêchait pas que le coq ne se défendît vigoureusement contre tous, et qu'il ne leur donnât aux uns et aux autres de si rudes coups de bec, qu'il leur arrachait quelquefois des plumes »[101]. La féerie s'accommode de la mythologie : la prise de Carthagène est assimilée au mythe de la Toison d'or ; le percement du Canal des Deux Mers demande des travaux « qui approchaient ceux d'Hercule ». Tantôt le Roi manifeste son goût pour les arts et les jardins, tantôt il sacrifie au dieu Mars depuis la campagne de Franche-Comté jusqu'au siège de Barcelone.

Le conte présente une image déformée et idéalisée du souverain. Les lecteurs du temps n'ignoraient pas que la situation politique et militaire de Louis XIV n'était pas aussi florissante que l'écrit Préchac, alors soucieux de soutenir la gloire d'un roi déjà déclinant, parfois malade et éloigné de ses armées depuis 1693. On n'ignorait pas que la politique coloniale était en grande partie un échec après la paix de Ryswick qui avait dépouillé la France de nombreuses conquêtes. Préchac évoque le corps du Roi, mais chacun pouvait voir que le souverain triomphait moins bien que dans le conte de la goutte qui le clouait sur un fauteuil à roulettes. Le récit assimile la construction de Versailles à celle d'un Palais d'Alcine, comme dans les *Plaisirs de l'île enchantée* ; mais Saint-Simon fut sévère pour les constructions du Roi qui « lassé du beau et de la foule, se persuada qu'il voulait quelquefois du petit et de la solitude »[102]. Mme de Sévigné nous renseigne sur les

---

101. P. 148.
102. *Mémoires*, t. XXVIII, p. 170.

conditions de travail inhumaines qui furent celles des ouvriers de Versailles, alors que le Roi devait visiter le château : « il semble que Dieu ne le veuille pas, par l'impossibilité de faire que les bâtiments soient en état de le recevoir, et par la mortalité prodigieuse des ouvriers, dont on emporte toutes les nuits, comme de l'Hôtel-Dieu, des chariots pleins de morts : on cache cette triste marche pour ne pas effrayer les ateliers, et pour ne pas décrier l'air de ce *favori sans mérite*. Vous savez ce bon mot sur Versailles »[103]. Si Préchac fait allusion au rôle des mauvais conseillers, il n'a pas l'accent de La Fontaine, de La Bruyère ou de Fénelon pour stigmatiser le comportement de l'entourage du Roi. Des lacunes trahissent l'intention du courtisan : la révocation de l'édit de Nantes et la chasse aux hérétiques entreprise depuis 1679 sont passées sous silence par l'écrivain, du reste hostile aux protestants dans sa correspondance. Les ravages du Palatinat et la destruction de Heidelberg furent des crimes, sur lesquels pleure la Palatine, et des erreurs politiques ; or Préchac n'en dit rien dans « Sans Parangon », et ce silence n'est pas racheté par les affirmations vagues de « La Reine des fées »[104]. Les noirceurs du règne, comme l'affaire des Poisons, semblent escamotées, alors que les mémoires et les correspondances du temps donnent du relief à ces « modes de crimes ». La France de « Sans Parangon » est présentée comme un pays prospère, alors que chacun est las de la guerre[105] et des impôts qui rendent les paysans malheureux, ce que Préchac n'ignore pas dans ses lettres. Certes, le conte ne pouvait se faire l'écho des méchantes anecdotes du *Grand Alcandre dans les Pays-Bas* : mais il escamote trop aisément la vie galante d'un Roi occupé à courtiser la seule Belle-gloire. Des personnages non-conformistes, comme les Vendôme, perdent tout le relief que leur donnent Saint-Simon et Voltaire. « Sans Parangon » veut

103. A Bussy-Rabutin, 12 octobre 1678, *Corr.*, éd. R. Duchêne, Bibl. de la Pléiade, t. II, p. 632.

104. P. 192.

105. *Lettres de la Princesse Palatine*, 14 juin 1699, p. 174.

donner l'image d'un règne conduit avec sagesse et modération : rien ne doit compromettre l'admiration que les ennemis repentants portent enfin à Louis le Grand.

« La Reine des fées » ne perd pas de vue cette célébration, puisque le conte s'achève sur l'éloge de la paix de Ryswick et sur la prise de Barcelone, mais Préchac y accorde plus de place à la féerie. Les premières pages sont une agréable parodie médiévale qui transporte le lecteur à la cour du Roi Guillemot, « le meilleur prince de la terre, qui ne demandait qu'amour et simplesse »[106]. Ce nom, illustré récemment par Le Noble pour attaquer Guillaume d'Orange l'usurpateur, désigne ici un roi de théâtre, lâche et ridicule, qu'on finit par détrôner. L'intrigue centrale est bien celle d'un conte : la reine Urraca, mariée à Guillemot, se laisse abuser par une nourrice artificieuse qu'a circonvenue un amant jaloux. De cette union involontaire naît une fille, Meridiana, qui sera enlevée par les fées, puis désignée comme leur reine. Dès lors Meridiana s'installe dans une grotte des Pyrénées pour consacrer sa vie à faire le bien, au Monomotapa comme dans les châteaux de France, d'Italie ou d'Allemagne où elle a délégué les autres fées afin de les mettre à l'épreuve et de les corriger de leur « malice invétérée ».

Le schéma de cette histoire correspond à celui que V. Propp a étudié dans la *Morphologie du conte* : interdiction, éloignement des parents, transgression, méfait,... Les personnages sont circonscrits dans des rôles simples d'agresseur, de donateur, d'auxiliaire. Le conte de Préchac garde aux nourrices leur fonction perverse, qu'il s'agisse de celle d'Urraca, ou de celle de la marquise qui s'est rendue coupable de substitution d'enfants. Les jeunes filles sont victimes d'épreuves toutes cruelles : Meridiana doit « tirer de l'eau d'un puits profond, [...] la mettre dans un crible, et [...] monter ensuite 500 degrés pour la porter au haut d'une tour, où la fée avait un petit jardin qu'elle lui faisait arroser ». Mamelec est encore plus cruelle avec la fille du roi du Monomotapa qui doit

---

106. P. 161.

« couper du chaume pour faire de la litière à cinquante chameaux » ; quatre vieilles s'apprêtent à la châtier : « la première lui donnerait cinquante coups de bâton sur la plante
des pieds, la seconde lui en donnerait autant sur les épaules,
et les deux autres chacune vingt et cinq, moitié sur le ventre,
et l'autre moitié sur les fesses »[107]. Ces cruautés rappellent
celles qu'on impose à Gracieuse et à Cendrillon, les personnages de Mme d'Aulnoy et de Perrault.

Mais Préchac ne s'intéresse à la féerie que dans la mesure
où elle rejoint le mythe. Instruite par ses épreuves et par sa
sagesse, la reine Meridiana est aussi une sainte. Son installa-
tion dans une grotte au pied des Pyrénées marque une volonté
de détachement par rapport aux palais. La grotte a une valeur
symbolique : site mystérieux à l'abri des regards des hommes[108], elle apparente Meridiana à la nymphe Calypso. La
fée, qui est une vierge instruite de l'astrologie, ne sort de son
refuge que pour faire le bien ; elle ne se contente pas d'assis-
ter aux couches des reines : la connaissance des défauts des
hommes « lui donna beaucoup de compassion pour leurs
misères, et la fortifia dans la résolution où elle était de soulager toujours les malheureux »[109]. Cette vertu la pousse à
vouloir réformer les autres fées par un « fulminant arrêt »
qui les interdit pendant trois siècles : « depuis ce temps-là on
n'entendit plus parler, ni d'enlèvement, ni d'autres semblables vexations que les fées faisaient ; et la mémoire s'en serait
perdue si leurs contes ne nous fussent demeurés »[110]. L'interdiction des fées et leur jugement seront pour l'auteur une
occasion de présenter de nouvelles énigmes sur l'histoire des
châteaux.

Le décor de la vallée d'Ossau et du château de Pau invite
en effet le lecteur à chercher la réalité qui se cache derrière
la fiction. L'écrivain parlementaire fait l'éloge des Pyrénées

---

107. Pp. 169 et 173.
108. Voir Y. M. Bercé, *Le Roi caché*, p. 246 et suiv..
109. P. 172.
110. P. 183.

comme d'un « agréable parterre » de fleurs et de plantes
médicinales ; les eaux thermales de Barèges ou de Cauterets
sont aussi un don de la fée. Meridiana a voulu « qu'un prince
de Béarn pût régner quelque jour dans le beau royaume de
France », une idée souvent rappelée dans la Correspondance.
Le courtisan se révèle peu à peu : par l'entremise de la fée,
il blâme « les Grands sur le peu d'attention qu'ils ont à faire
la fortune de leurs inférieurs, puisque cela coûte si peu »[111].
C'est surtout en célébrant le château de Montargis, qui appar-
tenait à Monsieur, que Préchac signe son « conte moins conte
que les autres ». A Montargis, Meridiana fait défiler tous les
témoins de l'histoire des siècles passés et de l'histoire récente
rappelée par la naissance du Dauphin à Fontainebleau, la destruction de Heidelberg ou le retour à Nancy d'un duc de Lorraine qui va épouser la fille de Monsieur. Il était facile aux
contemporains de Préchac de remarquer les hommages aux
Grands de la Cour comme le duc de Saint-Aignan, gouverneur de Loches. Le dénouement s'arrête aux frontières de
l'actualité la plus brûlante, celle de la succession d'Espagne
qui fait redouter la guerre et qui est esquivée par une pirouette,
puisque aucune fée n'a veillé à la maison royale : « les fées
répondirent qu'elles ne choisissaient que de vieux châteaux
pour leurs retraites, et que sa Majesté savait bien qu'il n'y
avait point de châteaux en Espagne »[112].

Rien ne doit donc peser dans ces contes, même quand ils
entrent dans un projet de célébration. Ce projet historique
impose une forme de naturel qui n'est pas celle de Perrault.
Préchac adopte le ton de la conversation, mais sans feindre
de s'adresser à un enfant : c'est à des adultes qu'il propose
ses énigmes. La complicité s'établit par la voix du narrateur
qui s'entend aussi souvent que dans *L'Illustre Parisienne*. Il
se plaît à opposer les mœurs d'un passé lointain à celles de
son temps : « siècle grossier où les maris, moins polis que
ceux d'aujourd'hui, avaient la simplicité de se punir des fautes

---

111. P. 178.
112. P. 198.

de leurs femmes »[113]. Il prend un ton désabusé pour rappeler que le bonheur est de courte durée, que les hommes sont faibles et infidèles, qu'ils cèdent volontiers à l'ambition. La galanterie impose un ton d'ensemble à « Sans Parangon » comme à « La Reine des fées ».

On a montré comment Perrault définissait son esthétique en fonction de celle de La Fontaine[114]. Les *Contes* de Préchac reprennent bien des procédés de la fable pour atteindre à l'enjouement. Au début de « La Reine des fées », les archaïsmes font la saveur de la langue : le roi qui « se mouchait à la manche de son pourpoint » « faillit à devenir fol » ; il alla jusqu'à exterminer « l'innocente volatille ». Si le conteur cède à la poésie du merveilleux, c'est pour décrire sobrement les jardins de « Sans Parangon », ou la belle Indienne aux yeux mouillés de larmes que la reine des fées aborde en lui présentant une rose blanche. Il arrive que Préchac retrouve la simplicité des mots qui disent le chagrin de la bergère ou du bûcheron endormi « qui a perdu sa cognée ». Mais il veille à la variété des scènes et des tons en insérant des dialogues enjoués comme l'épisode de « La Reine des fées » où Meridiana rend son fils à une marquise, après un quiproquo qui rappelle *L'Illustre Parisienne*. La féerie est tenue à distance par l'insertion d'un lexique familier : le roi blessait les nourrices avec ses dents et « leur écorchait le téton »[115]. On est surpris de voir le roi du Monomotapa chercher dans ses « archives ». La gaieté peut approcher du burlesque dans la description de Guillaume d'Orange, alors couronné roi d'Angleterre : « la joie qu'il eut d'avoir réussi dans ce hardi projet, ou la peine qu'il se donna pour arriver à terre, le firent changer de plumage, et il lui vint une crête rouge sur la tête,

---

113. P. 164 ; voir aussi p. 130 et 162.

114. Voir R. Zuber, Introduction aux *Contes* de Perrault, Coll. « Lettres françaises », Paris, Imprimerie Nationale, 1987, p. 31 et suiv.

115. P. 124.

semblable à celle du coq »[116]. Le défilé des fées qui se révè-
lent « fort chassieuse », « fort replète », « décrépite »,
« vêtue à la Turque », fait sourire le lecteur, et la reine elle-
même « se prit à rire ». Ces fées sont renvoyées à des tâches
futiles et plaisantes : perfectionner la crème de Blois ou empêcher les renards de manger les faisans. La métamorphose de
la fée de Chambord en renard de fable sollicite directement
la culture et la complicité du lecteur de « La Reine des fées ».

Ainsi les contes de Préchac gardent une part de la tradition tout en se donnant pour des « contes moins contes que
les autres ». L'allégorie ramène toujours la pensée du lecteur
vers l'actualité, et la désinvolture à l'égard de la féerie tend
à en nier les effets merveilleux. Mais au-delà du jeu avec des
personnages et des situations que seul l'enjouement permet
d'accepter, l'auteur a réussi à créer pour les lecteurs de la Cour
un merveilleux moderne qui concilie un projet politique,
l'éloge d'un roi absolu et démiurge, avec une morale chré-
tienne accommodante, celle de la fée sainte et bienfaisante.

NOTRE ÉDITION

1 — *Établissement du texte.*

Le texte que nous reproduisons est celui des éditions origi-
nales, soit pour *L'Illustre Parisienne* :
— Paris, Veuve Olivier de Varennes, 1679 (1re partie)
— Paris, Claude Barbin, 1690 (2e partie)
et pour les *Contes moins contes que les autres* :
— Paris, Claude Barbin, 1698.

L'orthographe d'origine a été conservée pour fournir un
document aux historiens de la langue. On constatera des flottements à l'intérieur d'un même volume, et, à plus forte raison, d'un volume à l'autre. Les quelques corrections propo-

---

116. P. 150.

sées, et confirmées par les éditions postérieures, sont indiquées entre crochets. Les i ont été uniformément notés i et non pas j, les tildes ont été supprimés. On a uniformisé l'orthographe des noms propres dans les deux parties de *L'Illustre Parisienne* (Bonnin et Samuël).

La ponctuation d'origine, fort différente selon les œuvres, a été partiellement modernisée pour faciliter la lecture et éclaircir le sens de certaines phrases. Dans les dialogues, on a introduit des tirets pour signaler les changements d'interlocuteur. On a conservé, autant que possible, la disposition des paragraphes.

L'édition P. Witte, 1714, de *L'Illustre Parisienne* se donne pour « revue et corrigée ». Alors que l'édition de 1696 ne présentait que des corrections minimes, celle de 1714 est très remaniée. Bien que Préchac ait été encore vivant en 1714, il ne semble pas être l'auteur de ces corrections ; son nom n'apparaît du reste pas dans l'ouvrage. Nous donnons ces corrections en variantes, car elles ont été reprises par toutes les autres éditions du XVIIIe siècle. Elles permettent de juger les faiblesses du style de Préchac ; elles privent aussi le lecteur de réflexions familières ou d'expressions orales qui font l'originalité de l'auteur.

2 — *La langue.*

Morphologie : On relève de grands flottements dans l'orthographe des mots à consonnes géminées : supplice/suplice, embarras/embaras, souhaitter/souhaiter, defiant/deffiant. Le mot *défaut* se rencontre avec des formes plus ou moins archaïques (defaux, deffaut,...). De même on trouve *thrôner* et *trône*.

La conjonction *quoique* est orthographiée de façon très variable (quoi que, quoique, quoy que,...) ; il en va de même pour *aussitôt*, et *néanmoins* (neantmoins).

Le texte de *L'Illustre Parisienne* présente de nombreux archaïsmes, comme infidel (p. 78), clavesin (p. 16), indifferend (p. 48), galand (p. 15).

Le genre de certains mots relève aussi de l'archaïsme :

pleurs au féminin (*I.P.*, p. 65), *offres* au masculin (*I.P.*, p. 90), *hydre* au masculin (*Contes*, p. 150).

La négation *ne* n'est pas élidée devant *heziter* (*I.P.*, p. 81, *Contes*, p. 154).

Pour les verbes, on rencontre des formes de participes passés avec e muet en hiatus (veu, sceu, reçeu). Le verbe voir est orthographié il *void* à la 3e personne du singulier (*I.P.*, p. 79).

La confusion orthographique entre le passé simple et le subjonctif imparfait est fréquente à la 3e personne du singulier (« elle la leût », *I.P.*, p. 68).

L'usage est très flottant pour l'accord des participes passés après l'auxiliaire avoir : « les bons traittemens qu'il avoit receu » (*I.P.*, p. 32) « la lettre qu'elle avoit receu » (*I.P.*, p. 65). On lit aussi « Blanche exposé » (*I.P.*, p. 41), « une personne fort éploré » (*I.P.*, p. 66). A l'inverse, le participe suivi d'un infinitif s'accorde souvent avec le complément : « qui l'avait faite demander » (*I.P.*, p. 87).

Syntaxe : On relève des constructions comme « empêcher que ne...pas », ou l'emploi de l'indicatif après *vouloir que*. Préchac emploie certaines prépositions dans des formes vieillies : « à même temps ». Il omet de reprendre la préposition après le coordonnant : « qu'il devoit à l'Amour et la fidélité de Blanche » (*I.P.*, p. 93) ; de même il arrive que le pronom personnel ne soit pas repris après la conjonction : « et lui apprit » (*I.P.*, p. 49).

Les pronoms personnels sont parfois ambigus : « *il* ne put neantmoins luy refuser de l'accompagner chez sa Maîtresse et d'entrer dans un cabinet, ou *il* luy promit de le placer, sans être aperçu de personne » (*I.P.*, p. 63) ; « Blanche trouvoit cette nouvelle si peu vray-semblable, qu'*elle* traita Yon d'extravagante ; mais *elle* [Yon] lui soûtint si positivement qu'elle ne s'estoit point trompée que Blanche [...] luy donna un peu plus de creance » (*I.P.*, p. 60).

BIBLIOGRAPHIE

Les éditions

I — *L'ILLUSTRE PARISIENNE*

Édition originale :

— *L'Illustre Parisienne, histoire galante et véritable*, Paris, Veuve Olivier de Varennes, 1679. Avec privilège du 28 mars 1679.
X + 163 pages (1re partie). Arsenal : 8° BL 17694 (1)
British Library

— *L'Illustre Parisienne, histoire galante et véritable [...]. Seconde et dernière partie*, Paris, Claude Barbin, 1690 [1680 ?]
VI + 183 pages   Arsenal : 8° BL 17694 (2)

* *Autres éditions :*

— *L'Illustre Parisienne, histoire galante et véritable*, Lyon, Thomas Amaulry, 1679.
VI + 134 pages   B.N. : Y² 60345
B.M. Bordeaux : B.7940 Rés.
Édition comportant des variantes typographiques mineures. Le privilège indique que Th. Amaulry a repris le droit de la Veuve de Varennes.

— *L'Illustre Parisienne, histoire galante et véritable*, Paris, Veuve Mauger, 1696, 2 t.
144 + 152 pages   B.N. : 8° Z Le Senne 13817
Washington LC
Cette édition ne reprend pas l'épître dédicatoire et la préface. Correction de quelques fautes et modifications de quelques alinéas.

— *L'Illustre Parisienne, histoire galante et véritable. Nouvelle édition revue et corrigée.* Nancy et Paris, P. Witte, 1714.
IV + 209 pages. Frontispice.

Texte comportant de nombreuses variantes relevées dans notre édition.

B.H.V.P. : 15666
B.N. : 8° Z Le Senne 4372
Arsenal : 8° BL 13453

— *L'Illustre Parisienne, histoire galante et véritable, nouvelle édition revue et corrigée*, La Haye, Henry Van Bulderen, 1714.
4 + 209 pages. Frontispice.

— *L'Illustre Parisienne, histoire galante et véritable, nouvelle édition revue et corrigée*, dans *Œuvres de Mme de Villedieu*, t. XII, Paris, Compagnie des Libraires associés, 1720-1721 et 1740.

— *L'Illustre Parisienne, nouvelle édition revue et corrigée*, Amsterdam, s.d. (1754 selon Quérard). Groupé avec le texte de *Dom Carlos* comme dans les *Œuvres de Mme de Villedieu*.

— *Die Parysche burger dochter, een waare historie*, Amsterdam, 1763 (édité avec les *Mémoires de Lucile*).

II — *CONTES MOINS CONTES QUE LES AUTRES*

* *Édition originale :*

— *Contes moins contes que les autres, Sans Parangon et La Reine des fées*, Paris, Claude Barbin, 1698.
VIII + 270 pages + 1 f. n.ch. Privilège du 6 mars 1698.
La dernière page est numérotée : "170" par erreur.

B.N. : Y² 51311
Arsenal : 8° BL 18731
14191

* *Autres éditions :*

— *Contes moins contes que les autres. Sans Parangon et La Reine des fées*, Paris, Compagnie des Libraires associés, 1724.

II + 298 pages. La dédicace à la cascade de Marly a été supprimée.

B.N. : Y² 24049

— *Contes moins contes que les autres par le Sr de Preschac. Sans Paragon et La Reine des fées* dans *Le Cabinet des Fées, contenant tous leurs ouvrages en huit volumes par Mme de ****, Amsterdam, Marc-Michel Rey, t. II, 1755.

— *Contes moins contes que les autres, par le Sr de Preschac*, dans *Le Cabinet des fées ou collection choisie de contes de fées et autres contes merveilleux*, Amsterdam et Paris, 1785, t. IV ; Genève, Barde, Manget et Compagnie, 1785, t. V.

— *Feen Märchen* (I. *Prinz Unvergleichlich*, II. *Die Königin der Feen*), Die Blaue Bibliothek, 1790.

Autres œuvres de Préchac :

* On trouvera un inventaire des œuvres de fiction dans le répertoire de Maurice Lever, *La Fiction narrative en prose au XVIIᵉ siècle*, Paris, C.N.R.S., 1976, pp. 476-477 et dans l'article de Jacques Chupeau, « Jean de Préchac ou le romancier courtisan », *Littératures classiques*, n° 15, 1991, pp. 287-289.

On s'accorde maintenant pour refuser à Préchac l'attribution de l'*Histoire du comte de Genevois et de Mademoiselle d'Anjou*.

* *Œuvres éditées en reprints :*

— *Les Désordres de la bassette, nouvelle galante*, Paris G. Quinet 1680, avec introduction de R. Godenne, Genève, Slatkine reprints, 1980.

— *L'Illustre Parisienne, histoire galante et véritable*, introduction de René Godenne, Genève, Slatkine reprints, 1980.

Études consacrées exclusivement à Préchac
(par ordre chronologique)

- DUFAU DE MALUQUER (A. de), « Jean de Préchac, auteur de *L'Héroïne mousquetaire* », *Bulletin de la société des Sciences, Lettres et Arts de Pau*, IIᵉ Série, t. 38, 1910, pp. 281-283.

- LE BLANT (Robert), Introduction aux *Lettres de Jean de Préchac*, Pau, Lescher-Montoué, 1940, pp. 1-16.

- MANSAU (Andrée), « Jean de Préchac, Un Béarnais au service de Louis XIV », *Actes du Colloque Béarn et Gascogne* (1983), *Cahiers de l'Université de Pau*, 1985, n° 6, pp. 115-127.

- GEVREY (Françoise), « Images de l'Italie et de l'Espagne dans l'œuvre romanesque de Préchac », *Échanges culturels dans le bassin occidental de la Méditerranée*, Presses Universitaires du Mirail, Toulouse, 1989, pp. 319-326.

- MOREAU (Isabelle), *La Transformation de la représentation romanesque de la nature dans la nouvelle galante après 1660. Un exemple : les topoï du jardin et de la promenade dans l'œuvre de Jean de Préchac*, Mémoire de D.E.A. dactylographié, Université d'Aix-Marseille I, 1991.

- CHUPEAU (Jacques), « Jean de Préchac, ou le romancier courtisan », *Littératures classiques*, n° 15, 1991, pp. 271-289.

Études sur le roman et la nouvelle faisant une place à Préchac

- WALDBERG (Max von), *Der Empfindsame Roman in Frankreich*, Strassburg und Berlin, Verlag von J. Trübner, 1906 (pp. 180-181).

- DULONG (Gustave), *L'Abbé de Saint-Réal, Études sur les rapports de l'histoire et du roman au XVIIᵉ siècle*, Paris, Champion, 1921.

— COULET (Henri), *Le Roman jusqu'à la Révolution*, Paris, A. Colin, 1967.

— DELOFFRE (Frédéric), *La Nouvelle en France à l'âge classique*, Paris, Didier, 1967.

— DÉMORIS (René), *Le Roman à la première personne*, Paris, A. Colin, 1975.

— GODENNE (René), *Histoire de la nouvelle française aux XVIIe et XVIIIe siècles*, Genève, Droz, 1970.

— HIPP (Marie-Thérèse), *Mythes et réalités, enquête sur le roman et les mémoires (1660-1700)*, Paris, Klincksieck, 1976.

— GEVREY (Françoise), *L'Illusion et ses procédés de « La Princesse de Clèves » aux « Illustres Françaises »*, Paris, Corti, 1988.

Études sur le conte

— STORER (Mary-Elisabeth), *La Mode des contes de fées, 1685-1700*, Paris, Champion, 1928.

— PROPP (Vladimir), *Morphologie du conte* (1928), Paris, Seuil, 1970.

— HAZARD (Paul), *La Crise de la conscience européenne, 1680-1715*, Paris, Boivin, 1935 (Fayard, 1961).

— SORIANO (Marc), *Les Contes de Perrault, culture savante et traditions populaires*, Paris, Gallimard, 1968 (coll. Tel, 1977).

— BARCHILON (Jacques), *Le Conte merveilleux français de 1690 à 1700*, Paris, Champion, 1975.

— MAGNÉ (Bernard), *Crise de la littérature française sous Louis XIV : humanisme et nationalisme*, Paris, Champion, 1976.

— DI SCANNO (Teresa), *Les Contes de fées à l'époque classique (1680-1715)*, Naples, Ligori, 1975.

— BETTELHEIM (Bruno), *Psychanalyse des contes de fées*, Paris, Laffont, 1976.

— ROBERT (Raymonde), *Le Conte de fées littéraire en France de la fin du XVIIe siècle à la fin du XVIIIe siècle*, Presses Universitaires de Nancy, 1981.

— COLLINET (Jean-Pierre), Introduction aux *Contes* de Perrault (suivis du *Miroir*, de *La Peinture* et du *Labyrinthe de Versailles*), Paris, Gallimard, Folio, 1981.

— FRANCILLON (Roger), « Les Fées au chevet du roman », *Saggi e ricerche di letteratura francese*, vol. XXII, 1983, pp. 81-107.

— LOSKOUTOFF (Yvan), *La Sainte et la fée, Dévotion à l'Enfant Jésus et mode des contes merveilleux à la fin du règne de Louis XIV*, Genève, Droz, 1987.

— ZUBER (Roger), Introduction aux *Contes* de Perrault, Coll. « Lettres Françaises », Paris, Imprimerie Nationale, 1987.

— SERMAIN (Jean-Paul), « La parodie dans le conte de fées, 1693-1713 : une loi du genre », *Burlesque et formes parodiques*, Biblio 17, n° 33, Paris, Seattle, Tübingen, 1987.

Le contexte historique

1 — *Mémoires, correspondances et pamphlets*

— BUSSY-RABUTIN (Comte Roger de), *Mémoires*, Paris, Jean Anisson, 1696.

— CHOISY (François-Timoléon, abbé de), *Mémoires pour servir à l'histoire de Louis XIV*, éd. G. Mongrédien, Paris, Mercure de France, 1983.

— COURTILZ DE SANDRAS (Gatien), *Les Conquêtes amoureuses du Grand Alcandre dans les Pays-Bas, avec les intrigues de sa cour*, Cologne, 1684.

— *Annales de la Cour et de Paris pour les années 1697 et 1698*, (1701), Amsterdam, Brunel, 1706.

— LA FAYETTE (Marie-Madeleine Pioche de la Vergne, comtesse de), *Histoire de Madame Henriette d'Angleterre*, suivie de *Mémoires de la cour de France pour les années 1688 et 1689*, éd. G. Sigaud, Paris, Mercure de France, 1965.

— LE NOBLE (Eustache), *La Pierre de touche politique, pamphlets périodiques*, 2 tomes, 1690-1691.

— LOUIS XIV, *Mémoires*, éd. J. Longnon, Paris, Tallandier, 1978.

— MOTTEVILLE (Françoise Langlois de), *Mémoires de Mme de Motteville*, Paris, Librairie Fontaine, 1982.

— PALATINE (Elisabeth-Charlotte, duchesse d'Orléans, dite : Madame), *Lettres (1672-1722)*, éd. O. Amiel, Paris, Mercure de France, 1985.

               — *Lettres françaises*, éd. D. Van der Cruysse, Paris, Fayard, 1989.

— SAINT-SIMON (Louis de Rouvroy, duc de), *Mémoires*, éd. Boislisle, Les Grands Écrivains de la France, Paris, Hachette, 1879-1928, 41 volumes.

— SÉVIGNÉ (Marie de Rabutin-Chantal, marquise de), *Correspondance*, éd. R. Duchêne, Bibl. de la Pléiade, Paris, Gallimard, 1972-1978, 3 volumes.

— SOURCHES (Louis-François du Bouchet, marquis de), *Mémoires du Marquis de Sourches sur le règne de Louis XIV*, éd. Cosnac et Pontal, Paris, 1882-1893, 13 volumes.

2 — *Études sur le contexte historique*

— ANTHONY (James R.), *La Musique en France à l'époque baroque de Beaujoyeux à Rameau*, Paris, Flammarion, 1981.

— BERCÉ (Yves-Marie), *Le Roi caché, Sauveurs et imposteurs. Mythes politiques populaires dans l'Europe moderne*, Paris, Fayard, 1988.

— BLUCHE (François), *Louis XIV*, Paris, Fayard, 1986.

— BLUCHE (François) sous la direction de, *Dictionnaire du Grand Siècle*, Fayard, 1990.

— CONSTANS (Claire), *Versailles, château de la France et orgueil des rois*, Paris, Gallimard, 1989.

— FERRIER-CAVERIVIÈRE (Nicole), *L'Image de Louis XIV dans la littérature française de 1660 à 1715*, Paris, P.U.F., 1981.

— LABATUT (Jean-Pierre), *Louis XIV, roi de gloire*, Paris, Imprimerie Nationale, 1984.

— MAGNE (Émile), *Le Château de Marly*, Paris, Calmann-Lévy, 1934.
                    —   *Madame de Châtillon*, Paris, Mercure de France, 1910.

— MOSSER (Monique) et TEYSSOT (Georges), *Histoire des jardins de la Renaissance à nos jours*, Paris, Flammarion, 1991.

— NERAUDAU (Jean-Pierre), *L'Olympe du Roi Soleil, mythologie et idéologie royale au Grand Siècle*, Paris, Belles Lettres, 1986.

— VAN DER CRUYSSE (Dirk), *Madame Palatine*, Paris, Fayard, 1988.
                    —   *Louis XIV et le Siam*, Paris, Fayard, 1991.

— VOLTAIRE (François-Marie Arouet dit), *Le Siècle de Louis XIV* (1751), *Œuvres historiques*, éd. R. Pomeau, Bibl. de la Pléiade, Paris, Gallimard, 1957.

Extrait du registre des privilèges

B.N. : ms., fr., 21946
p. 84

Le Sr de Preschac   Du 3ᵉ may 1679

Le Sr de Preschac nous a présenté un privilége à luy accordé par sa Majesté pour l'impression de deux livres, intitulés *Le Triomphe de l'amitié* et *L'Illustre Parisienne*, pour le temps de six années, en date du 28ᵉ mars 1679. Signé par le Roy en son Consˡ Junquières. Lequel enregistrement nous avons fait à la charge que lesdits livres seront vendus et debittez par les libraires ou imprimeurs suivant l'ordre.

B.N. : ms., fr. 21947
f° 140 v°

Le 7ᵉ May

Le Sr de Préchac nous a présenté des lettres de privileges à luy accordées par sa Majesté pour l'impression d'un livre intitulé Sans Parangon et La Reine des Fées donné à Paris le 6ᵉ mars 1698 pour le temps de six années.

Signé Boucher. enregistré suivant les avis ordinaires.

L'ILLUSTRE PARISIENNE

histoire galante et véritable

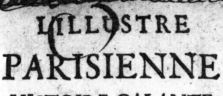

L'ILLUSTRE
PARISIENNE
HISTOIRE GALANTE
& veritable.

Dediée à la REYNE
d'Espagne.

Tome 1.er

A PARIS,

Chez la Veuve OLIVIER DE VARENNES
au Palais, dans la Salle Royale,
au Vase d'or.

M. DC. LXXIX.

eAvec Privilege du Roy.

8°. B.L. 17 69 4

Page de titre de la Première Partie.

A
LA REYNE
D'ESPAGNE[1]

MADAME,

C'est dans cette occasion que je me sçay bon gré de faire des Historiettes, puisqu'elles me donnent moyen de rendre les premiers hommages à une des plus grandes Reynes du monde. Les Princesses de vostre Rang sont d'ordinaire sacrifiées aux interests de l'Etat, et au repos des peuples : Mais LOUIS LE GRAND avoit

---

1. Marie-Louise d'Orléans, née à Paris en 1662 et morte à l'Escurial en 1689. Fille de Philippe d'Orléans, frère de Louis XIV, et de Henriette d'Angleterre, elle devint l'épouse de Charles II, roi d'Espagne, en 1679. Elle quitta la cour de France le 20 septembre et la cérémonie du mariage eut lieu à Burgos le 19 novembre. Préchac accompagna la princesse en Espagne et il écrivit une nouvelle galante, *Le Voyage de la reine d'Espagne* (1680), qui se déroule pendant ce déplacement. Le *Mercure galant* (août-décembre 1679) et Mme de Sévigné (*Corr.*, t. II, p. 684) se font l'écho de cet événement. Le bruit courut que la reine était sévèrement traitée en Espagne (*Lettres* de Madame Palatine, 15 déc. 1679, p. 45). Cette reine qui, selon Sourches, « constituait un obstacle éternel à la désunion des deux couronnes », mourut, sans doute empoisonnée, le 12 février 1689.

déja donné la Paix aux siens ; et il n'a accordé VÔTRE MAJESTÉ qu'à la passion extréme du jeune Monarque de qui Vous faites tous les souhaits ; il n'y avoit personne en Europe qui pût les remplir plus dignement. VÔTRE MAJESTÉ ne compte que des Rois parmy ses Ayeuls, et il semble que le Ciel ait pris plaisir de Vous distinguer également par la grandeur de vostre naissance, par une beauté singulière, et par mille surprenantes qualitez. Toutes choses contribueront au bonheur de VÔTRE MAJESTÉ, elle regnera sur des peuples qui ont beaucoup de respect pour son sexe, et je suis seur qu'ils iront pour Vous jusqu'à l'adoration. Vous verrez toutes les differentes nations qui sont soûmises à l'Espagne, Vous témoigner par mille aplaudissemens, la joye qu'elles ont de voir leurs Vœux remplis, leurs esperances satisfaites, et leur Prince heureux. J'espere que VÔTRE MAJESTÉ me pardonnera la liberté que je prens, et qu'elle me fera la justice d'estre persuadée que je seray toute ma vie avec un eternel attachement et une fidelité inviolable,

MADAME,

DE VÔTRE MAJESTÉ,

Le tres-humble, tres-obeïssant et tres-fidele serviteur, PRECHAC

PRÉFACE

J'ay une si petite opinion de mes Livres[2], que je n'ose jamais m'exposer à donner un second volume que je n'aye sçeu auparavant les jugemens du Public, sur le premier ; ainsi si tu es content de celuy que je te donne, tu n'as qu'à presser le Libraire d'imprimer la suite, je te promets qu'il ne tiendra pas à mes soins que tu n'ayes bien-tôt satisfaction.

---

2. Sur cette modestie de l'auteur, voir l'introduction, p. XI.

L'ILLUSTRE PARISIENNE,
Histoire Galante
et veritable

Tous ceux qui se sont mêlez de faire des Romans, ou d'écrire de petites Historiettes, se sont particulierement attachez à donner une grande naissance à leurs Heros et à leurs Heroïnes ; parce qu'il est certain qu'on[3] prend bien plus d'interest à la destinée d'un Prince, qu'à celle d'un particulier. Cependant on trouve des personnes d'une condition mediocre, qui ont l'esprit parfaitement bien fait, et qui ont quelques-fois des sentimens aussi nobles que ceux[4] qui sont d'une plus grande naissance, sur tout lorsque leur naturel est soûtenu d'une bonne éducation. Comme j'écris une Histoire veritable, j'ay esté obligé de prendre mon Heroïne telle que je l'ay trouvée, et j'ay crû que le Lecteur auroit la bonté de luy passer sa naissance en faveur de mille autres bonnes qualitez qu'elle a.

---

3. *1714 :* « Heroïnes ; persuadez, comme il est vrai, qu'on ».
4. *1714 :* « nobles qu'il s'en trouve dans ceux ».

Un riche Banquier de la ruë saint Denis[5], qui (si je ne me trompe) se nommoit Bonnin, vivoit fort content de sa condition, et avoit un soin extréme de sa famille, qui consistoit en deux filles, dont l'aînée, qui sera mon Heroïne, passoit dans un âge fort tendre pour un des plus beaux enfans de[6] son quartier. Elle avoit l'air fort noble, la taille avantageuse, beaucoup d'esprit, et une grande facilité à apprendre tout ce qu'on luy enseignoit. Son pere n'épargna rien pour luy donner une bonne education ; elle apprit à dancer et à joüer des instrumens avec tant de succez, que ses Maîtres en étoient charmez. Elle chantoit divinement bien ; et comme elle reüssissoit sans peine à toutes les choses qu'elle vouloit apprendre, son pere souhaitta qu'elle sçeut la Musique ; elle s'y attacha avec application, et y reüssit comme elle avoit fait à toutes les autres choses qu'elle avoit souhaitté sçavoir.

Il[7] n'est pas extraordinaire qu'une jeune personne fort belle avec tant d'autres belles qualitez fût chere à ses parens, et fort aimée de tous ceux qui la connoissoient. Bonnin prioit ses amis d'aller chez luy pour voir

---

5. Le banquier est un « négociant en argent, qui donne des lettres de change pour faire tenir de l'argent de place en place » (*Trévoux 1704*). D'après le *Livre commode contenant les adresses de la ville de Paris pour l'année 1692* (Paris, Vve Denis Nion, 1692), la rue Saint-Denis était effectivement habitée par plusieurs banquiers, dont Helissant et Foissin qui négociaient les lettres pour l'Allemagne.

6. *1714 :* « pour une des plus belles personnes de ».

7. *1714 :* « éducation ; les differens Maîtres qu'elle eut en même temps, étoient charmez des heureuses dispositions de leur Ecoliere. Comme elle chantoit bien, son Pere souhaita qu'elle apprît la Musique, et à jouer des Instrumens. Elle s'y attacha avec application, et y reüssit avec autant de succés qu'à toutes les autres choses dont elle avoit pris des leçons. Il ».

dancer sa fille ou l'entendre chanter, comme les autres gens les prient d'un bon repas, et la reputation de Blanche (c'est ainsi qu'elle se nommoit) estoit déja si connuë, que plusieurs Dames de la premiere qualité la visiterent, et furent ravies de faire amitié avec une fille si aimable[8]. Son pere, qui estoit veuf, et qui songeoit à marier Blanche à quelque personne[9] de condition en luy donnant tout son bien, fit élever sa cadette dans un Convent, dans le dessein de la faire Religieuse ; ce qui obligea plusieurs[10] personnes de qualité, charmées de la beauté et de l'esprit de Blanche, de la demander en mariage quoy qu'elle fût encore fort jeune ; peutestre aussi que son grand bien contribuoit à augmenter le nombre de ses adorateurs. On aura peine à le croire dans un siecle aussi desinterressé que celuy-cy ; mais comme cela pourroit estre, je n'ay pas laissé d'ajoûter cette petite reflexion. Bonnin[11], qui estoit un homme fort raisonnable, declara à sa fille que, malgré l'empressement de ceux qui rechercheroient son alliance, il ne s'engageroit jamais à la marier qu'il n'eût auparavant consulté son inclination. Blanche, aprés l'avoir remercié, l'assura qu'elle seroit toûjours soumise à ses volontez.

Comme elle cherchoit à se donner de nouvelles occupations, il luy passa par la teste d'apprendre[12] le Latin ; mais son pere, qui avoit de grandes correspondances en Allemagne, et qui se trouvoit quelque fois embar-

---

8. *1714 :* « qualité se firent un plaisir de visiter cette aimable fille, et furent charmées de faire amitié avec elle ».

9. *1714 :* « à une personne ».

10. *1714 :* « qui engagea plusieurs ».

11. *1714 :* « adorateurs. Bonnin ».

12. *1714 :* « lui prit envie d'apprendre ».

rassé lors qu'il avoit à faire à des personnes de cette Nation qui ne sçavoient pas le François, luy inspira d'apprendre la langue Allemande. Blanche n'eut aucune peine à s'y resoudre, et aprés qu'un Maistre luy en eut appris les principes, Bonnin, qui avoit beaucoup de complaisance pour elle, fit venir exprés une jeune fille d'Allemagne pour la servir, et pour achever de luy apprendre cette langue. Blanche profita si bien du commerce et des frequens entretiens qu'elle eut avec cette fille, qu'en moins d'un an elle parla Allemand avec autant de perfection que si elle eût esté née à Francfort[13]. Son pere estoit ravy de l'entendre raisonner avec des Cavaliers Allemans, qui l'assuroient tous qu'elle parloit aussi bien qu'eux ; et s'imaginant qu'il feroit une agreable surprise à un Banquier de Hambourg, nommé Solicofané, qui estoit son correspondant, il luy fit écrire en Allemand par sa fille sur toutes les affaires de leur commerce. Solicofané, ayant sçeu que c'estoit Blanche qui écrivoit ces lettres, en felicita son pere ; et comme il avoit un fils qui sçavoit un peu la langue Françoise, il l'obligea à répondre en François à toutes les lettres que Blanche écrivoit en Allemand de la part de son pere ; ce qui donnoit occasion de rire à Bonnin et à sa fille toutes les fois qu'ils recevoient de ses lettres, parce que le jeune Solicofané écrivoit tres-mal en François, et y mêloit toûjours beaucoup d'Allemand. Cela ne laissa pas de lier entre eux une maniere de commerce de galanterie. Le Lecteur me dispensera d'inserer icy leurs lettres, parce que celles de l'Allemand estoient fort grossieres, et les réponses

---

13. *1714 :* « autant de facilité et de perfection, que si elle eut été élevée dans la Ville d'Allemagne où l'on parle le mieux ».

de Blanche estoient froides, comme le sont d'ordinaire celles d'une personne qui ne sent rien.

La guerre estoit en ce temps-là fort échauffée entre Loüis le Grand et les Confederez[14] ; plusieurs Princes d'Allemagne se trouverent engagez à servir contre ce Monarque, bien moins par leur choix que par la disposition de leurs affaires, et par la situation de leurs Estats, qui auroient esté pillez par les Troupes des Confederez, s'ils eussent refusé de se declarer en leur faveur. Cependant comme les Allemans aiment beaucoup à voyager, et que la plûpart des personnes de qualité de cette Nation viennent faire leurs exercices à Paris, plusieurs Princes et Cavaliers attendoient avec impatience la fin de la guerre, pour envoyer à Paris leurs enfans. Le Duc de *****, qui avoit esté élevé en France, souhaittoit passionnément que le Prince son fils eut une pareille éducation ; mais craignant que la guerre ne durast trop long-temps, et que son fils ne fût plus en âge de faire ses exercices lorsque la Paix seroit concluë, il s'avisa d'envoyer querir Solicofané qui avoit la plus grande partie de son bien dans ses Estats ; et comme le Duc estoit informé des correspondances qu'il avoit pour son commerce avec Bonnin, il luy fit confidence de l'embarras où il se trouvoit pour envoyer le Prince à Paris, craignant qu'il n'y fût arrété s'il estoit reconnu, et luy declara que luy seul pouvoit le tirer de cet embar-

---

14. Il s'agit de la guerre de Hollande (1672-1678), qui s'acheva par la Paix de Nimègue. La coalition qui se forma contre la France en 1673 rassemblait l'Empereur, le roi d'Espagne, le duc de Lorraine et le prince d'Orange. En 1674, l'Angleterre abandonna son alliance avec la France, et nombre de princes allemands rompirent leurs relations avec Louis XIV ; l'Electeur Palatin, l'évêque de Munster et l'Electeur de Brandebourg regagnèrent le camp impérial. C'est donc après cette date que commence l'intrigue amoureuse de la nouvelle.

ras en faisant passer le Prince pour son fils[15], comme il luy seroit aisé d'y reüssir s'il vouloit s'y employer de bonne foy, et écrire à son correspondant qu'il luy envoyait son fils unique pour demeurer quelque temps à Paris, afin de se perfectionner dans la langue Françoise, et pour apprendre tous les exercices d'un Cavalier, parce qu'il avoit assez de bien pour luy faire soûtenir ce rang sans qu'il continuast son negoce. Le Banquier se trouvant fort honnoré de la confiance du Duc, luy promit de faire ce qu'il souhaittoit, et de le servir avec toute la fidelité imaginable ; il l'assura même qu'il recommanderoit à son correspondant d'en avoir un soin extréme, et de le tenir toûjours dans sa propre maison.

Le Duc demeura fort satisfait des promesses du Banquier, et envoya le Prince à Hambourg, où il passa quelque temps à s'instruire de toutes les choses necessaires, afin qu'il pût bien soûtenir le personnage qu'il devoit faire à Paris. Solicofané l'informa de tout ce qu'il devoit sçavoir, et luy conseilla de s'attacher particulierement à imiter l'écriture de son fils, parce que Bonnin et sa fille avoient receu souvent de ses lettres. Le Prince, qui avoit beaucoup d'impatience d'aller à Paris, apprit tout ce qu'on voulut luy prescrire, et reüssit avec beaucoup de succez à imiter le caractere[16] du jeune Solicofané, jugeant bien que cela hâteroit son départ. Il ne se trompa point, car le Duc ayant fait choix d'un homme de confiance, qu'il mit auprés de luy en qualité de gouverneur, envoya peu de temps aprés le

---

15. *Topos* du prince travesti souvent utilisé par Préchac, notamment dans *Le Beau Polonais* (1681) et dans *Le Prince esclave* (1688).

16. *Caractère :* « écriture de quelque personne particulière » (*Richelet*).

Prince à Paris sans équipage, et sous le nom de Samuël Solicofané. Bonnin avoit déja receu plusieurs lettres de son correspondant, qui luy donnoit avis du départ de Samuël, et le prioit avec instance de le tenir chez luy, d'en avoir tout le soin imaginable, et de n'épargner aucune dépense pour luy donner les plus habiles Maîtres de Paris. Ainsi, lorsque le Prince (qui ne s'appellera plus que Samuël) arriva chez Bonnin, il trouva qu'on luy avoit déja preparé un appartement fort propre, où il avoit une chambre pour son gouverneur, qui passoit pour son camarade[17].

Bonnin, qui avoit beaucoup gagné avec le pretendu pere de Samuël, et qui avoit de l'estime et de la consideration pour luy, receut son fils avec tous les témoignages d'une sincere et veritable amitié. Aprés les premieres civilitez, il luy dit qu'il vouloit luy faire voir son correspondant, et l'ayant pris par la main il le mena dans la chambre de sa fille, qui s'étoit fait une idée d'un Allemand grossier, et qui en jugeoit par les mauvaises lettres qu'elle en avoit receu ; mais elle fut si surprise de voir un jeune homme de belle taille, et d'une mine fort au dessus de tout ce qu'elle avoit jamais vû de jeunes gens, qu'elle sentit dés ce moment-là une secrette inclination pour luy qu'elle n'avoit jamais euë pour personne. Comme il ne s'expliquoit pas aisément en François elle luy parla Allemand, et demeura aussi satisfaite de son esprit qu'elle l'avoit esté d'abord de sa bonne mine. Il commença ses exercices, et se dénoüa[18] si bien en peu

---

17. *Camarade :* « compagnon, associé, qui loge en même chambre. [...] il se dit des gens de basse condition, ou de bas âge qui logent ensemble, ou qui ont fait grande société ou grande amitié » (*Trévoux 1704*).

18. *Dénouer :* « se dit des corps qui se rendent plus libres et plus

de temps, qu'il avoit une grace merveilleuse à tout ce qu'il faisoit. Bonnin ne manquoit pas d'en informer son pere, et il en avoit luy-même autant de joye que s'il eût esté son propre fils ; il luy aplaudissoit en toutes choses, afin de l'animer davantage à bien faire. Mais Blanche sentoit bien d'autres mouvemens, elle trouvoit le jeune Allemand fort à son gré, elle l'avoit souvent attaqué par de petits discours tantôt en François, quelquefois en Allemand, s'imaginant qu'elle luy inspireroit aisément les sentimens qu'elle desiroit qu'il eût, et qu'elle sentoit déja ; mais Samuël estoit si dissipé[19] qu'il ne s'avisa jamais de profiter des petites avances de Blanche. Ce n'est pas qu'il ne la trouvât fort belle, et qu'il n'admirât mille surprenantes qualitez qu'il luy trouvoit ; mais il avoit un cœur neuf, qui avoit besoin d'un Maître avant qu'il fût capable de quelque chose. Blanche, qui méprisoit les soins des Cavaliers les plus polis, étoit au desespoir de ce que Samuël ne témoignoit aucun empressement pour elle. Son indifference, et le peu de soin qu'il avoit de profiter des occasions de l'entretenir, quoy qu'elle luy en donnât souvent les moyens, augmentoient son chagrin, et peut-estre son amour. Elle se retiroit quelquefois dans sa chambre, et repassant dans son esprit tous les discours obligeans et tendres qu'elle entendoit des Cavaliers qui pouvoient l'approcher, elle ne comprenoit pas pourquoy le seul Samuël ne luy parloit que de choses indifferentes. Cette reflexion luy donnoit une espece de mépris pour luy, et elle étoit presque fâchée d'avoir de la bonne volonté

---

dispos par le travail, par l'exercice ; se dit aussi de l'esprit, et signifie développer, rendre [...] plus propre à concevoir, à comprendre et à imaginer » (*Trévoux 1704*).

19. *Dissipé :* « distrait, inappliqué, partagé » (*Trévoux 1704*).

(car elle vouloit se déguiser à elle-même qu'elle eût de l'inclination) pour un homme ou si grossier, ou si insensible ; mais aussi-tôt qu'elle le voyoit, elle oublioit toutes ces reflexions, et ne songeoit qu'à le retenir le plus long-temps qu'elle pourroit.

La fille qui luy avoit appris la langue Allemande estoit toûjours demeurée auprés d'elle. Blanche l'interrogeoit quelquefois de l'humeur des gens de son pays, et luy demandoit par plaisanterie si l'on ne parloit jamais d'amour en Allemagne. Yon (c'est le nom de cette fille) qui estoit infatuée[20] du merite des personnes de son païs, l'assuroit qu'on étoit pour le moins aussi galand[21] en Allemagne qu'en France. Ces conversations divertissoient beaucoup Blanche, parce qu'elle se flattoit que Samuël luy confirmeroit les discours de sa suivante ; et cherchant à luy parler le plus souvent qu'elle pouvoit, elle luy faisoit des railleries sur la grande opinion que cette fille avoit des Allemans. Samuël luy répondoit qu'il seroit bien plus avantageux à sa Nation que ce fût elle-même qui eût ces sentimens, et non pas sa suivante ; cela ne demeuroit pas sans replique, et Blanche auroit esté assez satisfaite de ces petites conversations si Samuël les eût soûtenuës avec un peu de mystère ; mais il les continuoit indifferemment en presence de son gouverneur et de Bonnin, comme s'il eût esté seul avec elle, ce qui luy faisoit juger qu'il ne sentoit rien.

---

20. *Infatuée :* prévenue en faveur de.

21. *Galant :* « homme qui a l'air du monde, qui est poli, qui tâche à plaire, particulièrement aux dames, par ses manières honnêtes et complaisantes ; qui a beaucoup d'esprit, de délicatesse, de l'enjouement, des manières touchantes, aisées et agréables » (*Trévoux 1704*). Vaugelas se prononçait contre l'orthographe *galand* dans ses *Remarques sur la langue française*.

Elle chantoit un jour sur son clavesin un couplet de chanson qui[22] commençoit :

Si l'Amour a des tourmens,
C'est la faute des Amans.

Samuël, trouvant cela fort agreable, la pria de recommencer ; Blanche le fit avec plaisir, et le regardant d'un œil tendre, elle chanta :

Si l'Amour a des tourmens,
C'est la faute aux Allemans.

Samuël rit beaucoup de cette plaisanterie, sans pourtant qu'il en tirât aucun avantage, s'imaginant que Blanche l'avoit faite par hazard et[23] sans aucun dessein ; il estoit si prevenu du merite de cette belle fille, et il avoit si peu d'experience, qu'il ne se seroit jamais flatté qu'elle eut de l'inclination pour luy. Cependant elle ne laissoit pas de le réveiller de temps en temps. Il avoit mis un jour par hazard une[24] garniture de ruban gris-de-lin[25] ; Blanche, qui se levoit tard, l'ayant apperceu par une fenestre, se fit coëffer avec du ruban de la même couleur. Un peu auparavant qu'on se mit à table pour dîner, elle dit malicieusement à Yon qu'elle estoit bien en colere contre Samuël qui avoit pris une garniture de la même couleur de la sienne, sans songer que cela pourroit estre mal interpreté. La bonne Allemande le crüt sincerement, et en parla à Samuël, luy conseillant de ne pas faire cela une autre fois ; il luy

22. *1714 :* « qui finissoit ainsi ». Il s'agit du refrain de l'air des Tritons dans *Alceste* de Quinault et Lully (I, 7).

23. *1714 :* « l'avoit fait par plaisanterie, et ».

24. *1714 :* « jour une ».

25. *Gris-de-lin :* « nuance violette qui a plusieurs degrés depuis le plus clair jusqu'au plus brun » (*Trévoux 1704*). Préchac a écrit une nouvelle, *Le Gris-de-lin, histoire galante* (1680), sur cette mode lancée par la Dauphine.

jura que le hazard seul l'avoit fait, et[26] pendant le repas
il en demanda pardon à Blanche en Alleman, et luy fit
des protestations que[27] cela s'étoit rencontré par hazard.
Blanche feignit qu'elle ne le croyoit pas, et plus il s'en
deffendoit, plus elle témoigna qu'elle en étoit persuadée. Alors Samüel luy dit qu'il alloit oster sa garniture,
puis qu'il estoit assez malheureux de luy avoir déplû
par là, quoy qu'il ne cherchât qu'à gagner son estime
et avoir son approbation. Aussi-tôt qu'il eut dîné, il
voulut aller dans sa chambre pour y changer d'habit ;
mais Blanche, l'ayant appellé à une fenestre, où elle
s'étoit mis exprés pour luy parler, luy dit d'un ton fort
tendre, qu'en France lors qu'un jeune homme prenoit les
couleurs d'une fille, on jugeoit qu'il sentoit quelque
chose pour elle ; qu'à la verité elle trouveroit fort mauvais qu'un autre eût pris cette liberté, mais que pour
luy elle n'auroit pas la force de luy en sçavoir mauvais
gré. Samüel attribuant ce discours à la civilité de Blanche
l'en remercia, et comme il étoit fort sensible à toutes
les honnestetez qu'elle luy faisoit, il s'attacha à gagner
son estime, s'imaginant que s'il avoit son approbation,
il auroit celle de toutes les personnes de bon goust.

Blanche estoit ravie des soins qu'il prenoit de luy rendre compte de tout ce qu'il avoit fait ou vû, quoy
qu'elle[28] eût bien souhaitté qu'il luy parlât un peu plus
tendrement ; elle étoit fâchée de le trouver si timide,
et se proposoit quelquefois de luy demander les sentimens de son cœur ; mais faisant reflexion qu'il étoit

---

26. *1714 :* « Allemande crut que sa Maîtresse parloit sincerement,
et en rendit compte à Samüel, lui conseillant de ne pas user ainsi une
autre fois. Il lui jura que le hazard seul en étoit cause, et ».

27. *1714 :* « Allemand, lui protestant que ».

28. *1714 :* « vû, elle ».

honteux à une personne de son sexe de faire des avances à un jeune homme, sa pudeur l'empêchoit de s'expliquer davantage : neanmoins l'amour qui est ingénieux luy inspira d'exercer par de petites épreuves ce cœur si neuf, afin de le disposer aux usages qu'elle en vouloit faire. Elle affecta de luy faire une confidence, et lui aprit que Yon étoit amoureuse de luy. Samuël en rougit, et se trouva si déconcerté que Blanche connut aisément qu'il étoit fort novice en amour. Cela ne la rebuta point ; le lendemain elle en fit des plaisanteries à sa suivante, et luy persuada presque qu'elle aimoit Samuël, quoy qu'elle fût pour le moins aussi insensible que luy ; sur ce pretexte, elle trouva moyen de glisser un billet dans la poche de Samuël, où il trouva ces paroles.

Je ne puis vous cacher plus long-temps ce que je sens pour vous ; je vous aime, Monsieur, et je vous trouve si aimable, que je ne sçaurois me repentir de ma faiblesse. Il est honteux qu'un jeune homme de si bonne mine aprenne mille choses inutiles, pendant qu'il ne sçait pas aimer ; aprenez donc le langage du cœur, il vous donnera mille fois plus de plaisir que tout ce que vos Maîtres vous montrent ; l'inégalité de nos conditions ne doit pas vous rebuter, vous connoîtrez quand vous sçaurez aimer, que l'amour rend égaux tous ceux qui s'aiment.

Samuël ayant trouvé ce billet le porta à Blanche aussitôt qu'il eut achevé de le lire, jugeant, sur ce qu'il luy avoit déja oüy dire, qu'il venoit d'Yon. Blanche luy persuada qu'une Dame du voisinage avoit fait ce billet à la prière d'Yon qui l'avoit copié, mais qu'il seroit inutile de le luy demander parce qu'elle ne le diroit point ; cependant elle luy conseilla d'y faire une réponse galante, et de la jetter dans la chambre d'Yon. L'Allemand se trouva fort embarrassé, et pria Blanche de luy dicter cette réponse ; elle s'en deffendit, luy faisant entendre qu'en pareilles occasions il falloit consulter son cœur et non pas ses amis. Alors il luy avoüa que son cœur ne luy disoit rien pour une suivante, mais que s'il avoit eü à écrire à quelque personne de merite il auroit fait des efforts pour s'en tirer. Supposez, luy[29] dit Blanche un peu troublée, que vous m'écrivez, nous verrons de quelle maniere vous y reüssirez. Samuël n'ayant rien à repliquer se mit en état de luy obeïr, et écrivit deux lignes[30] assez tendrement pour un homme qui ne sentoit rien. Blanche en eut quelque confusion, et l'empêcha de continuër en luy donnant neanmoins mille aplaudissemens sur ce qu'il avoit écrit, ayant esté assez satisfaite de cette premiere épreuve. Elle continua à faire des plaisanteries à sa suivante sur sa pretenduë passion, et accoûtuma insensiblement Samuël à parler d'amour, et à la consulter sur toutes choses. Elle luy conseilla même de lire de petits livres nouveaux qu'elle luy choisit sur le pretexte[31] de se perfectionner dans la langue Françoise, mais en effet pour luy donner l'occasion de s'instruire un peu de la galanterie. Aussi-tôt qu'il avoit achevé d'en lire quelqu'un, elle luy en demandoit son sentiment, et tâchoit à penetrer avec adresse s'il étoit capable d'aimer, en l'obligeant d'avoüer ce qu'il auroit fait s'il eût esté à la place de celuy de qui il venoit de lire les avantures. Quoy qu'il ne parut aucun caractere de galanterie dans les réponses qu'il luy faisoit, elle ne laissoit pas de les admirer, parce qu'elle y trouvoit beaucoup d'élevation, et une

---

29. *1714 :* « tirer : Supposons, lui ».

30. *1714 :* « deux ou trois lignes ».

31. *1714 :* « choisit sous pretexte ».

grandeur d'ame qui luy faisoit juger qu'un jeune homme qui avoit des sentiments si genereux, pourroit bien en avoir de tendres. Elle étoit ravie de voir que Samuël aimoit à estre fort propre dans ses habillemens, et qu'il n'épargnoit aucune dépense pour cela, quoy que son gouverneur l'empêchast quelquefois de se satisfaire, luy representant qu'on vend d'ordinaire beaucoup plus cherement à un Allemand qu'à un François. Blanche, qui n'avoit pû le guerir de cette prevention, luy choisissoit les plus beaux points[32] qu'elle pouvoit trouver, et aprés les avoir payez secrettement elle les faisoit porter chez elle, et donnoit ordre de ne demander que le tiers de ce qu'ils valoient, afin que ce défiant gouverneur ne détournât pas Samuël de les acheter, ce qui produisoit un effet assez plaisant ; car le gouverneur, qui se regloit là dessus, couroit tous les magazins de Paris cherchant à acheter des points pour luy-même, mais il se retiroit toûjours fort en colere, et se plaignoit de la mauvaise foy des Marchands qui l'avoient voulu tromper. Il étoit contraint de prier Blanche de luy en acheter ; mais Blanche, qui n'avoit pas la même complaisance pour luy que pour Samuël, n'avertissoit pas les Marchands de demander moins, et ainsi le gouverneur n'achetoit jamais rien, persuadé que toutes choses augmentoient de prix aussi-tost qu'il en avoit besoin.

Blanche s'estant servie de cet artifice en plusieurs occasions, Samuël qui avoit beaucoup d'esprit s'en apperceut, et ce procédé, qu'il attribuoit à la generosité de cette belle personne, augmenta l'estime et la consideration qu'il avoit déja pour elle ; il cherchoit quel-

---

32. *Point :* « se dit de toutes sortes de passements et particulièrement de fil fait à l'aiguille » (*Trévoux 1704*).

que moyen pour luy en témoigner sa reconnaissance,
sans qu'il y parut aucune affectation, lors qu'un jour
on aporta à Blanche des boucles de souliers[33] couver-
tes de diamans faux parfaitement bien imitez. Elle les
trouva si extraordinaires qu'elle proposa à Samuël de
les joüer ; il y consentit avec plaisir ; Blanche les gagna,
et s'en servit d'abord ; Samuël, feignant qu'il avoit
envie d'en acheter de pareilles, pria Yon de les y[34] aporter aussi-tôt que Blanche auroit quitté ses souliers ; mais
il luy recommanda de le faire avec adresse, et sans
qu'elle pût s'en apercevoir. Yon fit ce qu'il souhaitoit,
et Samuël, qui avoit plusieurs beaux diamans, alla chez
un Orfévre, qu'il obligea à passer la nuit pour monter
sur ces boucles d'autres diamans extremement fins à
la place des faux ; il le recompensa liberalement, et le
lendemain il les rendit à Yon. Blanche passa deux jours
sans qu'elle s'en aperceut ; mais une Dame de ses
amies, ayant remarqué l'éclat de ses diamans, eut peine
à croire (malgré tout ce que Blanche luy en disoit) qu'ils
fussent faux. Blanche pour la mieux persuader osta
l'une de ses boucles, et assura la Dame qu'elle en auroit
de semblables pour deux pistoles. La Dame ayant
témoigné qu'elle souhaitteroit en trouver, Blanche
donna sa boucle à un laquais, et l'envoya chez le Marchand qui les avoit venduës, pour luy dire de luy en
aporter de pareilles. Le Marchand, aprés l'avoir bien
examinée, répondit qu'il en chercheroit, mais qu'il ne

---

33. Les *boucles de souliers* sont des anneaux ronds ou carrés qui
ont un ardillon au milieu, et qui servent à tenir le soulier serré ou
attaché. Les faux diamants se vendaient aux environs du Temple,
mais aussi dans la rue Saint-Denis.

34. Emploi courant de *y* comme pronom de la troisième personne ;
1714 corrige par *lui*.

croyoit pas en trouver [à][35] moins de cinq cens pistoles[36]. La Dame, qui avoit bien vû que ces diamans estoient fins, ne fut point surprise de cette réponse, et jugea que Blanche s'étoit vouluë divertir lors qu'elle l'avoit assurée qu'ils étoient faux. Blanche étoit dans un étonnement extréme, et les ayant examinez de plus prés, elle fut fort deconcertée lors qu'elle reconnut qu'ils étoient plus brillans qu'à l'ordinaire. Elle se souvint que Samuël en avoit de semblables, et voulut s'éclaircir d'une chose qui la surprenoit si fort ; elle l'envoya prier de les y prester afin d'en voir la difference. Samuël ayant répondu qu'il les avoit troquez, Blanche ne douta plus qu'il ne luy eût fait cette noble tromperie ; mais ne comprenant pas de quelle maniere cela s'étoit pû faire, puis qu'elle avoit toûjours porté ses boucles, elle demanda à sa suivante si elle n'avoit point presté ses boucles à quelqu'un. Yon, qui étoit de bonne foy, luy avoüa la verité ; et Blanche, se flattant que l'amour avoit quelque part à cette galanterie, en parla à Samuël, et voulut luy rendre ses diamans ; il la pria instamment de les garder, et luy fit connoître qu'elle-même luy en avoit donné l'exemple en trompant la deffiance de son gouverneur par de pareilles generositez.

Quoyque Blanche fût bien fâchée de ce que la reconnaissance y avoit plus de part que l'amour, elle ne laissa pas de garder les boucles, qui luy servirent de pretexte pour obliger Samuël à recevoir plusieurs presens qu'elle luy fit dans les suittes[37].

---

35. Correction apportée par les éditions de 1696 et 1714.

36. La pistole est une monnaie d'or qui vaut onze livres. La livre correspond approximativement à cent francs 1990. Samuël fait donc un cadeau de prince.

37. *1714 :* « dans la suite ».

Il y avoit prés d'un an que Samuël étoit à Paris, lors qu'un homme fort considerable dans la Robe fit demander Blanche à Bonnin, qui ne fut pas fâché qu'un homme de credit et de consideration voulut estre son gendre. Cette nouvelle se répandit d'abord dans la maison, et chacun s'empressoit à faire compliment à Blanche, qui receut cela avec beaucoup de tranquillité, étant fort assurée que son pere ne la contraindroit jamais à épouser un homme contre son gré ; ainsi elle ne s'embarrassoit point des discours des domestiques. Samuël, qui avoit toûjours crû n'avoir que de l'estime et de l'amitié pour cette aimable fille, fut si affligé d'aprendre qu'elle alloit estre mariée, que tout le monde s'aperceut de son chagrin. Mais lors qu'il se representa les obligations qu'il avoit à Blanche, les soins qu'elle prenoit de luy choisir ses points et ses garnitures, et de luy donner ses avis sur toutes choses, sa reconnaissance luy inspira d'autres sentimens ; et faisant reflexion qu'il alloit estre privé des conversations d'une des plus aimables personnes du monde, qui avoit beaucoup de complaisance pour luy, cette derniere consideration le touchoit plus sensiblement que les autres, et le rendoit de si mauvaise humeur, que Blanche, qui l'observoit toûjours, remarqua ce changement. Elle hesita long-temps à luy en demander le sujet, craignant que Samuël, qui luy parloit avec sincerité, ne luy avoüât qu'il aimoit quelque autre personne. Cette pensée luy fit beaucoup de peine ; elle voulut neanmoins s'en éclaircir, et le pria de luy apprendre le sujet de son chagrin. Samuël se trouva un peu embarrassé, et luy donna de mauvaises raisons qui ne la satisfirent point ; elle luy fit avoüer qu'il luy déguisoit ses veritables sentimens, et elle jugea par l'embarras où il étoit qu'elle avoit quelque part à ses inquietudes. Elle luy reprocha son peu de sincerité, et Samuël, n'ayant plus de bonnes raisons pour s'en deffendre, s'engagea à luy écrire ce qu'elle souhaittoit sçavoir, excusant sa timidité sur la presence de son gouverneur, qui ne le quittoit presque jamais, et qui ne luy laisseroit pas la liberté de l'entretenir assez long-temps pour luy aprendre son secret. Il se retira dans sa chambre, et s'enferma dedans sur le pretexte d'écrire en Allemagne. Blanche, qui avoit une impatience extréme d'estre informée d'une chose où elle prenoit tant d'interest, luy envoya peu de temps aprés Yon pour le prier de luy donner les Vers dont il luy avoit parlé. Samuël, qui comprit aisement ce que cela vouloit dire, luy remit en main un papier, et luy recommanda de dire à sa maîtresse qu'il la prioit de le luy renvoyer aussi-tôt qu'elle en auroit fait une copie. Blanche, qui attendoit le retour de sa suivante avec des inquietudes extrémes, se retira en particulier pour lire ce billet, prévoyant bien qu'elle seroit également embarrassée à cacher sa joye ou son chagrin. Voici ce qu'elle y trouva.

Je n'aurois jamais osé vous aprendre le sujet de mon chagrin si vous ne me l'aviez commandé ; mais puisque vous le voulez absolument, je vous avoüeray avec cette sincerité que vous me connoissez, que j'ai eü un déplaisir sensible, en apprenant que vous seriez bientôt mariée. Je croyois d'abord que mon inquietude venoit de ce que je ne pourrois plus vous voir tous les jours, et vous demander vos avis ; et cherchant à me consoler moy-même, je me flattois que vous ne laisseriez pas de recevoir mes visites aprés vôtre mariage ; mais mon cœur ne se paye point de cette raison, et j'ay une si grande repugnance pour ce mariage, que j'en suis continuellement occupé. Voila le sujet de mes inquietudes, elles augmentent à toute heure, et je ne sçaurois plus y penser sans estre accablé de mille mouvemens

que je n'avois jamais senty. Je vous ay toûjours sou-
haitté un établissement digne de vous, tout le monde
m'assure que ce party vous est fort avantageux, et j'ai
presque honte de m'affliger d'une chose qui réjoüit tous
ceux qui s'interessent à vôtre fortune ; cependant si
cette affaire reüssissoit, il me semble que je ne m'en
consolerois de ma vie. Je n'ay que des pensées confu-
ses, vôtre présence me trouble, et vôtre mariage me
desespere ; je n'ay jamais eü la force de vous le dire,
de peur que vous ne l'eussiez trouvé mauvais. Yon qui
est entrée dans ma chambre pour me demander des Vers
de vôtre part m'a interrompu ; je luy ay donné ma Let-
tre en l'état qu'elle est, et il vous sera aisé de me faire
connoître vos sentimens sur ce cruel mariage, en fei-
gnant de me renvoyer mes Vers.

Blanche acheva de lire cette Lettre avec toute la joye
imaginable ; elle connoissoit la sincerité de Samuël, ce
qui luy fit juger qu'il luy expliquoit de bonne foy ses
sentimens, sans qu'il se fut peut-estre aperceu qu'il
l'aimoit. Elle profita de la credulité de sa suivante, et
luy donna quelque temps aprés un papier pareil à celuy
qu'elle avoit receu, avec ordre de le rendre à Samuël.
Voicy ce qu'il contenoit.

Je ne m'exposeray plus à vôtre fausse sincerité ; vous
feignez de m'aprendre le sujet de vos inquietudes, et
vous me faites avec adresse une declaration d'amour ;
je vous avoüe que je ne m'étois pas attendüe à une
pareille malice : j'aurois eü peine à vous la pardonner,
si la reconnoissance que je vous dois par l'interest que
vous prenez à ma fortune ne m'y obligeoit. Cependant
je ne suis pas fâchée que vous desaprouviez le mariage
qu'on me propose, et je me sçay bon gré que nous
soyions tous deux d'un même sentiment. Assurez vous
que les vôtres ne me déplairont jamais, et que j'écou-

teray avec plaisir toutes les raisons que vous me don-
nerez pour me détourner de ce mariage.

Il seroit difficile d'expliquer la satisfaction de Samuël
lors qu'il receut cette réponse ; il sentoit bien que Blanche luy étoit fort chere, mais avoit si peu d'experience,
qu'il ne distinguoit point si l'interest qu'il prenoit à sa
personne étoit un effet de son amour ou de son amitié. Il s'aplaudit particulierement de ce qu'il luy avoit
fait une declaration d'amour sans y penser, et qu'elle
l'avoit receuë sans se mettre en colere. Cet heureux succez luy donna de la hardiesse, et quelque temps aprés
il luy avoüa qu'il l'aimoit. Blanche ne prit aucun soin
de luy cacher les sentimens de son cœur, et luy confirma ce qu'elle luy avoit déja écrit.

Quoique Samuël n'eût jamais aimé, il trouva tant de
plaisir à penser qu'une des plus agreables personnes du
monde avoit de l'inclination pour luy, qu'il n'oublia
rien pour luy donner de nouvelles marques de sa passion et de sa reconnaissance ; et Blanche, qui avoit toûjours craint de le trouver indifferent, fut si ravie de ce
qu'il étoit sensible à son amour, qu'elle ne perdoit
aucune occasion de le voir et de l'entretenir. Ils se
voyoient à toute heure, ils se rendoient compte de toutes leurs pensées, et se donnoient des assurances reciproques de s'aimer toute leur vie.

Samuël, qui l'aimoit passionnément, avoit quelque
peine, lors qu'il faisoit reflexion qu'une personne de
ce merite aimât le fils d'un Banquier. Cette delicatesse
le chagrinoit, et voulant luy épargner la honte d'une
passion si basse, il fut prest vingt fois à luy aprendre
qu'il étoit le Prince de **** ; mais craignant que la
grande inégalité de leurs conditions n'empêchât sa maîtresse de l'écouter, et trouvant un espece de plaisir à
songer que sa qualité n'avoit aucune part à l'inclina-

tion que Blanche avoit pour luy, il se contenta de demeurer dans son déguisement, et de passer pour Samuël.

Bonnin s'aperceut de la parfaite intelligence de ces deux amants ; mais, soit qu'il fût charmé du merite et de la bonne mine de Samuël, ou que la connaissance qu'il avoit des grands biens de Solicofané le luy fist souhaitter pour gendre, il ne s'embarrassa point des soins que l'Alleman rendoit à sa fille ; il l'avertit seulement qu'elle prît garde de ne point souffrir des libertez à Samuël qui puissent luy donner du mepris pour elle. Blanche, qui avoit beaucoup de vertu et de pudeur, resolut, malgré son amour, de vivre avec plus de retenuë, et d'éviter les occasions de se trouver seule avec Samuël ; peut-estre aussi qu'elle se deffioit d'elle-même, et qu'elle craignoit de ne pouvoir pas resister à l'amour et à la bonne mine de cet aimable Alleman. Samuël, qui avoit goûté l'esprit de Blanche, et qui ne trouvoit rien d'aimable qu'elle, fut fort sensible à ce changement. Les difficultez qu'il eut à la voir aussi souvent qu'il le souhaittoit augmenterent sa passion ; il se plaignit de cette severité, et pria si instamment sa maîtresse d'avoir un peu plus d'intelligence, qu'elle[38] n'eut pas la force de luy refuser qu'il pût la voir à toute heure comme auparavant. Il est vray qu'il n'abusoit point des petites libertez qu'elle luy donnoit, et sa passion étoit si delicate qu'il ne songeoit qu'à plaire à sa maîtresse, sans qu'il eut aucun de ces desirs injustes, qu'on ne sçauroit presque satisfaire sans s'exposer à perdre l'amour, et souvent la personne qu'on aime. Blanche, qui se fioit à la fidelité de son amant, trompée par l'égalité de leurs conditions, se flattoit qu'aussi-tôt que la

---

38. *1714 :* « plus d'indulgence, qu'elle ».

paix seroit faite, le jeune Solicofané l'épouseroit du consentement de ses parents ; et le faux Samuël, sans se souvenir de sa naissance, se trouvoit si satisfait d'aimer cette charmante personne et d'en être aimé, qu'il ne s'embarrassoit point de l'avenir, s'imaginant peut-être que ce temps heureux dureroit toûjours.

Il courut en ce temps-là un bruit à Paris, qu'on avoit arrété en Allemagne un Seigneur François qui revenoit de Pologne, et qu'il y avoit un ordre du Roy d'arréter tous les Cavaliers Allemans qui se trouveroient à Paris. Le gouverneur du Prince de ****, qui naturellement étoit fort soupçonneux, s'imagina que son pupille seroit envelopé dans l'execution de cet ordre, et ne se fiant pas que le nom de Samuël Solicofané pût[39] l'en garantir, il intimida le Prince, et voulut luy persuader que cet ordre avoit esté donné contre luy seul, sur quelque avis que la Cour avoit eü qu'il étoit à Paris. Il l'exhorta de se déguiser, et de partir[40] incessamment pour se dérober à la vigilance de ceux qui le chercheroient.

Le Prince, qui ne pouvoit se resoudre à s'éloigner de sa maîtresse, resista long-temps aux raisons et aux prieres de son gouverneur, se flattant que le nom de Samuël, qui luy étoit si cher, et sa qualité si éloignée de celle d'un Prince le mettroient[41] à couvert de toutes sortes d'insultes ; mais son gouverneur luy ayant representé qu'il couroit risque d'estre enfermé à la Bastille, et de

---

39. *1714 :* « étoit soupçonneux, s'imagina que le Prince seroit enveloppé dans l'exécution de cet ordre ; et ne comptant pas assez sur leur déguisement, pour croire que le faux nom de Samuël Solicofané ne pût ».

40. *1714 :* « l'exhorta de partir ».

41. *1714 :* « le nom et l'état du fils de Samuël, dont il étoit revêtu, le mettroient ».

n'en sortir que par une échange avec le Prince de Fustemberg[42], le jeune Prince intimidé de ce discours se laissa conduire par son gouverneur, qui le fit partir en poste, et le mena en Angleterre, où ils s'embarquerent pour retourner en leur païs. Ce deffiant gouverneur avoit persuadé à Bonnin qu'il accompagnoit Samuël à Fontainebleau[43], où ils pourroient passer cinq ou six jours pour voir toutes les beautez de cette Maison Royale. Blanche, à qui son amour donnoit peutestre des pressentimens secrets de son malheur, n'avoit consenti à ce voyage qu'avec beaucoup de repugnance ; elle deffendit même à Samuël de prendre congé d'elle, craignant que sa tendresse ne la trahît, et qu'il ne luy échapât, en presence des domestiques, des larmes qui eussent fait connaître l'interest qu'elle prenoit au jeune Alleman. Elle comptoit tous les momens de son absence, et aussi-tôt qu'elle se reveilloit le matin, elle se faisoit une joye de penser que Samuël pourroit revenir ce jour-là ; mais voyant qu'il ne revenoit point, elle fut fort allarmée de ce retardement ; et faisant des reproches à son pere du peu de soin qu'il prenoit d'un jeune homme qu'on luy avoit tant recommandé, elle l'obligea d'envoyer un homme exprés à Fontainebleau pour sçavoir quelle raison il avoit d'y demeurer si long-temps puisque la Cour n'y étoit pas. Cet homme revint

---

42. Guillaume Egon, prince de Furstenberg (1629-1704), attaché aux intérêts de la France, faisait partie du Conseil de l'Electeur de Cologne. L'Empereur le fit enlever à Cologne le 14 février 1674. On le transféra dans les prisons de Vienne et de Neustadt, et on commença même son procès. Malgré l'indignation de Louis XIV, il ne recouvra la liberté qu'à la Paix de Nimègue.

43. Séjour habituel de la Cour. Préchac a écrit une nouvelle intitulée *Le Voyage de Fontainebleau* (1678). Voir aussi dans ce volume *La Reine des fées*, p. 190.

le lendemain sans avoir apris aucune nouvelle de Samuël ; il assura au contraire qu'il n'étoit point allé à Fontainebleau, et qu'il y avoit plus de quinze jours qu'il n'y avoit paru aucun Etranger. Bonnin[44] fut allarmé de n'aprendre point de nouvelles de Samuël, craignant qu'il ne luy fût arrivé quelque chose de fâcheux. L'embarras où il étoit l'empêcha de s'apercevoir de l'inquietude de sa fille, qui se retira dans sa chambre, où elle s'abandonna aux larmes, comme il est ordinaire aux personnes de son sexe[45], lors qu'elles sont accablées de quelque chagrin. Yon fut fort surprise de la trouver en cet état ; elle luy aprit sans aucun dessein que plusieurs Allemans intimidez d'un bruit qui s'étoit répandu qu'on vouloit les arréter en France, s'étoient retirez en Angleterre, ajoûtant que Samuël pourroit avoir[46] fait ce voyage. Blanche, aprés avoir essuyé ses larmes, alla informer son pere de l'avis de sa suivante. Bonnin songeoit déja à écrire en Angleterre pour sçavoir s'il y étoit, lors qu'il receut un paquet d'un de ses correspondans de Londres, dans lequel il trouva deux lettres de Samuël, dont l'une s'adressoit à luy, et l'autre à sa fille.

Blanche fut si étourdie d'aprendre par la Lettre de son pere que son amant étoit déja en Angleterre, qu'elle n'avoit pas la force d'ouvrir la sienne ; et n'osant pas s'exposer en presence de son pere à tous les differens mouvemens que cette Lettre feroit paroître sur son visage, elle se retira en particulier, et lût ce qui suit.

---

44. *1714 :* « paru d'étrangers. Bonnin ».

45. Préchac se moque souvent des larmes versées par ses héroïnes ; voir notre étude dans *L'Illusion et ses procédés (...)*, pp. 279-280.

46. *1714 :* « pourroit bien avoir ».

Je ne me serois jamais determiné à partir pour me dérober à la persecution dont on menace les Allemans, si je n'avois regardé ma liberté comme un bien qui vous apartient, et que je ne veux employer que pour vôtre service. Je vous ferois compassion si vous sçaviez ce que je souffre depuis mon départ ; je ne suis occupé que de vous ; je ne trouve de plaisir qu'à penser que ma passion ne diminuera jamais ; et cependant je suis forcé à m'éloigner de vous, afin de me conserver pour vous. Quoy qu'il arrive, je ne seray pas long-temps à mon voyage, car je commence à sentir que j'aurois moins de chagrin d'estre prisonnier dans la même Ville où vous estes, que d'estre libre à deux cens lieuës de vous. De grace, ne m'oubliez pas, et donnez moy souvent de vos nouvelles, puisque c'est la seule satisfaction que je me propose en Allemagne, où je n'auray de momens heureux qu'à songer que je vous aimeray toute ma vie.

Quoy que cette Lettre fût fort tendre, Blanche eut beaucoup de peine à se consoler du départ de son amant ; elle passa deux jours sans sortir de sa chambre sur le pretexte de je ne sçay quelle incommodité. Neanmoins elle ne perdit pas l'occasion du premier Courrier qui partit, pour luy faire réponse. Voicy ce qu'elle luy manda.

Je ne fais pas un petit effort en vous écrivant, puisque vous avez bien pû vous resoudre à partir sans me le dire. Vôtre passion ne devoit-elle pas vous rassurer contre les allarmes qu'on vous a données ? Et deviez-vous disposer sans mon consentement d'une liberté que vous dites qui m'apartient ? Je pardonnerois à un grand Prince de prendre ces precautions ; mais quel raport avez-vous à la paix ou à la guerre ? Falloit-il sous un pretexte si faible vous éloigner de deux cens lieuës ? Je

tremble quand je songe à cette longue distance. Avez-
vous oublié tous les sermens que vous m'avez faits ?
Qu'est devenuë cette sincerité ? N'aurez-vous esté de
bonne foy toute vôtre vie que pour me tromper, lors-
que vous m'avez assurée que vous m'aimiez ? Je vous
declare que je ne recevray plus vos Lettres ; j'écoute-
ray vos raisons, et il ne vous sera pas difficile de vous
justifier ; mais je veux les entendre de vôtre bouche,
et non pas par vos Lettres : Ne vous embarrassez pas
des bruits ridicules qui se sont répandus, qu'on avoit
dessein d'arréter icy les personnes de vôtre Nation, reve-
nez seulement, et soyez bien persuadé qu'il n'y a rien
à craindre pour vous, puisque je vous conseille de reve-
nir. Vôtre départ precipité m'a plus offencée que vous
ne croyez, et vous ne sçauriez reparer vôtre faute qu'en
me surprenant par un prompt retour ; je jugeray de la
sincerité de vos sentimens par le soin que vous aurez
de faire ce que je desire.

Aussi-tôt que le Prince fut arrivé à Hambourg, il alla
remercier Solicofané de tous les bons traittemens qu'il
avoit receu en France sous le nom de Samuël ; il le pria
sur toutes choses de ne point détromper son correspondant, parce qu'il se proposoit de faire bien-tôt un
second voyage en France, et qu'il vouloit encore se servir du même déguisement pour voyager avec plus de
commodité et moins de dépense. Le Banquier luy promit tout ce qu'il souhaittoit, et manda à Bonnin qu'il
luy étoit extremement obligé des soins qu'il avoit pris
de son fils, et qu'il esperoit le renvoyer bien-tôt en
France. Blanche, expliquant cette Lettre à son avantage, se flatta que Samuël avoit déja preparé son pere
à ce voyage ; cette pensée la consola beaucoup, s'imaginant toûjours que son amant la surprendroit lors
qu'elle y songeroit le moins.

Cependant le Duc de **** fut fort satisfait des progrez que le Prince son fils avoit fait en France ; il trouva qu'il avoit parfaitement reüssi dans ses exercices, et qu'il y avoit acquis ce dénoüëment et cet air libre qui n'est pas ordinaire aux Etrangers ; peut-estre aussi que l'amour avoit plus de part à ce succez que l'adresse ny les soins de ses Maîtres.

Les negotiations de la paix s'échaufferent beaucoup en ce temps-là, ce qui obligea le Duc de **** d'envoyer son fils à Copenhague, pour representer ses interests au Roy de Danemark, afin qu'il envoyât ordre à son Ministre à Nimegue[47] d'en avoir soin. Le Prince fut parfaitement bien receu à la Cour de Danemark, où l'on admira également sa bonne mine, son esprit et son adresse. C'est là qu'il receut la Lettre de sa maîtresse ; il l'aimoit toûjours de bonne foy, et il se proposoit même de l'épouser du côté gauche[48] (qui est un usage étably en Allemagne, lorsque les Princes se marient à des personnes d'une naissance fort au dessous de la leur). Mais voyant que ses affaires l'arrétoient trop long-temps en Danemark, et qu'il étoit pourtant de sa gloire et de son interest de les finir avantageusement, il resolut de ne rien precipiter, et se contenta d'écrire

---

47. Les traités de Nimègue (août 1678-février 1679) mirent fin à la guerre. Louis XIV obligea le roi de Danemark et l'Electeur de Brandebourg à acheter la paix par la restitution de ce qu'ils avaient pris au roi de Suède, Charles XI, allié du roi de France. Les principautés d'Allemagne, lasses d'une guerre qu'elles n'avaient soutenue que pour des alliés qui les abandonnaient, laissèrent Fribourg au roi et se soumirent à tous les articles du traité de Münster.

48. Le mariage du côté ou de la main gauche est « une union par laquelle le marié, qui est noble et d'une condition supérieure à celle de la mariée, l'épouse en lui donnant la main gauche, et ne lui communique ni à elle, ni aux enfants, son rang et sa condition » (*Littré*).

une Lettre fort tendre et passionnée[49] à sa maîtresse, pour l'assurer qu'il se rendroit incessamment auprés d'elle, et qu'il ne s'en éloigneroit jamais. Il envoya un Courrier exprés, qu'il chargea de plusieurs presens pour donner à Blanche. Mais ce furent ces presens qui empêcherent qu'elle ne receut pas[50] sa Lettre ; car le Courrier fut volé en chemin par un party[51] de l'armée de Suede, et les soldats, craignant qu'on ne leur fit rendre ce qu'ils avoient pris, le tuerent ; ainsi[52] Blanche passa plus de six mois sans recevoir aucune nouvelle de son amant. Il seroit difficile d'exprimer tout ce qu'elle souffrit pendant ce temps-là ; tantôt elle se repentoit d'aimer un homme qui faisoit si peu de cas d'elle, un moment aprés elle cherchoit des raisons pour l'excuser, et se sçavoit mauvais gré des jugemens desavantageux qu'elle venoit de faire. Son dépit et sa colere prenoient ensuite le dessus de tous ses mouvemens ; elle faisoit resolution de ne penser plus à cet ingrat, mais son cœur n'avoit aucune part à de pareilles resolutions, et aussi-tôt qu'elle entendoit heurter à la porte de sa maison, elle couroit à la fenestre, sc flatant que c'étoit peut-être son cher Samuël. Elle avoit honte de se tromper toûjours, et se promettoit à elle-même de ne se donner plus ce soin fatiguant. Le lendemain elle oublioit ce qu'elle avoit resolu, et quitt[oi]t toutes ses occupations

---

49. *1714* : « fort passionnée ».

50. Construction courante au XVII[e] siècle : l'idée entraîne la négation complète dans la subordonnée (F. Brunot, *H.L.F.*, t. IV, p. 1041). Corrigé en 1714.

51. *Parti* : « troupe de gens de guerre, qu'on commande pour quelque expédition » (*Trévoux 1704*).

52. *1714* : « Soldats le tuerent, dans la crainte qu'on ne les découvrît, et qu'on ne leur fît rendre ce qu'ils avoient volé. Ainsi ».

pour examiner au travers d'une vitre tous ceux qui entroient chez son pere, dans l'esperance de voir revenir son amant. Bonnin, qui remarqua les inquietudes de sa fille, resolut de ne differer plus à la marier, et fit dire en secret à celui qui l'avoit déja recherchée, qu'il seroit plus favorablement écouté que la premiere fois. L'Officier de robe profitant de cet avis fit de nouvelles instances pour obtenir Blanche en mariage. Bonnin en parla à sa fille, qui eut l'adresse de cacher ses veritables sentimens, et sans témoigner aucune repugnance pour ce mariage, elle pria son pere de ne s'engager à rien, et de lui donner le temps d'examiner l'humeur et les bonnes qualitez de celuy qu'il luy proposoit ; et se souvenant que Samuël avoit esté autrefois allarmé d'aprendre qu'on songeoit à la marier, elle resolut d'obliger Yon à lui écrire pour l'en avertir, se flatant que cet avis hâteroit son retour ; elle luy dicta une Lettre en ces termes.

Il m'a paru, Monsieur, que vous preniez tant de part à tout ce qui regarde ma maîtresse, que j'ay crû vous obliger beaucoup en vous aprenant qu'elle va estre mariée à un homme fort considerable. Elle a eü bien de la peine à s'y resoudre, mais enfin elle y a donné son consentement ; on est déja convenu de toutes choses, elle a seulement prié son pere de differer encore deux mois la céremonie, je ne sçay pas les raisons qu'elle a eü pour cela ; mais il me tarde que ce terme-là soit expiré, parce que l'on se prepare dans la maison à faire de grandes réjoüissances ; il n'y a qu'elle seule qui semble s'affliger d'une chose qui donne de la joye à tout le monde pour l'amour d'elle. Je vous prie, Monsieur, de me mander des nouvelles d'Allemagne, et de vous assurer que je suis vôtre tres humble servante, YON.

Blanche adressa cette Lettre à Solicofané, qui ne manqua pas de la faire tenir au Prince à Copenhague, parce qu'il luy avoit recommandé à son départ de luy envoyer toutes les Lettres qu'il receveroit pour luy. Il avoit déja terminé ses affaires, et se preparoit à repasser en France du consentement même de son pere, lors qu'il receut la Lettre d'Yon, qui fit à peu prés l'effet que Blanche en avoit attendu ; car elle le mit dans des inquietudes extremes, et sans attendre les passeports qu'on devoit luy envoyer de Nimegue pour faire son voyage plus surement, il s'embarqua sur un vaisseau qui alloit en Angleterre, ne s'embarrassant point de sa sureté, puis qu'il étoit en danger de voir sa maîtresse entre les bras d'un autre ; il eut le vent assez favorable, et il arriva à Londres plûtost qu'il ne l'avoit esperé ; il ne songea qu'à passer en France le plûtost qu'il pourroit. Il se rendit à Douvres avec beaucoup de diligence, mais la precipitation qu'il marqua de partir le soir même qu'il y étoit arrivé fut cause de son retardement. Il y avoit en ce temps-là quelque desordre en Angleterre[53], et le gouverneur de Douvres avoit receu ordre du Roy de ne laisser embarquer personne qui n'eût un passeport du Roy. Le Prince de ****, qui n'en avoit pas, fut arrété et conduit à Londres. Pendant qu'il se tourmentoit pour obtenir sa liberté, Blanche étoit accablée de mille inquietudes ; les deux mois qu'elle avoit demandé étoient expirez, elle n'avoit aucune nouvelle de son amant, et son pere la pressoit de finir son mariage ; elle trouvoit mille raisons de haïr un homme

---

53. Charles II avait abandonné l'alliance française et accepté le *bill* du *test* en 1673. Malgré ces concessions, la tension resta forte dans le pays jusqu'en 1678 où fut dénoncé un prétendu complot catholique.

qui l'avoit entierement oubliée ; elle se reprochoit quelquefois sa foiblesse, mais son cœur ne se payoit d'aucune raison, et, quelque effort qu'elle fît, il luy fut impossible de se deffaire de sa passion ; ce qui l'obligea à se jetter aux pieds de son pere, pour le prier de ne luy parler plus de ce mariage, sans qu'elle pût luy donner d'autres raisons que l'aversion qu'elle avoit naturellement pour tous les gens de robe. Bonnin, qui avoit déja pris de grands engagemens pour cette affaire, fut fort affligé de la resolution de sa fille ; il luy promit neanmoins de ne luy en parler de sa vie ; mais ne voulant pas manquer à sa parole, ny fâcher des personnes qui luy faisoient honneur en recherchant son alliance, il déclara à ceux qui se mêloient de cette affaire, que sa fille aînée avoit de la repugnance pour le mariage, mais qu'il en avoit une autre qui avoit esté élevée dans un Convent où elle étoit encore, et qu'il feroit à cette cadette les mêmes avantages qu'il s'étoit engagé de donner à l'aînée. Sa proposition fut acceptée ; cette jeune fille, qui avoit toûjours craint d'estre Religieuse, fut plus docile que son aînée, et on ne differa ce mariage qu'autant de temps qu'il en falloit pour preparer les choses necessaires.

Pendant qu'on y travailloit, la Princesse de Mecklebourg[54], qui se disposoit à retourner dans ses

---

54. Elisabeth Angélique de Montmorency-Bouteville, sœur du maréchal de Luxembourg, née en 1627. Elle fut d'abord la femme du duc de Châtillon qui mourut en 1649 ; en secondes noces, elle épousa, en 1664, Christian Louis, duc de Mecklembourg. Elle mourut en janvier 1695. Très liée à la maison de Brunswick, elle fit un voyage diplomatique en Allemagne qui dura du mois d'octobre 1678 à l'été 1679 (voir, Mme de Sévigné, *Corr.*, t. II, p. 632 et *Mercure galant* de mars 1679, pp. 159-178). Sur le séjour de Mme de Châtillon à Celle, voir Emile Magne, *Madame de Châtillon*, ch. VIII.

Etats, et qui étoit bien aise de faire en passant dans les Cours des Princes d'Allemagne une dépense proportionnée à son rang et à sa generosité, eut besoin de plusieurs lettres de change ; et comme Bonnin luy en avoit fourny en d'autres occasions, elle l'avertit quelque temps avant son départ, afin qu'il pût luy fournir les lettres qu'elle souhaittoit. Blanche, qui étoit fort connuë de la Princesse par les relations que son pere avoit avec elle à cause de ses correspondances d'Allemagne, alla un jour la visiter, et en fut favorablement receuë. L'amour luy inspirant de profiter des bontez que la Princesse luy témoignoit, elle luy exagera le chagrin qu'elle avoit de la voir partir de France ; et comme elle s'aperceut que la Princesse étoit sensible au zele et à l'attachement qu'elle marquoit pour son service, elle la pria les larmes aux yeux de trouver bon qu'elle eût l'honneur de l'accompagner en Allemagne. La Princesse, qui avoit une parfaite connoissance des bonnes qualitez de Blanche, et des grands biens de son pere, attribua son discours à son zele ; mais Blanche luy ayant avoüé qu'elle avoit eü toute sa vie une forte passion de voir l'Allemagne, dont elle sçavoit parfaitement bien la langue, la Princesse, qui auroit esté ravie d'avoir auprés d'elle une fille de ce merite, se rendit enfin à ses importunitez, et s'engagea d'en parler à son pere. Blanche se retira fort satisfaite de cette Princesse, esperant que ce voyage luy donneroit bien-tôt occasion de voir son amant, et de luy faire mille reproches de son[55] indifference. La Princesse ne manqua pas de demander sa fille à Bonnin. Le Banquier, qui n'étoit pas trop satisfait de Blanche depuis qu'elle avoit refusé le mariage qu'il luy proposoit, et qui jugea qu'elle aimoit

---

55. *1714 :* « reproches sur son ».

tant sa liberté pour s'assujetir aux soins et aux assiduitez qu'elle auroit esté obligée de rendre à la Princesse,
donna sans peine son consentement, et[56] après l'avoir
remercié de l'honneur qu'elle faisoit à sa fille, il luy
promit de ne s'opposer point à ce voyage si Blanche
étoit d'humeur à le faire. Blanche, ayant apris la
réponse de son pere, se disposa à suivre la Princesse,
et eut la precaution de se pourvoir de tous les ajustemens qui luy étoient necessaires, songeant moins à faire
honneur à la Princesse, qu'à paraître charmante aux
yeux de son amant, qu'elle esperoit de[57] revoir en
Allemagne.

La Princesse, ayant receu quelque temps après ses
passeports, prit congé de la Cour, et partit accompa-
gnée de Blanche, qui mena[58] Yon avec elle pour la servir. Leur voyage fut assez heureux, et la Princesse fut
receuë avec beaucoup de respect dans toutes les Villes
où elle passa. L'esperance que Blanche avoit de voir
bientôt son cher Samuël, luy donnoit une vivacité et
un enjouëment qu'on ne sçauroit comprendre sans
avoir aimé. Les incommoditez du voyage fatiguoient
toutes les autres filles de la Princesse, Blanche seule
étoit toûjours en état de luy rendre service, et devenoit
chaque jour plus belle à mesure qu'elle approchoit
d'Allemagne. Aussi-tôt qu'elles furent arrivées à Hambourg, Blanche, impatiente d'aprendre des nouvelles
de son amant, se fit mener chez Solicofané, feignant
qu'elle avoit des lettres importantes à luy rendre. Elle

---

56. *1714 :* « qui n'étoit pas fort satisfait de Blanche, depuis qu'elle
avoit refusé le Mari qu'il s'étoit proposé de lui donner, accorda son
consentement sans peine, et ».

57. *1714 :* « qu'elle comptoit de ».

58. *1714 :* « qui y mena ».

goûtoit par avance tous les plaisirs que l'imagination peut donner à une personne qui aime fortement ; elle arriva enfin chez le Banquier, où un Commis la receut avec beaucoup de civilité, et luy dit que son maître ne voyoit personne ce jour-là, parce qu'il étoit dans une affliction extreme à cause de la mort de son fils qui avoit expiré depuis une heure. Blanche fut si étourdie en aprenant cette cruelle nouvelle, qu'elle faillit à s'évanoüir dans la maison du Banquier ; jamais on n'a passé en si peu de temps d'une grande joye à une douleur sensible, et sans se souvenir des mesures que la bienseance l'obligeoit à garder, elle fit mille extravagances qui surprirent tout le monde ; elle voulut même aller dans la chambre du Mort, malgré tout ce qu'on pouvoit luy dire pour l'en détourner. Le Commis qui avoit ordre de ne laisser entrer personne l'en empêcha, et fut si surpris de ses emportemens, qu'il menaça Yon, qui étoit avec elle, de les chasser si elles ne se retiroient d'une maison où l'on n'étoit pas d'humeur à voir des folles. Yon obligea sa maîtresse à sortir, et la ramena presque par force chez la Princesse, où elle arriva plus changée que si elle eût eü trois mois la fiévre. La suivante, qui sçavoit le secret de Blanche, eut l'adresse de dire qu'elle avoit esté saisie d'une douleur violente, ce qu'on n'eut point de peine à croire lors qu'on eut remarqué le desordre de son visage. On apella tous les plus habiles Medecins du païs, qui l'accablerent de remedes violens, capables de tuer une personne qui auroit esté en parfaite santé. Le lendemain on trouva qu'elle avoit une fiévre fort dangereuse[59] ; la Princesse fut fort fâchée de sa maladie, et en eut des soins extraordinaires.

Pendant que la pauvre Blanche étoit exposé[e] à

---

59. *1714 :* « fiévre très dangereuse ».

l'ignorance des Medecins, le Prince de ****, qui avoit enfin obtenu sa liberté à Londres, étoit arrivé à Paris, où il n'étoit guere plus tranquille que sa maîtresse à Hambourg. Il avoit esperé que son amour luy fourniroit assez d'expediens pour differer son mariage, et il s'étoit flatté qu'il la surprendroit agreablement s'il entroit dans sa chambre sans luy donner avis de son arrivée ; mais il fut bien surpris luy-même lors qu'il trouva à la porte de cette chambre des gens qu'il ne connoissoit point, avec des couleurs qu'il n'avoit jamais vû. Bonnin pour se consoler de l'absence de Blanche avoit obligé sa sœur et son mary à luy tenir compagnie ; et comme l'appartement de sa fille aînée étoit le plus commode de sa maison, il les y avoit logez jusques à son retour. Le Prince, allarmé de la nouveauté des domestiques et des livrées, demanda avec empressement si Mademoiselle Bonnin ne logeoit plus là ; un valet luy répondit qu'elle y logeoit toûjours, mais qu'elle avoit changé de nom, et qu'elle portoit celuy de son mary. Elle est donc mariée ? reprit le Prince avec precipitation. — Oüy, Monsieur, repliqua le valet, il y a huit jours que le mariage fut consommé ; (comme tous les valets aiment à parler) il ajoûta encore que[60] jamais on n'avoit vû deux personnes plus satisfaites de leur mariage ; il voulut même luy faire le détail de la feste, mais le Prince, outré de douleur en apprenant des nouvelles si contraires à son amour, ne luy donna pas le temps de continuer, et se[61] retira. Ce ne fut pas sans se faire une violence extreme, car il fut prest d'entrer dans la chambre de son infidelle maîtresse, et de luy faire mille reproches en presence de son mary. Il fit de

---

60. *1714 :* « il ajouta que ».
61. *1714 :* « et il se ».

tristes reflexions sur cette cruelle avanture, et ne pouvant encore se resoudre à blâmer sa maîtresse, il s'imagina que ses parens l'auroient forcée à épouser cet homme ; mais lors qu'il se souvint qu'on l'avoit assuré qu'elle étoit fort satisfaite de son mariage, cette pensée augmenta ses inquietudes. Il luy passa par la teste de[62] s'en éclaircir par ses propres yeux, et de l'observer dans une Eglise, pour sçavoir si elle avoit l'air aussi content qu'on le luy avoit dit ; mais il se deffia qu'il[63] ne luy échapât quelque retour de tendresse, et qu'il ne pût retenir ses premiers mouvemens, en voyant une personne qu'il avoit aimée avec tant de violence et de si bonne foy. Il donna cette commission à un laquais François qu'il avoit pris à Londres[64], et aprés l'avoir instruit de ce qu'il avoit à faire, il se retira chez luy fort chagrin. Le laquais ne tarda pas long-temps à revenir, et l'assurant qu'il avoit vû cette Dame dans une Eglise, il luy fit un portrait semblable à peu prés à celuy de Blanche, et acheva de l'accabler lors qu'il luy aprit qu'elle paroissoit la personne du monde la plus satisfaite.

Le[65] Prince, prévenu de l'infidélité de sa maîtresse, ne chercha plus d'autres éclaircissemens ; et comme tous les Etrangers sont naturellement soupçonneux, il s'imagina que Blanche n'avoit jamais eü de veritable passion pour luy, et qu'elle s'étoit peut-estre moquée de luy lors qu'elle avoit fait semblant d'en avoir. Cette

---

62. *1714 :* « Il résolut de ».

63. *1714 :* « il craignit qu'il ».

64. Cet épisode rappelle celui de *La Princesse de Clèves* où le mari envoie à Coulommiers « un gentilhomme qui était à lui » pour surveiller sa femme, au lieu de s'y rendre lui-même.

65. *1714 :* « la plus contente. Le ».

reflexion qui interessoit sa gloire l'embarrassa, et il eut
envie de témoigner quelque ressentiment des mépris
qu'on avoit fait de luy. Neanmoins comme il avoit le
cœur trop noble pour se resoudre à insulter une femme
qu'il avoit aimée, il partit de Paris, et s'en alla à Nimegue, où il fit quelque séjour : mais malgré toutes les
raisons qu'il croyoit avoir de n'aimer plus Blanche, son
idée luy revenoit toûjours dans l'esprit, et il ne passoit
point de jour qu'il ne songeât souvent à elle ; ce qui
l'obligea à faire un dernier effort sur son amour, pour
luy écrire une lettre outrageante, s'imaginant qu'après
qu'il l'auroit offensée sa vengeance seroit satisfaite, et
qu'il auroit moins de peine à l'oublier. Il crut même
qu'il étoit de sa gloire de luy mander qu'il ne l'avoit
jamais aimée, et de feindre qu'il n'avoit aucune connoissance de son mariage. Il datta sa lettre de Hambourg, et supposant qu'il y étoit fort incommodé, voicy
ce qu'il luy écrivit.

Je suis bien aise, pour le repos de ma conscience, de
vous aprendre mes veritables sentimens avant que de
mourir, et de vous dire que je vous ay trompée lorsque
je vous ay persuadé que j'avois une violente passion
pour vous. Il est temps que je vous desabuse, afin que
vous ne differiez plus à vous marier pour l'amour de
moy. Je juge que ma sincerité offencera vôtre gloire,
mais vous sçavez qu'on aime et qu'on haït souvent sans
qu'on en puisse donner aucune raison. Ne vous en pre-
nez donc pas à moy si je ne puis répondre à vôtre
amour, et avoüez que les Allemans sont de bonne foy,
puisque je vous declare que vous ne devez jamais son-
ger à Samuël.

Le Prince se trouva fort satisfait d'avoir écrit cette
lettre, quoy qu'elle fût plûtost un effet de son dépit et
de sa colere, qu'une exposition sincere de ses veritables

sentimens ; il y mit une envelope, et l'adressa à Bonnin, afin qu'elle fût renduë plus surement à Blanche.

Bonnin, qui n'étoit pas encore informé de la maladie de sa fille, luy renvoya cette lettre en Allemagne sans la décacheter : Blanche n'avoit plus de fiévre lors qu'elle la receut, et elle se disposoit à accompagner la Princesse, qui devoit bien-tôt partir de Hambourg, et continuer son voyage par les Etats du Duc de Zell[66], où l'on se preparoit à luy faire une reception magnifique. Cette lettre contribua plus au rétablissement de sa santé que tous les remedes des Medecins. Elle eut honte d'avoir esté trompée par un jeune homme sans experience, et se repentit également de l'avoir aimé, et d'avoir esté affligée de la mort de ce perfide. Dans les commencemens son cœur eut beaucoup de repugnance à haïr la memoire d'un homme qui luy avoit esté si cher ; mais ayant relû plusieurs fois cette desobligeante lettre, dont le caractere ne luy étoit pas inconnu, elle crut sans peine, que Samuël, pressé d'un remords de conscience, l'avoit écrite pendant sa maladie. Cela paroissoit si vray-semblable, et elle avoit tant de confusion lors qu'elle y pensoit, qu'elle auroit souhaitté ne s'en souvenir jamais.

Cette cruelle experience luy donna tant de mepris pour les hommes, qu'elle resolut de demeurer toûjours fille, et de ne se laisser jamais tromper aux protestations des jeunes gens. S'étant bien confirmée dans cette resolution, elle reprit insensiblement son embonpoint.

---

66. Georges-Guillaume de Brunswick-Lunebourg, duc de Celle (Zell) depuis 1665, marié à Eléonore Desmier d'Olbreuze. La cour de Celle abritait beaucoup de Français, la vie mondaine y était brillante. On envoya une ambassade au duc qui était ligué avec les Impériaux et qui détenait une partie du duché de Brême prise à la Suède.

Les bontez que la Princesse avoit eü pour elle pendant qu'elle avoit esté malade, l'engagerent à luy en témoigner sa reconnoissance en s'attachant à elle plus fort qu'auparavant. La facilité qu'elle avoit à parler Alleman lui donna moyen de se rendre fort necessaire, parce que la Princesse l'avoit chargée d'entretenir ceux qui la visiteroient, et de répondre aux civilitez qu'elle recevoit en chemin.

La Princesse se trouvant obligée de sejourner quelque temps à la Cour du Duc de Zell, témoigna qu'elle seroit bien aise que toutes les personnes qui l'accompagnoient eussent soin d'y paroître fort propres. Blanche, qui ne songeoit qu'à luy plaire, se fit d'abord remarquer par ses ajustemens, mais sa beauté et son esprit donnerent de l'admiration à tout le monde ; elle joüoit parfaitement bien de toute sorte d'instrumens, et elle y accordoit sa voix avec tant de justesse, qu'on avoit toûjours beaucoup de plaisir à l'entendre. Et comme tous les Etrangers sont ravis qu'on parle leur langue, les Cavaliers Allemans avoient tant de joye de voir qu'une des plus belles personnes du monde sçavoit la leur en perfection, que cette raison contribuoit beaucoup à augmenter l'estime et la consideration qu'ils avoient déja pour elle.

La Cour du Duc de Zell est une des plus polies d'Allemagne ; elle étoit en ce temps-là fort nombreuse, parce que l'Evesque d'Osnabruk et le Duc d'Hannover[67], freres de ce Prince, y passerent tous deux le Carnaval ; on s'y divertissoit fort agreablement, et on y donnoit

---

67. Ernest-Auguste de Brunswick, évêque d'Osnabruck depuis 1662, et Jean-Frédéric de Brunswick, duc de Hanovre étaient les frères du duc de Celle ; encouragés par des subsides du roi de France, ils avaient adopté une attitude de neutralité dans le conflit.

tous les jours le Bal, la Musique, ou la Comedie.
Comme la Princesse et les filles qui l'accompagnoient
se trouvoient à tous ces divertissemens, tous ces Princes avoient toûjours les yeux sur elles ; ils visitoient souvent la Princesse, qui les entretenoit quelquefois de la
Cour de France, et de mille surprenantes qualitez de
LOUIS LE GRAND[68], que la renommée, qui a assez
d'occupation à publier ses victoires, avoit negligé de
leur aprendre. Elle leur témoignoit même du chagrin
de voir que des Princes si genereux fussent engagez dans
des interests contraires à ceux d'un Monarque si parfait. Les Princes, touchez de ces discours, luy firent
connoître qu'ils avoient toûjours eü beaucoup d'estime
et de veneration pour ce grand Roy, et l'assurerent que,
pour s'acquerir sa bienveillance, ils se relâcheroient de
plusieurs demandes que leurs Envoyez avoient faites
dans l'Assemblée de Nimegue. La Princesse profitant
de cette favorable disposition en écrivit en France, et
sçachant que le Baron de Werden, Envoyé de l'Empereur auprés du Duc de Zell, avoit beaucoup de part à
toutes les déliberations de cette Cour, elle eut soin de
le ménager, et de luy faire entendre que la paix de
l'Empereur ayant esté concluë à Nimegue, il étoit de
son interest d'insinuer à ces Princes de suivre l'exemple de Sa Majesté Imperiale, et de s'accorder aux conditions que le Roy leur offriroit. Cela luy donna occasion d'avoir plusieurs conferences avec luy, et comme
il n'entendoit pas le François, la Princesse y apelloit
d'ordinaire Blanche, qui luy parloit Alleman, et avoit
la complaisance de chanter quelque couplet de chanson pour le divertir. Ce Baron en étoit si charmé qu'il

68. Préchac célèbre habituellement le roi au cours de ses nouvelles. Voir à ce sujet l'introduction, p. XXVI.

avoit toûjours beaucoup de peine à se retirer. Il regardoit Blanche comme une merveille, sa beauté luy donnoit de l'admiration ; la maniere dont elle luy expliquoit les veritables interests des Princes d'Allemagne le surprenoit, et il ne comprenoit pas comment il étoit possible qu'une jeune personne joüât de toute sorte d'instrumens avec tant de perfection. Il avoit tant de plaisir à estre souvent avec elle, qu'il la visitoit tous les jours, feignant qu'il avoit quelque chose d'importance à luy communiquer, dont il n'étoit pas encore temps d'entretenir la Princesse. Ces frequentes visites augmenterent l'estime qu'il avoit pour elle, et comme il n'y a pas loin de ce sentiment à l'amour, il en devint en peu de temps fort amoureux. Blanche s'aperceut bien-tôt de sa passion, mais tous les soins qu'il se donnât pour luy plaire ne troublerent point sa tranquillité ; son cœur ne luy disoit rien en faveur du Baron, et son imagination luy representoit à tout moment ce que l'amour luy avoit fait souffrir, et combien il étoit dangereux de s'y embarquer de nouveau. Ces considerations n'étoient que trop fortes pour l'empêcher de répondre à la passion de ce Cavalier ; neanmoins comme elle sçavoit les intentions de la Princesse, et qu'elle jugeoit qu'elle auroit besoin du Baron de Werden pour reüssir dans son genereux dessein, cette raison l'obligea de le ménager, mais elle évita toûjours de luy laisser entendre qu'elle eût compris qu'il l'aimoit.

Pendant que le Baron se tourmentoit inutilement pour rendre Blanche sensible à son amour, le Prince de **** étoit retourné dans les Etats de son pere, où il aprit que les Princes de l'illustre Maison de Brunzwic faisoient leur accommodement avec le Roy. Cet avis obligea son pere de l'envoyer à la Cour du Duc de Zell, pour le prier d'avoir soin des interests de sa Maison, et peut-estre aussi pour tâcher à estre compris dans ce traitté.

Il aprit, en arrivant à Zell, qu'on y rendoit beaucoup de respect à la Princesse de Mecklebourg, et il fut surpris d'entendre que tout le monde parloit avec estime d'une Françoise qui étoit auprès d'elle. Cependant cela ne luy donna point de curiosité de la voir ; il étoit si piqué contre toutes les personnes de cette Nation, et la pretenduë infidelité de sa maîtresse luy avoit inspiré tant de haine contre les François, qu'il fuyoit leur commerce avec soin. Il avoit ordre de son pere de conferer de toutes choses avec le Baron de Werden qui étoit son amy particulier : ce qui luy donna occasion de le voir souvent, et de lier une parfaite amitié avec luy. Le Baron, qui trouvoit le jeune Prince fort poly et de bonne compagnie, luy offrit plusieurs fois de le mener chez la Princesse ; et voyant qu'il prenoit toûjours quelque mauvais pretexte pour s'en deffendre, il le pressa un jour de l'accompagner, l'assurant qu'il auroit beaucoup de plaisir à entendre chanter une des plus belles personnes qu'il eût jamais veuë. Le Prince, qui étoit prévenu qu'elle n'aprochoit pas des charmes de sa perfide Blanche, le pria de l'en dispenser, et afin qu'il ne l'importunât plus de le suivre, il luy avoüa qu'il avoit aimé la plus belle fille de Paris, qu'il avoit même crû ne luy estre pas indifferend[69], qu'ils s'étoient donné des assurances reciproques que leur passion ne diminuëroit jamais ; et qu'il avoit esté si touché d'amour et de reconnoissance, se flatant que cette charmante personne l'aimoit avec tendresse, qu'il étoit retourné à Paris dans le dessein de l'épouser ; mais qu'en y arrivant il avoit trouvé qu'elle étoit déja mariée, et que cette legereté luy avoit donné tant de mépris pour toutes les personnes de cette Nation, qu'il n'en frequenteroit jamais aucune.

---

69. Orthographe archaïque corrigée en 1714.

Cet exemple ne rebuta point le Baron, il continuoit ses assiduitez auprés de Blanche, et il y alloit tous les jours avec resolution de luy parler de son amour ; mais aussi-tôt qu'il la voyoit, il ne se souvenoit plus du compliment qu'il avoit resolu de luy faire, et il differoit au lendemain esperant qu'il seroit plus hardy ; son amour le rendoit fort réveur. Le Prince, s'étant aperceu de ses inquietudes, crut qu'elles pouvoient avoir quelque relation aux affaires de la paix, et le pria de luy dire s'il étoit survenu quelque nouveauté qui eût changé la disposition où toutes choses étoient pour la paix generale. Le Baron l'assura que tout étoit au même état, mais il luy avoüa qu'il s'étoit embarqué dans une affaire qui l'inquietoit plus que celles de l'Empereur, et luy[70] aprit qu'il aimoit passionnément cette belle Françoise qui étoit auprés de la Princesse, sans qu'il eût jamais osé le luy dire. Le Prince voulut l'en détourner, mais toutes les raisons dont il se servit furent inutiles ; et le Baron, qui sçavoit qu'il avoit esté long-temps en France, le pria de luy donner des conseils pour se faire aimer de sa maîtresse, et non pas pour se guerir de sa passion. Le Prince, compatissant à son amour, luy conseilla de luy écrire ; et jugeant bien qu'un billet paroîtroit moins tendre en Alleman qu'en François, il luy offrit de luy en faire un. Le Baron, sensible à ses bontez, luy fit connoître qu'il l'obligeroit extremement, et le Prince, ayant pris une plume, écrivit un billet en ces termes.

Ne soyez pas surprise de voir que je vous écris en François, l'amour fait bien d'autres miracles ; jugez du pouvoir qu'il a sur moy, puis qu'il m'oblige à me servir d'une langue que je n'entends pas pour vous apprendre que je vous aime. J'avois cent fois resolu de vous

---

70. *1714 :* « et il luy ».

le dire, mais vôtre presence me trouble tellement que je n'en ay jamais eü la hardiesse.

Le Baron, ayant serré ce billet aprés que le Prince le luy eut expliqué, ne songea plus qu'aux moyens de le rendre adroitement à sa maîtresse. Il alla la voir peu de temps aprés ; Blanche, s'apercevant qu'il étoit plus chagrin qu'à l'ordinaire, luy demanda s'il avoit receu quelque nouvelle qui luy donnât de l'inquietude. Le Baron profitant de sa curiosité tira son billet de sa poche, et la pria de le lire. Blanche, prévenuë qu'il contenoit quelque avis important pour les interests de la Princesse, eut de l'impatience de s'en éclaircir ; mais aussi-tôt qu'elle eut jetté les yeux dessus, elle reconnut l'écriture de Samuël qui luy étoit familiere ; ce qui la déconcerta tellement[71] qu'elle ne songea qu'à cacher son desordre, et serra le billet sans le lire, s'imaginant qu'elle l'avoit laissé perdre, et que le Baron l'ayant trouvé luy en faisoit une plaisanterie. Ce billet luy donna tant de pensées confuses, qu'elle eut beaucoup de peine à se remettre. Le Baron, qui estoit aussi embarrassé que Blanche, et qui ne comprenoit pas pourquoy elle luy faisoit cette demande, luy dit qu'il n'avoit jamais osé l'entretenir de ce qu'elle trouveroit dans ce billet ; mais qu'il y avoit long-temps que cela luy donnoit de l'inquietude, et qu'il la prioit de luy pardonner sa liberté. Blanche, qui expliquoit ce discours à son desavantage, et qui jugea que ce billet avoit donné de de la jalousie au Baron, auroit esté fort embarrassée de luy répondre, si la Princesse, qui entra dans la chambre où ils étoient, n'eût interrompu leur conversation.

FIN

---

71. *1714 :* « la troubla tellement ».

PRIVILEGE DU ROY.

LOUIS par la grace de Dieu, Roy de France et de Navarre : A nos amez et feaux Conseillers, les gens tenant nos Cours de Parlement, Maistres des Requestes ordinaires de nôtre Hostel, Prevost de Paris, Baillifs, Sénechaux, leurs Lieutenans Civils, et tous autres nos Officiers et Justiciers qu'il appartiendra : SALUT, notre amé le sieur de PRECHAC nous a fait remontrer qu'il desiroit de faire imprimer un Livre intitulé « L'Illustre Parisienne » ; mais il craint qu'aprés en avoir fait la dépense d'autres entreprennent de le contrefaire s'il n'avoit nos Lettres à ce necessaires. A CES CAUSES desirant favorablement traitter l'Exposant, Nous luy avons permis et accordé, permettons et accordons par ces Patentes de faire imprimer ledit Livre intitulé comme cy-dessus, en un ou plusieurs volumes, le vendre et debiter par tout nôtre Royaume, pendant le temps de six années consecutives, à commencer du jour qu'il sera achevé d'imprimer pour la premiere fois. Faisons défences à tous Libraires, Imprimeurs et autres, d'imprimer ou faire imprimer ledit Livre en quelque sorte et maniere que ce soit, même d'impression étrangere ou autrement sans le consentement dudit Exposant, ou de ceux qui auront droit de luy, à peine contre chacun des contrevenans de trois mil livres d'amende applicable un tiers à Nous, un tiers à l'Hospital des Enfans-trouvez de nostre bonne ville de Paris, et l'autre tiers audit de PRECHAC, et de confiscation des Exemplaires contrefaits, et de tous dépens, dommages et interests. Voulons que si aucuns en sont trouvez saisis, il soit procedé contr'eux comme s'ils l'avoient imprimé, à la charge de mettre deux Exemplaires dudit Livre en nôtre Biblioteque publique, un en celle de nôtre Cabinet des livres de nôtre Château du Louvre, et un en celle de nôtre tres cher et feal Chevalier Chancelier de France LE TELLIER, avant que de l'exposer en vente à peine de nullité des presentes, du contenu desquelles Nous mandons de faire jouïr et user ledit de PRECHAC, ses ayant causes, et ceux qui auront droit de luy plainement et paisiblement, sans permettre qu'il luy soit fait, mis ou donné aucun trouble ny empeschement. Voulons aussi qu'en mettant au commencement ou à la fin de chacun Exemplaire un Extrait des presentes, elles soient tenuës pour bien et duëment signifiées, et qu'aux Copies collationnées par l'un de nos amez et feaux Conseillers Secretaires, foy soit ajoûtée comme à l'Original. Mandons au premier nôtre Huissier ou Sergent sur ce requis, faire pour l'execution des presentes toutes significations, défences, saisies, et autres actes requis et necessaires, sans demander d'autre permission. Car tel est nôtre plaisir. DONNE à Saint Germain en Laye, le vingt-huitiéme jour du mois de Mars l'an de grace 1679, et de nôtre Regne le trente-sixiéme. Signé par le Roy en son Conseil, JUNQUIERES.

Registré sur le Livre de la communauté des Libraires et Imprimeurs de Paris le troisiéme May 1679. Signé COUTEROT, Syndic.

Ledit sieur de PRECHAC a cedé son privilege à la veuve d'OLIVIER DE VARENNES, suivant l'accord fait entr'eux.

L'ILLUSTRE

PARISIENNE

HISTOIRE GALANTE
& veritable.

Dediée à MADAME DE
GRANCE'.

Seconde & Derniere Partie.

A PARIS,
Chez CLAUDE BARBIN, au
Palais, sur le second Perron
de la Ste Chapelle.

M. DC. LXXXX.
Avec Privilege du Roy.

Page de titre de la Seconde et Dernière Partie.

A MADAME
DE
GRANCÉ
DAME D'ATOUR
DE LA
REYNE
D'ESPAGNE[72]

MADAME,

    La plus part des Autheurs dédient leurs Livres à des personnes Illustres pour avoir leur protection, vous m'avez déja fait la grace de m'accorder la vostre, et vostre generosité a mesme passé mes esperances, ainsi je ne vous presente ce Livre, que pour vous donner des

---

72. Louise Elisabeth Rouxel, Mlle puis Mme de Grancey, fille cadette du maréchal de Grancey, belle et galante, maîtresse de Monsieur qu'elle gouvernait par l'intermédiaire du chevalier de Lorraine. Monsieur la fit nommer dame d'atour de la reine d'Espagne, et elle tira de grands profits de son voyage. Sur celle qu'on appelait l'« Ange du Palais-Royal », voir Mme de Sévigné, *Corr.*, t. II, pp. 658, 759, 764. Elle mourut à 58 ans, en 1711. Saint-Simon a fait une critique sévère de Mme de Grancey (*Mémoires*, t. XXII, p. 162).

marques de ma reconnoissance, vostre beauté et vôtre naissance me fourniroient assez de matiere pour faire plusieurs Lettres : mais ce sont des avantages trop communs pour vous, vous avez mille autres surprenantes qualités, qui vous font admirer en France et dans les pays Estrangers, les Espagnols vous ont veüe chez eux avec étonnement, ils se sont d'abord recriés sur vostre beauté ; mais lors qu'ils se sont aperçeus du bon usage que vous faisiez de la forte amitié que leur Reyne vous a toûjours témoignée, ils ont également admiré vostre conduitte et vos charmes. Vous avez triomphé, MADAME, de l'antipatie que cette fiere Nation avoit toûjours eu pour la nostre, et tout le monde sçait qu'ils n'ont rien oublié pour vous retenir dans leur Pays ; vous avez preferé la France à tous les avantages qu'ils vous offroient, et cependant ils n'ont pas laissé de vous donner des marques distinguées de l'estime et de la consideration qu'ils avoient pour vous ; à vostre retour, vous avez encore eû la satisfaction de voir que le plus grand et le plus sage de tous les Roys a approuvé vostre conduite, et que toute la maison Royale a comblé d'aplaudissemens : je n'avance rien que toute la Cour ne sçache, et tous ceux qui vous connoissent jugeront bien que je ne vous flate pas, quoy que je vous aye mille obligations, et que je sois avec un profond respect,

MADAME,

> *Vostre tres-humble et tres*
> *obeïssant serviteur,*
> *PRECHAC.*

Extraict du Privilege du Roy

LOUIS par la grace de Dieu Roy de France et de Navarre : A nos amez et feaux Conseillers, les gens tenant nos Cours de Parlement, Maîtres des Requestes ordinaires de nôtre Hôtel, Prevost de Paris, Baillifs, Sénechaux, leurs Lieutenans Civils et tous autres nos Officiers et Justiciers qu'il appartiendra. SALUT, nôtre amé le sieur de PRECHAC nous a fait remontrer qu'il desiroit de faire imprimer un Livre intitulé l'Illustre Parisienne *; mais il craint que d'autres ne lui contrefassent s'il n'avoit nos Lettres, A CES CAUSES desirant favorablement traitter l'Exposant, Nous lui avons permis et accordé, permettons et accordons, de faire imprimer ledit livre, pendant le temps de six années consecutives, Faisons défences à tous Libraires, Imprimeurs et autres, d'imprimer ledit Livre, à peine de trois mil livres d'amende, ainsi qu'il est plus au long contenu audit Privilege. Donné à S. Germain en Laye le 28. Mars 1679. Signé par le Roi, Junquieres.*
Registré sur le Livre de la Communauté, le 3. May 1679. *Signé Couterot, Sindic.*

Ledit sieur de Prechac a cedé son Privilege à Claude Barbin, Et la veuve d'Olivier de Varennes, suivant l'accord fait entr'eux.

L'ILLUSTRE
PARISIENNE

Seconde
et dernière Partie.

Blanche ayant remarqué que la Princesse parloit de quelque affaire importante au Baron, elle en prit occasion de se retirer, pour s'enfermer dans sa chambre ; aussi-tost qu'elle se trouva seule, elle fit mille reflexions differentes sur le pretendu reproche, que le Baron venoit luy[73] faire, en luy presentant un billet de sa main. La [74] resolution qu'elle avoit faite de ne s'embarquer jamais dans aucune nouvelle affaire, apres[75] le malheureux succez de ses premieres Amours, luy revenoit incessamment dans l'esprit, et elle ne pouvoit se consoler de voir que, malgré le soin qu'elle avoit pris de sa conduite, elle seroit exposée à l'avenir aux fatiguantes importunités du Baron, qui sans doute voudroit tirer quelque avantage de la connoissance qu'elle croyoit

---

73. *1714 :* « venoit de lui ».
74. *1714 :* « de la main de son Amant. La ».
75. *1714 :* « affaire de cœur, après ».

qu'il eût de la passion que Samuël avoit eü par elle ;
car il est certain qu'on agit toûjours avec plus de confiance, et méme avec plus de liberté, avec une femme
qu'on sçait déja qui n'en est pas insensible, qu'on
ne feroit avec une autre, qui n'auroit jamais eü
d'affaire. Blanche[76] estoit dans ces inquietudes, lors que
Yon, qui revenoit d'entendre un fameux Predicateur,
entra dans sa Chambre. Blanche luy demanda d'abord
ce qui luy sembloit de ce Sermon ; la suivante, sans lui
répondre à ce qu'elle lui demandoit, lui fit connoître
par plusieurs préambules inutiles, qu'elle avoit quelque chose de fort surprenant et extraordinaire à luy
aprendre ; quoy que Blanche témoigna beaucoup
d'impatience d'en estre informé, Yon ne satisfaisoit
point sa curiosité, et marquoit toûjours une grande surprise, asseurant sa Maîtresse qu'elle ne croiroit jamais
ce qu'elle avoit à luy dire. Enfin, pressée par ses instances, elle lui aprit qu'elle avoit veü Samuël ; mais
qu'elle l'avoit veü de si prés, et si distinctement dans
l'Eglise où elle avoit entendu le Sermon, qu'elle ne pouvoit douter que ce ne fut lui mesme ; qu'elle avoit
mésme remarqué qu'il portoit encore un des habits qu'il
avoit acheté à Paris deux ans auparavant. Blanche trouvoit cette nouvelle si peu vray-semblable, qu'elle traita
d'abord Yon d'extravagante ; mais elle luy[77] soûtint si
positivement qu'elle ne s'estoit point trompée, que
Blanche, surprise de cette grande asseurance, lui donna
un peu plus de creance, sans pourtant qu'elle ozat
jamais se flater que Samuël fut encore au monde. Elle
commençoit à écouter avec plaisir toutes les circonstances que sa suivante luy racontoit, pour lui mieux per-

---

76. *1714 :* « déjà n'être pas insensible, [...] eü de douleur.
Blanche ».

77. *1714 :* « mais l'autre lui ».

suader qu'elle avoit veü Samuël, lors qu'elle se ressou-
vint de la derniere Lettre qu'il lui avoit écrite avant
que de mourir, ce qui luy faisoit juger, que s'il étoit
encore au monde, c'étoit pour elle comme s'il n'y étoit
pas, puisqu'il ne l'aimoit plus ; cette triste pensée l'affligea si fort, qu'elle répandit plusieurs larmes, qu'elle
donna bien moins à la memoire de son Amant, qu'au
souvenir de n'en estre plus aimée. Yon, expliquant ses
pleurs à l'avantage de Samuël, l'asseura par des nouveaux sermens, qu'il étoit encore vivant ; mais Blanche, qui dans ce moment eut souhaité qu'il fut mort,
l'obligea de se taire, et feignit, pour demeurer seule
dans sa chambre, qu'elle avoit des Lettres à écrire. Il
luy passa mille choses differentes par la teste. La derniere Lettre qu'elle avoit receue de son Amant l'avoit
extrémement affligée, quoy qu'elle fut prevenue qu'il
estoit mort, et comme l'on a d'ordinaire de l'indulgence
pour la memoire des morts, cette raison l'avoit empes-
chée de ressentir tout le desespoir où cette cruelle Lettre l'eut mise dans un autre tems ; mais à present qu'elle
doutoit de sa mort, elle voulut examiner cette Lettre,
se flatant peut-estre que sa douleur l'avoit trompée la
premiere fois qu'elle l'avoit sçeu. Heureusement[78] elle
ne la trouva point, et elle se souvint qu'elle l'avoit brû-
lée avec beaucoup d'autres, lors qu'elle s'estoit deter-
minée à demeurer toûjours fille, sans écouter jamais
les discours flateurs, et pleins de tromperie des[79] hommes. Elle eut quelque chagrin d'avoir brûlé cette Lettre ; mais son Amour se reveillant sur les asseurances
que sa suivante lui avoit données, que Samuël étoit

---

78. *1714 :*« l'avoit peut-être trompée la première fois qu'elle l'avait
lûe. Heureusement ».

79. *1714 :* « et séduisans des ».

en vie, elle tâcha à se persuader à elle mesme que cette Lettre n'estoit pas si desobligeante qu'elle l'avoit crû, et se repentit d'avoir souhaitté qu'il fut mort. Elle appela Yon, elle luy fit de nouvelles questions sur l'avanture du Sermon, et ne doutant presque plus de ce qu'elle luy disoit, elle écrivit au Secretaire du Comte de Rebenac[80], qu'elle avoit connu à Hambourg, et qui y estoit encore, pour le prier d'en sçavoir la verité, et de l'en informer incessamment. Pendant que Blanche estoit dans ces inquietudes, le Baron de Werden, qui l'aimoit toûjours, prioit le Prince de **** de luy donner ses assistances, pour tâcher à la rendre sensible à sa passion, étant persuadé qu'un homme qui avoit esté Amoureux en France, connoissoit mieux que luy ce qui pouvoit plaire ou déplaire à une personne de cette nation : le Prince l'asseuroit que les femmes demandoient des soins, et qu'un moyen infaillible de reussir auprés de sa Maîtresse étoit de se rendre assidu auprés d'elle, et fort complaisant à toutes ses volontés. Mais le Baron, qui avoit déja experimenté que Blanche n'étoit point de ce goust, puis qu'elle luy avoit refusé plusieurs fois de le voir, faisoit toûjours de nouvelles instances à son amy, pour l'obliger à visiter Blanche, afin qu'il fut ensuite plus en estat de luy donner des conseils pour s'en faire aimer. Le Prince, qui ne vouloit plus de commerce avec des Françoises, aprés la pretendue infidelité que la fille de Bonnin luy avoit faite,

---

80. François Pas de Feuquières devint comte de Rebenac par son mariage avec l'héritière de ce nom en Béarn. Homme prudent, apparenté à Pomponne, lieutenant général du Béarn, il fut chargé de plusieurs missions diplomatiques et séjourna effectivement à Hambourg. Il rencontra le duc de Celle en 1677 et 1678. Il mourut à l'âge de 45 ans, en 1694, après avoir été ambassadeur extraordinaire en Espagne, puis en Savoie.

le pria de l'en dispenser ; il ne put neantmoins luy refuser de l'accompagner chez sa Maîtresse et d'entrer dans
un Cabinet[81], où il luy promit de le placer, sans estre
aperçeu de personne, et l'assurant qu'il luy seroit aisé
d'entendre de là toute leur conversation, et de juger par
les discours de Blanche si elle seroit jamais sensible à
son Amant ; aussi-tost qu'il fut nuit le Baron, accompagné de son ami, alla voir sa Maîtresse, et comme il
frequentoit tous les jours la maison de la Duchesse, il
prit si bien son tems[82], qu'il le fit entrer dans[83] le Cabinet dont il luy avoit parlé, sans que personne s'en aperçeut, il entra ensuite dans la Chambre de Blanche, qui
le reçeut fort civilement ; il y a apparence qu'il luy parla
de son Amour. Mais soit que le Baron n'eut pas bien
pris ses mesures, ou que le Prince n'ecoutat pas avec
assez d'attention, il n'entendit point ce qu'ils disoient,
et comme il n'estoit occupé de rien, et qu'il avoit fatigué ce jour-là à la chasse, il s'endormit sur un fauteuil.

La Princesse de Meclebourg, ayant reçeu dans ce
tems-là un paquet de Hambourg, envoya à Blanche une
Lettre, qui s'adressoit à elle, et comme elle sçeut que
le Baron de Werden étoit dans sa Chambre, elle
l'envoya prier de passer dans la sienne, pour luy communiquer quelque nouvelle importante ; il fut impossible de retirer son[84] ami du Cabinet, parce que
[l']Officier[85] de la Princesse, qui l'étoit allé querir,

---

81. Le cabinet, « lieu le plus retiré dans le plus bel appartement
des palais », va servir de cadre à un épisode très romanesque.

82. Il choisit son moment.

83. *1714 :* « qu'il fit entrer le Prince dans ».

84. *1714 :* « importante. Le Baron ne put retirer son ».

85. *Officier :* « Celui qui a acheté quelque emploi pour servir le
Roi, Monsieur, la Reine, les enfants des rois, ou les princes »
(*Richelet*).

l'accompagnoit. Mais il jugea bien qu'il se retireroit, lors qu'il ne l'entendroit plus parler. Blanche, qui n'avoit pas voulu lire sa Lettre en presence du Baron, l'ouvrit aussi-tost qu'il fut sorti ; elle trouva que c'étoit la reponse de celle qu'elle avoit écrite à Hambourg, pour sçavoir des nouvelles asseurées de la mort, ou de la vie de Samuël. Voicy ce qu'elle contenoit.

Il ne m'a pas été difficile, Mademoiselle, de satisfaire vostre curiosité, puisque la Famille de Monsieur Solicofané est connuë icy de tout le monde, et personne n'ignore que son fils mourut icy dans le tems que vous y éties. Mais, ***

Elle n'eut[86] pas la force d'achever de lire cette Lettre, la[87] compassion luy arracha des larmes, qui reveille[re]nt toute sa tendresse, et ce triste souvenir l'affligea presque aussi sensiblement, que si elle n'eut jamais sçeu auparavant qu'il estoit mort ; elle tâchoit à oublier tout ce qu'il y avoit de desobligeant dans sa derniere Lettre, et se representoit son cher Samuël plein d'amour, et de bonne foy. Ces pensées, toutes lugubres qu'elles estoient, ne laissoient pas de luy plaire, et craignant qu'il ne vint quelqu'un, qui l'eut detournée d'une réverie qui luy estoit si agreable, quoyqu'elle luy coûtat tant de pleurs, elle se retira dans son Cabinet les yeux baignés de larmes, et l'idée remplie de son défunt Amant, qui dormoit encore dans ce mesme Cabinet lors qu'elle y entra. Ce visage qu'elle avoit trouvé autrefois si aimable luy fit alors tant de peur, qu'elle laissa tomber une bougie qu'elle tenoit à sa main, et s'enfuit, en criant au secours de toute sa force ; ses cris reveillerent le Prince, et la bougie qui ne s'estoit

---

86. Le texte original porte *n'eust*, corrigé en 1696 et en 1714.

87. *1714 :* « de lire, la ».

pas éteinte en tombant, luy donna moyen de trouver la petite Porte par où il étoit entré, et de se retirer avec beaucoup de diligence[88] : plusieurs Domestiques de la Princesse accoururent dans la Chambre de Blanche, et entrerent dans le Cabinet, pour y chercher ce Phantôme qu'elle asseuroit y avoir veu ; on ne trouva rien, et chacun crut que la peur luy avoit fait voir un phantôme dans un lieu où il n'y avoit qu'un Fauteuil. Blanche étoit si effrayée qu'elle ne s'embarrassa guere de ce qu'on la traitoit de visionaire, et n'estant pas bien aise de rendre cette avanture publique, elle ne s'opiniâtra point à persuader ce qu'elle avoit veu ; mais aussi-tost qu'elle se trouva seule avec Yon, elle luy aprit toutes les circonstances, et de la Lettre qu'elle avoit receu de Hambourg, et des pleurs qu'elle avoit répandues[89], et de l'ombre de son Amant, qui luy avoit apparu dans ce méme tems. Yon avoit beaucoup de peine à le croire, et tâchoit à lui guerir l'esprit, en l'assurant que c'estoit un effet de son imagination, qui avoit trompé ses yeux ; Blanche, qui sçavoit bien qu'elle ne se trompoit pas, fit de serieuses reflexions sur cet[te] avanture, il luy passa mesme plus d'une fois par la teste de quitter le monde, et de se retirer dans une maison Religieuse.

Le Baron cependant estoit allé chez le Prince, pour sçavoir ses sentimens sur la conversation qu'il avoit entendue : le Prince l'asseura qui[90] lui avoit esté impossible de rien entendre, et luy avoüa que, se trouvant

---

88. *1714 :* « avec diligence ».

89. Vaugelas note que *pleurs* a été employé, à tort, au féminin par Malherbe (*Remarques sur la langue française*, p. 365).

90. *Qui* est souvent confondu avec *qu'il* au XVIIe siècle. L'édition de 1696 porte *qu'il*.

fatigué de la chasse, il s'estoit endormy dans le Cabinet ; mais qu'il avoit esté reveillé peu de tems aprés, par les cris d'une personne fort éploré[e], et que ne voulant point estre veu, il s'estoit retiré à la faveur d'une bougie, qui par bon-heur estoit tombée dans ce Cabinet, sans qu'il sçeut par quel hazard ; le Baron fut fort fasché de ce mauvais succez, et voulut encore une fois obliger le Prince à aller voir sa Maîtresse : mais il s'en deffendit comme il avoit toûjours fait ; alors le Baron s'avisa de le prier de vouloir du moins lui faire une autre Lettre pour elle. Le Prince, ne pouvant lui refuser cette complaisance, lui fit la Lettre ; il ne l'eut pas si tost achevée, que le Baron de Werden, aprés lui avoir demandé mille fois pardon, le pria de luy donner une veritable marque de son amitié, en prenant l'habillement d'un homme ordinaire, pour porter lui mesme cette Lettre à sa Maîtresse, afin qu'il pût observer tous les mouvemens de son visage, lors qu'elle la liroit, ce qui ne lui seroit pas difficile, n'estant pas connu d'elle. Le Prince fut un peu surpris de ce compliment ; neantmoins, comme il avoit esté Amoureux, il lui pardonna cette liberté, et compatissant à son Amour, il lui promit de faire ce qu'il souhaittoit ; la crainte qu'il avoit d'étre reconnu par quelqu'un, qui eut peû se rencontrer par hazard chez la Princesse, l'obligea à se travestir sous un habillement fort bizarre, et semblable à ceux que les houssars[91] portent (c'est[92] une espece d'Esta-

---

91. *Houssart :* « milice en Pologne et en Hongrie qu'on oppose à la cavalerie ottomane. [...] Le mot est hongrois. Le Roi et l'Empereur ont des *houssarts* à leur service. [...] Ils sont fort déterminés, grands pilleurs, bons partisans, et meilleurs dans une prompte expédition que dans une bataille rangée » (*Trévoux, 1704*).

92. *1714 :* « que portent les Houssars, (c'est ».

fiers[93], dont les Princes d'Allemagne se servent). Il alla ensuitte chez Blanche pour s'acquitter de sa commission, mais il trouva qu'elle avoit acompagné la Princesse à la promenade, et qu'elle n'en estoit pas encore de retour ; il attendit dans une galerie, où il sçavoit que Blanche devoit passer pour entrer dans son apartement, elle ne fut pas long-temps à revenir ; cet habillement extraordinaire, qu'elle aperçeut de l'extremité de la galerie, lui donna d'abord de la curiosité, mais elle eut toûjours les yeux sur lui ; mais[94] lors qu'elle en fut assez prés pour examiner son visage, et qu'elle reconnut son défunt Samuël, ce pretendu spectre luy fit tant de frayeur, qu'elle tomba évanouïe en voulant s'enfuir, et retourner sur ses pas. Le Prince, qui étoit déja charmé de sa taille et de sa démarche, quoyqu'il n'eût point veü son visage, parce qu'elle n'avoit pas encore ôté son masque, fut si étonné de la voir enfuir, et tomber évanouïe prés qu'à mesme[95] tems, qu'il hesita un moment à prendre son party, ne sçachant s'il devoit la secourir ou se retirer, puisqu'il étoit aisé à juger que c'étoit sa figure qui luy avoit fait peur ; enfin il s'avisa de frapper rudement à la porte d'une Chambre, où il entendoit parler, et il s'enfuit à mesme tems, sans qu'il fut aperçeu de ceux qui ouvrirent la porte, et qui trouverent Blanche en cet état ; elle revint de son évanoüissement par le secours qu'ils luy donnerent. Elle demanda si personne n'avoit veü le phantôme qui l'avoit effrayée ; chacun se regardoit, et on écoutoit comme une fable la description qu'elle faisoit de cet

---

93. *Estafier* : grand valet de pied qui suit un homme à cheval.

94. *1714* : « donna de la curiosité ; mais ».

95. *1714* : « presque en même » ; le tour *à même temps* est condamné par Vaugelas et par l'Académie.

habillement bizarre dont il estoit vestu, ce qui donna occasion de croire qu'elle avoit souvent de pareilles imaginations, la mesme chose luy étant déja arrivée une autre fois. On tâchoit inutilement à luy guerir l'esprit de ces chimeres et à luy representer le tort que cela luy faisoit[96], lors qu'on sçauroit dans le monde qu'elle étoit sujette à de semblables visions. Elle faisoit peu de cas de tous ces raisonnemens, rien ne pouvoit la détromper, et elle étoit dans des frayeurs continuelles s'imaginant toûjours de voir l'ombre de son Amant. Yon, qui avoit dans la teste que Samuël n'estoit pas mort, ou qui étoit peut-être curieuse, comme le sont la pluspart des Suivantes, prit secretement dans la poche de sa Maîtresse la Lettre qu'elle avoit reçeu de Hambourg ; elle la leût toute entiere, et y trouva ce qui suit.

Il ne m'a pas été difficile, Mademoiselle, de satisfaire vostre curiosité, puisque la Famille de Monsieur Solicofané est connüe icy de tout le monde, et personne n'ignore que son Fils mourut dans le tems que vous y étiés. Mais il en a encore un, nommé Samuël, qui contribüe beaucoup par son merite à consoler son pere de la mort de son aisné ; on m'a asseuré qu'il n'avoit point d'autres enfans. Si vous souhaittés sçavoir quelque autre chose, mandés le moy, et soyés persuadée que je vous en informeray fort exactement.

La lecture de cette Lettre surprit la pauvre suivante, au delà de tout ce qu'on pût s'imaginer[97], elle ne comprenoit point quelle raison Blanche pouvoit avoir de la tromper ainsi, et de la joüer, en feignant des terreurs et des apparitions chymeriques ; elle crut qu'elle luy étoit devenuë suspecte, puis qu'elle la traitoit comme tous

---

96. *1714 :* « feroit ».

97. *1714 :* « qu'on peut imaginer ».

les autres, et se ressouvenant bien qu'elle avoit veü
Samuël au Sermon, elle s'imagina aisément que cela
étoit enveloppé de quelque mystere Amoureux : mais
quoy qu'elle fut fort satisfaite de sa penetration, elle
ne pouvoit se consoler d'avoir perdu la confidence de
sa Maîtresse. Blanche, qui avoit toûjours trouvé sa suivante sensible à ses mal-heurs, fut dans une surprise
extréme de la voir changer tout à coup ; car bien loin
de compatir à ses plaintes comme auparavant, elle ne
vouloit plus les écouter, et à peine pouvoit elle s'empécher de luy rire au nez.

Cependant le Baron cherchoit de nouveaux expediens
pour se faire aimer de sa Maîtresse, puis que le Prince
ne lui estoit d'aucun secours, et qu'il lui avoit mesme
declaré qu'il ne vouloit plus s'exposer, comme il avoit
fait ; il s'adressa donc à Yon, qu'il essaya de gagner
par ses flateries, et[98] par ses liberalités : mais soit qu'elle
crut lui parler de bonne foy, ou qu'elle pretendit se bien
vanger, en faisant une confidence qu'on luy avoit
cachée, elle declara au Baron qu'il perdoit ses soins et
ses peines, que Blanche n'avoit aucune inclination pour
lui, et qu'elle avoit un autre Amant, qui la voyoit en
secret, et qui selon les apparences n'en étoit pas maltraité. Le Baron fut extremement surpris du discours
de la suivante ; il la pria de lui aprendre le nom de cet
heureux Rival ; elle l'asseura, les larmes aux yeux,
qu'elle ne le sçavoit pas elle mesme, et lui promit de
l'en informer, à mesure qu'elle en découvriroit quelque chose ; il se retira fort affligé, quoy que tres-
satisfait d'avoir mis Yon dans [s]es[99] interests.

Le Comte de Rebenac, envoyé du Roy, étant arrivé

---

98. *1714 :* « ses caresses, et ».
99. Le texte original porte *les*, corrigé dès 1696.

à Zell en ce tems-là, trouva que la Duchesse de Meclebourg avoit si bien disposé les Princes de Brunsvic à
la Paix, qu'il n'eut presque pas besoin de son adresse
ordinaire pour conclure le traité que toute l'Europe a
veu[100]. Le Baron de Werden, qui estoit plus occupé de
son Amour que des affaires de l'Empereur, dont il
estoit chargé, ne s'y opposa point, et se contenta d'y
faire comprendre le Duc de ****, pere du Prince : cette
paix attira mille aplaudissemens de toute l'Allemagne
à la maison de Brunsvic, et tous les autres Princes se
hasterent bien-tost aprés de suivre leur exemple. Ce ne
fut pas avec le méme bon-heur, car le Roy ne voulut
pas leur accorder des conditions aussi avantageuses que
celles qu'il avoit accordées au Duc de Zell et aux Princes ses Freres ; cette difference fit connoître à ces Princes l'obligation qu'ils avoient à la Duchesse de Meclebourg, qui les avoit servis si utilement auprés de l'arbi-
tre de l'Europe. Le Prince de ****, qui étoit à la veille
de s'en retourner dans ses Estats, receut ordre du Duc
son Pere d'aller remercier cette illustre Duchesse des
bons Offices qu'elle luy avoit rendus dans le traitté de
Paix, il se mit en état de luy obeïr, et la Duchesse, qui
en fut avertie, se prepara à le recevoir avec beaucoup
de civilité ; et comme dans de pareilles occasions les
Princes sont bien aise[s] d'avoir leur Cour complette,
la Duchesse fit entendre à Blanche, qui ne sortoit presque plus de sa Chambre, qu'elle luy fairoit plaisir de
s'habiller le jour que le Prince **** viendroit. Si Blanche eut eü dessein de paroître belle, elle auroit pu se
deffendre de se trouver à cette visite, car il est certain

---

100. C'est le 5 février 1679 que fut signée la paix entre la France,
la Suède et la maison de Brunswick. Ce traité fut suivi d'un autre,
signé à Saint-Germain-en-Laye, le 29 juin 1679.

que les frayeurs continuelles dont elle estoit saisie, s'imaginant de voir toûjours l'ombre de son Samuël, l'avoient si fort changée, qu'elle ne sembloit plus la mesme personne : mais elle ne s'embarrassoit point comment on la trouveroit, n'ayant plus que de l'indifference pour toutes choses ; ainsi elle fut plutôt preste que les autres, et attendit le Prince dans l'apartement de la Duchesse ; elle estoit en conversation avec une des femmes de la Princesse, lors qu'on les advertit que le Prince de **** arrivoit. La curiosité, qui est si ordinaire aux Dames, les fit courir à une fenestre, pour voir au travers des vitres[101] le cortege de ce Prince. Samuël fut le premier objet qui se presenta aux yeux de Blanche ; d'abord elle eut peur, et s'imagina que ce phantosme la poursuivoit par tout. La presence de [s]es[102] compagnes la rasseura, et se souvenant que Yon luy avoit toûjours soustenu qu'elle avoit veu Samuël, elle crut qu'il y avoit peut-estre quelque Gentil-homme de la suite du Prince qui luy ressembloit, cela luy paroissoit assez vray-semblable. Mais elle estoit dans un embarras extréme, lors qu'elle se souvenoit qu'il lui avoit apparu sous des figures si differentes : toutes ces pensées estoient confuses, quelquefois elle trouvoit ces frayeurs bien fondées, un moment aprés elle tâchoit à se persuader qu'il y avoit de la faiblesse à croire qu'un homme mort pût revenir.

Le Prince estoit déja entré, et pendant qu'il faisoit des complimens à la Duchesse, Blanche cherchoit des yeux, parmy les personnes de sa suite, le Cavalier qui

---

101. Circonstance familière souvent utilisée dans les nouvelles du temps ; voir par exemple, Mme de Villedieu, *Les Désordres de l'amour*, éd. M. Cuénin, Genève, Droz, p. 108.

102. Le texte original porte *ces*.

ressembloit à son Samuël ; comme elle ne le trouvoit
plus, elle jetta la veüe sur le Prince, qui estoit aisé à
distinguer par la magnificence de ses habits, et par les
civilitez que la Duchesse lui faisoit ; ce visage qui lui
estoit si connu, et dont elle avoit l'idée si remplie, lui
causa tant d'emotion, qu'elle eut de la peine à s'empécher d'evanoüir[103]. Une de ses compagnes, qui avoit
connoissance de ses faiblesses, lui dit par plaisanterie :
Ce Prince ne vous fait-il pas peur, et ne craignez vous
point que ce ne soit l'ombre de vostre Amant ? Ce discours lui fit de la confusion, et l'obligea à faire des
efforts extraordinaires, pour cacher les mouvemens de
son cœur et de son visage ; cependant plus elle examinoit le Prince, plus elle lui trouvoit tous les traits de
Samuël, et elle convenoit en elle-mesme qu'il n'y avoit
jamais eu une si parfaite ressemblance ; elle commençoit à sentir de secretes revolutions dans son cœur, qui
la trahissoit déja, malgré la resolution qu'elle avait faite
de n'aimer jamais. Le Prince estoit si occupé de sa conversation avec la Duchesse, qu'il ne songeoit guere à
examiner les autres Dames. Il ne laissa pas de remarquer Blanche, et quoy qu'elle fut fort changée, il reconnut d'abord qu'elle avoit quelques traits de la fille de
Bonnin ; neanmoins comme il estoit prévenu qu'elle
estoit marié[e] en France, il crut que le hazard faisoit
cette ressemblance, et ne s'arresta pas davantage à cette
pensée ; en se retirant, il la regarda encore, et quoy
qu'elle n'eut pas cet embonpoint qu'il luy avoit veu
autrefois, il lui trouvoit tout l'air de son infidelle Blanche : cet objet réveilla sa passion, et comme il prenoit
déja quelque interest à cette personne, il demanda à un

---

103. *Evanouir :* ellipse du pronom régime du verbe réfléchi ; cet
usage est encore fréquent au XVIIe siècle.

des Gentil[s]-hommes de la Duchesse, qui l'accompagnoit, qui estoit cette belle personne. Le Gentil-homme, qui estoit du voisinage de la Garonne, et par consequent grand exaggerateur[104], répondit au Prince qu'elle estoit fille d'un Duc et Pair de France, qui avoit accompagné la Duchesse dans ce voyage par curiosité, et peut-étre aussi pour se délivrer des importunités de ses adorateurs. Le Prince connut bien, par cette réponce, que cette fille estoit d'une qualité au dessus de celle de Blanche, et quelque penchant qu'il se sentit à l'aimer, il resolut de ne la voir plus, et de partir le lendemain, jugeant bien qu'il ne reüssiroit pas aisément auprés d'une belle personne, qui avoit esté eslevée à la Cour de France, et qui, peut estre, avoit meprisé les soins des courtisans les plus déliés[105].

Aussi-tost que Blanche se trouva seule avec Yon, elle lui parla de la surprenante avanture qui venoit de lui arriver, et lui dit qu'elle ne s'estonnoit plus de la trouver si opiniastre à soûtenir qu'elle avoit veu Samuël, puis que le Prince de **** lui ressembloit si parfaitement, qu'elle y auroit esté trompée elle mesme, si elle l'eut veu dans quelque lieu où il n'eut pas esté connu pour le fils du Duc de ****. La suivante, prevenue que sa maîtresse lui cachoit la verité de cette intrigue, voulut voir où pourroit aller sa dissimulation, lui demanda si cette ressemblance n'avoit produit aucun effet dans son cœur : Je t'avoüe, lui dit-elle, qu'il m'est échapé

---

104. Le mot *exaggerateur*, qui n'est pas enregistré par les dictionnaires du temps, se rencontre aussi dans *L'Héroïne mousquetaire*, appliqué aux Espagnols (II, p. 108). Le personnage du Gascon est un type qu'ont utilisé Scarron (*Le Roman comique*) et Le Noble (*La Fausse Comtesse d'Isamberg*), et qu'on rencontre dans beaucoup de comédies de la fin du siècle.

105. *Délié :* « subtil, délicat » (Richelet).

des sentimens dont je n'ay pas esté la maîtresse, et oubliant qu'il fut un grand Prince, j'ay senti de secretes revolutions, que la sympathie faisoit dans mon cœur, et[106] dont je ne m'estois jamais aperceuë qu'en faveur du défunt Samuël ; en prononçant ce nom les larmes lui coulerent des yeux avec abondance.

Yon, qui sçavoit que les larmes coûtent peu aux femmes, ne fit pas grand cas de celles de sa maîtresse, et outrée de ce qu'elle la trompoit, elle lui en fit des reproches, qu'elle accompagna d'un torrent de pleurs, lui soûtenant toûjours que Samuël n'estoit pas mort, et qu'elle le voyoit en particulier. Blanche la traita d'extravagante, et la menaça de la chasser. Yon lui répondit qu'elle estoit resolue à se retirer de son service, puis qu'elle avoit perdu sa confiance, et tirant de sa poche la Lettre du Secretaire du Comte de Rebenac, elle la jetta sur sa table, et lui dit malicieusement que c'étoit la seule restitution qu'elle eut à lui faire. Blanche, jugeant que cela estoit mysterieux, prit la Lettre, et la leut ; il seroit difficile d'exprimer l'estonnement où elle fut, lors qu'elle trouva qu'on lui mandoit que le fils aisné de Solicofané estoit mort, mais que Samuël estoit encore en vie. Elle se souvint bien que son impatience, ou plutost sa douleur l'avoient empechée de lire la Lettre toute entiere ; elle la relut plus d'une fois, craignant toûjours de se tromper, et ayant de la peine à croire une chose qu'elle souhaitoit avec tant de passion. Enfin elle reconnut que c'estoit la mesme Lettre qu'elle avoit reçeu de Hambourg, et ne douta plus que son Samuël ne fut encore vivant. Yon estoit sortie de la Chambre, sans attendre que Blanche eut achevé de lire cette Lettre, et par un mouvement de vengeance que sa colere

---

106. *1714 :* « dans mon âme, et ».

lui inspira, elle écrivit à Bonnin qu'elle alloit quitter le service de sa fille, parce qu'elle estoit devenue suspecte à son Amour, que neantmoins elle estoit bien aise de l'advertir que la passion extreme que Blanche avoit pour Samuël Solicofané la perdroit infailliblement, s'il n'y mettoit ordre bien-tost. Elle avoit déja envoyé sa Lettre à la poste, lors que sa Maîtresse la fit apeller ; elle n'oublia rien pour se justifier dans son esprit, l'asseurant qu'elle ne lui avoit jamais rien caché, et qu'elle avoit esté saisie d'une douleur si violente, la premiere fois qu'elle avoit leu cette Lettre, qu'elle n'avoit pas eu la force de la lire toute entiere. L'Allemande, deffiante et opiniastre, n'estoit point touchée de ses raisons, et persistoit toûjours à vouloir se retirer. Blanche eut beaucoup de peine à l'appaiser : mais elle la gagna enfin par ses caresses, et par les protestations qu'elle lui fit de lui donner toute sa confiance. Yon, voulant aussi lui faire voir sa sincérité, lui avoüa franchement tout ce qu'elle avoit dit au Baron de Werden, dont elle fut si fort querellée, qu'elle n'osa pas luy faire la mesme confidence de la Lettre qu'elle avoit écrit à son pere. Blanche eut une impatience extréme de se justifier dans l'esprit du Baron des mauvaises impressions que sa suivante lui avoit données de sa conduite. Mais elle fut au desespoir, lors qu'elle aprit qu'un ordre de l'Empereur, qui l'avoit obligé de partir de Zell le mesme jour qu'il l'avoit reçeu, lui en ostoit les moyens, quoy qu'il l[a] délivra[107] d'un Amant fort importun. Elle estoit continuellement occupée du souvenir de son Samuël, le Secretaire du Comte de Rebenac, qui estoit en ce tems-là à Zell, luy ayant confirmé plusieurs fois

---

107. *1714 :* « quoi que ce départ la délivrât » ; les éditions de 1690 et 1696 portent *le.*

ce qu'il lui avoit écrit de Hambourg : mais lors qu'elle faisoit reflexion qu'il n'avoit jamais pris soin de lui donner de ses nouvelles, et qu'il lui avoit écrit au contraire une Lettre fort des-obligeante, elle ne doutoit plus qu'il ne l'eut entierement oublié. Dans ces momens elle eut souhaitté qu'il fut encore mort, ou du moins qu'elle n'en eut pas esté desabusée, car son cœur ne pouvoit consentir à lui souhaiter la mort. Yon achevoit de la desesperer, en lui reprochant les terreurs que les feintes apparitions de son Amant lui avoient données, et quoy qu'elle fut bien asseurée que ce n'estoit ny un songe, ny une illusion, elle doutoit presque de ce qu'elle avoit veu. Sa suivante ne vouloit pas mesme croire que le Prince de **** ressembla à Samuël, s'opiniastrant à soutenir que cette ressemblance, et les apparitions pretendues n'estoient qu'un effet de son imagination toûjours remplie de ce qu'elle aimoit, et voulant, malgré tout ce qu'on lui disoit, que celui qu'elle avoit veu au Sermon fut le veritable Samuël. Blanche, pour la convaincre, fut obligée de l'envoyer dans la ruë où logeoit le Prince, afin qu'elle le remarqua, lors qu'il sortiroit de sa maison : mais elle revint peu de tems aprés, et aprit à sa Maîtresse que le Prince étoit déja party, pour retourner auprés du Duc son pere, ce qui la rendit de fort mauvaise humeur, sans qu'elle put démêler si l'interest qu'elle prenoit au départ du Prince, estoit un effet de sa ressemblance avec Samuël, ou de l'inclination secrete qu'elle sentoit déja pour lui.

Tous les Princes d'Allemagne ayant suivy l'exemple de la maison de Brunsvic, accepterent les conditions qu'il plut au Roy de leur accorder, et plusieurs jeunes Princes passerent en France dans ce tems-là ; la difficulté qu'ils avoient à trouver des Lettres de change, par le peu de correspondance qu'il y avoit entre les Ban-

quiers d'Allemagne et ceux de France, obligea la pluspart de ces Princes d'envoyer à Hambourg, pour en
prendre de Solicofané, qui les tira toutes sur le pere de
Blanche. La ponctualité qu'il eut à les acquiter, et à
faire honneur à tout ce qui lui venoit de la part de Solicofané, augmenta la liaison et l'amitié qui estoient déja
entre-eux.

Bonnin, qui avoit reçeu la Lettre d'Yon, et qui
jugeoit par la bonne mine de Samuël, par l'aversion
que sa fille avoit témoigné pour le Mariage, et par
l'empressement qu'elle avoit eu d'aller en Allemagne,
que ce que la suivante lui mandoit n'estoit que trop veritable, écrivit à Solicofané qu'il avoit une fille, qui lui
estoit extraordinairement chere, et qui aimoit passionnément l'Allemagne, que méme elle y avoit accompagné la Princesse de Meclebourg, et comme[108] il
n'estoit pas d'humeur à faire violence à ses enfans, il
seroit bien aise d'establir cette fille dans un pays qui
fut de son goust ; qu'ainsi s'il jugeoit que ce party fut
assez considerable pour son fils Samuël, il ne tiendroit
pas à lui qu'ils ne perpetuassent dans leur famille l'union
et l'intelligence, qui avoit toûjours esté entr'eux. Solicofané, qui estoit déja informé du merite et de la beauté
de Blanche, reçeut fort agreablement la proposition de
Bonnin, et lui fit une reponce telle qu'il pouvoit le
souhaiter[109]. Bonnin, fort satisfait de cet heureux succez, écrivit à sa fille pour lui demander son consentement, sans lui marquer qu'il eut aucune connoissance
de son Amour ; il l'adressa à Solicofané, afin qu'il la
lui fit tenir avec plus de seureté et de diligence à Zell.
Solicofané, sçachant ce qu'elle contenoit, persuada à

108. *1714 :* « et que comme ».

109. *1714 :* « qu'il la pouvoit souhaiter ».

son fils d'accompagner cette Lettre d'un billet galant, pour offrir ses services à Blanche. Samuël lui obeït avec plaisir, et Blanche reçeut ce pacquet dans le tems qu'elle se disposoit à retourner en France avec la Duchesse, resoluë de passer sa vie dans un Convent, puisque son infidel[110] Samuël l'avoit entierement oubliée.

Jamais il n'y eut de surprise pareille à la sienne, lors que lisant la Lettre de son pere, elle trouva qu'il lui demandoit son consentement, pour la marier avec Samuël Solicofané ; d'abord elle s'imagina que le mesme demon, qui lui avoit fait voir son Amant sous tant de differentes figures, lui ébloüissoit les yeux. Le billet de Samuël qui accompagnoit cette Lettre, et dont elle creut reconnoître l'écriture (car le Lecteur doit se souvenir que le Prince de **** avoit apris à imiter celle du fils de Solicofané), l'étonna encore davantage. Ce billet, qui étoit plus civil que galant, fit juger à Blanche qu'il avoit esté concerté dans la famille, et expliquant toutes choses à son avantage, elle s'imagina que son Amant avoit eu la discretion de cacher à son pere la bonne intelligence qu'il y avoit entr'eux ; elle fit part de ces bonnes nouvelles à Yon, qui, voulant se faire un merite de la Lettre qu'elle avoit écrite à Bonnin par un mouvement de colere, dit à sa Maîtresse qu'elle lui avoit l'obligation de cet heureux succez, et lui avoüa qu'elle avoit écrit à son pere la passion qu'elle avoit pour Samuël. Blanche blâma l'indiscretion de sa suivante : mais elle n'eut pas de peine à la lui pardonner, en faveur des bons effets qu'elle avoit produit ; elle se pressa de faire réponce à son pere, et de lui mander qu'elle seroit toûjours soûmise à ses volontés ; elle écrivit aussi à Samuël, et jugeant bien que sa réponse seroit

---

110. *Infidel :* archaïsme maintenu encore en 1696.

veüe de ses parens, elle fit une Lettre fort modeste, dont la substance estoit que le choix de son pere estoit une loy inviolable pour elle. Aussi-tost que Bonnin eut reçeu la Lettre de sa fille, il donna une procuration à un de ses freres, qu'il pria d'aller à Hambourg, et écrivit à mesme tems à sa fille de s'y rendre incessamment, et l'asseura qu'elle trouveroit son Oncle en chemin, qui étoit déja party en poste pour concerter toutes choses avec Solicofané. Blanche cependant étoit la personne du monde la plus satisfaite, elle goûtoit tous les plaisirs que l'imagination peut fournir à une personne qui aime passionnement, qui a essuyé mille traverses, et autant d'allarmes, et qui se void[111] à la veille d'étre unie pour toûjours à ce qu'elle aime. Il lui tardoit d'estre auprés de son Amant pour s'éclaircir de tout ce qui leur étoit arrivé depuis leur separation, se flattant que l'Amour, et peut estre les soins de Samuël eussent quelque part au bon succez de cette affaire.

La Duchesse de Meclebourg partit en ce tems-là de Zell pour retourner en France. Blanche l'accompagna pendant deux ou trois journées, fort inquiete de n'avoir point de nouvelles de son pere. Enfin elle rencontra son Oncle en chemin, et aprés avoir pris congé de la Duchesse, qui lui donna mille marques de son estime et de sa bienveillance, cet Oncle la mena à Hambourg, et luy aprit toutes les conditions de son mariage, qu'il avoit arrestées avec Solicofané : il lui exagera ensuite la forte passion de Samuël, qu'il avoit eu beaucoup de peine à empêcher d'aller au devant d'elle. Ces bonnes nouvelles donnerent à Blanche un enjoüement et une vivacité, qui contribuoient beaucoup à relever sa

<hr>

111. Forme archaïque qu'on rencontre dans la correspondance de Préchac (lettre du 21 août 1694), p. 25.

beauté ; estant arrivés à Hambourg, son Oncle la conduisit dans une maison qu'il lui avoit fait preparer, et
envoya un moment apres chez Solicofané, pour lui donner avis de son arrivée, comme ils en étoient convenus.
Blanche se prepara cependant à recevoir son cher
Samuël, qu'elle se representoit aussi galant, et aussi
aimable qu'elle l'avoit veu autrefois à Paris ; tous les
momens qu'il differoit à entrer dans la Chambre, lui
paroissoient des journées, et elle commençoit à blâmer
son peu d'empressement, lors qu'on l'avertit que Solicofané et son fils étoient à sa porte ; l'Oncle sortit pour
les recevoir. Ils entrerent, et Solicofané, apres avoir
salüé Blanche, lui presenta son fils, qui estoit un gros
Bourgeois de Hambourg assez mal basty. Blanche, qui
crut que Solicofané et son Oncle vouloient se divertir
en lui presentant ce gros Facteur[112] à la place du char-
mant Samuël, leur dit qu'il étoit inutile de lui faire cette
plaisanterie, puis qu'elle avoit encore l'idée recente de
Samuël qu'elle avoit veu assez long-temps à Paris. Solicofané, surpris de cette réponce, se souvint de la tromperie qu'il avoit faite à Bonnin, en faveur du Prince
de **** qui estoit allé à Paris sous le nom de son fils
Samuël, et feignant une grande douleur, il luy dit que
ce fils qu'elle avoit veu estoit mort, et que celuy qu'elle
voyoit étoit l'unique heritier de ses biens, qui lui donneroit bien-tôt une heureuse lignée, ayant une femme
aussi aimable qu'elle. Blanche, jugeant par ce discours
qu'il n'y avoit plus de plaisanterie, fut si déconcertée,
qu'on s'aperçeut aisément de son desordre. L'Oncle prit
la parole, et tâcha par plusieurs honnestetés à reparer
l'étourdissement de sa Niepce. Mais voyant qu'elle
palissoit, il fit entendre à Solicofané et à son fils, qu'elle

112. *Facteur :* commissionnaire de marchand.

pouvoit se trouver fatiguée du voyage, ce qui les obligea à sortir, quoyque assés mal satisfaits du froid accueil de Blanche. L'Oncle, pour leur faire plus d'honneur, les accompagna, et alla soûper avec eux, pour leur persuader mieux l'incommodité de sa Niepce. Aussitost qu'ils furent sortis, Blanche s'abandonna à tout ce que la fureur, et le desespoir peuvent inspirer à une personne en cet état ; elle s'arrachoit les cheveux, elle vouloit se precipiter par les fenestres, et quelque reflexion qu'elle fit, elle ne hesitoit pas[113] un moment de preferer la mort à un Espoux semblable à celuy qu'elle venoit de voir, après s'estre flatté d'en trouver un qu'elle avoit aimé dés la premiere fois qu'elle l'avoit veü, et qui luy avoit coûté tant de chagrins, et tant de larmes. Yon, qui avoit été presente à cette visite, et qui n'estoit pas moins étonnée que sa Maîtresse, trouvoit sa douleur et ses plaintes si raisonnables, qu'elle n'avoit pas la force de l'en consoler ; elles pleuroient toutes deux, sans prendre aucune resolution : mais Blanche, qui étoit la plus interessée, et qui sçavoit que tout étoit prest pour la marier le lendemain, ne laissoit pas de songer aux moyens de se garantir d'un Mariage si opposé à son inclination. Elle proposa plusieurs expediens à Yon, qui, après les avoir examinés, trouvoit toûjours quelque difficulté à l'execution ; enfin elles s'arresterent à celuy qui leur parut le plus plausible, ce fut de loüer une Barque, et de partir cette méme nuit pour s'en aller au Païs d'Yon, qui n'étoit qu'à vingt lieües de là. Yon sortit, et s'étant fait conduire au Port, elle trouva des Mariniers, qui, en les payant un peu plus cherement, luy promirent de partir à l'heure qu'elle

---

113. Il arrivait encore fréquemment que la négation ne fût pas élidée devant le verbe *hésiter*.

voudroit. Elle concerta toutes choses avec eux, et leur donna ordre de se tenir prests dans une heure. Blanche, qui ne trouvoit rien de difficile pour s'éloigner du gros Solicofané, fut fort satisfaite des diligences de sa suivante, et aprés avoir pris tout ce qu'elle avoit de meilleur, elles s'en allerent au Port, et partirent.

L'Oncle de Blanche, qui étoit allé soûper chez Solicofané, revint peu de tems aprés, et voyant qu'il n'y avoit point de lumiere dans la Chambre de sa Niepce, crut aisément qu'elle estoit couchée, et se coucha aussi sans bruit, de peur de la réveiller. Le lendemain il se leva de bon matin, et il alla plusieurs fois écouter à la Porte de la Chambre de Blanche pour sçavoir si elle n'estoit point réveillée ; il fut ravi de n'entendre rien, jugeant qu'elle avoit l'esprit fort en repos, puis qu'elle dormoit d'un si profond sommeil ; cependant il étoit déja tard, et comme il craignoit que ce long retardement ne rompit les mesures qu'il avoit prises la veille avec Solicofané, il frappa à la porte ; personne ne répondit. L'Oncle, admirant la tranquillité de ces deux filles, se repentit d'avoir voulu les réveiller, et sans frapper davantage, il s'en alla chez Solicofané, et luy aprit, comme une bonne nouvelle, l'heureux sommeil de sa Niepce. Apres une longue conversation, le frere de Bonnin retourna chez Blanche, ne doutant point qu'il ne la trouvat pour le moins à sa toilette ; mais il fut bien estonné de voir encore la porte fermée ; pour le coup sa discretion fut à bout, il frappa assez rudement, et ayant fait la mesme chose à diverses reprises avec le mesme succez, le pauvre homme faillit à perdre l'esprit. Il craignit d'abord qu'il ne fut arrivé quelque accident funeste à sa Niepce ; il ne trouva point de meilleur party à prendre, que de faire ouvrir la porte par un Serrurier, il entra ensuite dans la Chambre, et s'aperçeut fort

bien qu'il n['])y avoit couché personne. Il cherche, il se
desole, il demande des nouvelles de sa Niepce à tout
le monde, sans que personne lui en puisse rien aprendre, il cour[t][114] chez Solicofané, qui, ne pouvant comprendre ce qu'elle étoit devenue, se tourmenta aussi de
son costé pour le découvrir.

Pendant qu'ils font des perquisitions inutiles, Blanche, qui avoit eu le vent favorable, étoit déja fort loin,
et Yon, qui à tout moment faisoit des questions aux
Matelots, reconnut enfin qu'elle n'estoit qu'à deux
lieües de sa maison, ce qui les obligea à se faire mettre
à terre pour s'y en aller par quelque autre voiture ;
avant que d'y arriver, Blanche luy declara qu'elle vouloit passer pour sa suivante[115] afin de se mieux cacher, et
pour donner moins de curiosité aux personnes qui vou-
droient penetrer dans les affaires. Yon [s]'en[116] défendit long-tems : mais voyant que Blanche y estoit resolue, il fallut lui obeyr[117], et devenir maîtresse de celle
qui lui avoit toûjours commandé ; Yon fut parfaitement bien receüe de ses parens, comme le sont d'ordinaire les personnes qui retournent en leur pays apres
une longue absence, et avec plus de commodités qu'ils
n'en avoient quand ils en sont partis. Comme Blanche
parloit Allemand avec perfection[118], elle leur persuada
qu'ayant trouvé en France une fille de sa Nation, elle
avoit pris de l'amitié pour elle, et l'avoit ramenée en
Allemagne. Cette maniere de vie paroissoit fort douce

114. Le texte original porte *coure* (confusion de l'indicatif et du
subjonctif corrigée dès 1696).

115. Après le prince travesti, voici la fausse suivante.

116. Le texte original porte *l'en*.

117. *1714 :* « il fallut obéir ».

118. *1714 :* « Allemand en perfection ».

à Blanche par les soins que sa fausse Maîtresse prenoit d'elle, et par le souvenir du degoutant Espoux qu'on lui avoit voulu donner : elle se divertissoit quelquefois à chanter, ou à joüer de quelque intrument, ce qui lui attiroit mille aplaudissemens de ces grossiers Admirateurs. Mais sa beauté, quelque soin qu'elle eut pris de la cacher sous des habillemens fort ordinaires, lui acquit en peu de tems une merveilleuse reputation. Yon, qui l'aimoit beaucoup, et qui ne pouvoit souffrir qu'on la traitat de suivante, disoit en secret à ses bonnes Amies qu'elle étoit une fille de condition, qui avoit de grandes raisons pour se déguiser ainsi ; ce secret devint celui de la comedie[119], et chacun se le disoit à l'oreille, ce qui contribuoit beaucoup à faire honorer Blanche, malgré la grande humilité qu'elle affectoit.

Les prodiges que la renommée publioit de LOUYS LE GRAND ayant fait de ses ennemis autant d'admirateurs, plusieurs Princes étrangers se rendirent à Paris, pour connoistre de plus prés les Vertus de cet invincible Monarque. Le Prince de ****, qui pendant la guerre avoit vecu en France assez obscurement sous le nom de Samuël Solicofané, retourna en ce tems-là à Paris, et y fit une dépense proportionnée à sa qualité ; le hazard fit qu'on lui envoya de son païs une Lettre de change[120] sur Bonnin. Le Prince, qui n'avoit jamais pû se guerir entierement de sa passion pour Blanche, fut fâché que cette Lettre l'obligea d'aller chez son pere, craignant de rencontrer son infidelle Maîtresse, à qui il ne vouloit pas donner la gloire d'avoir esté aimée d'un

---

119. Cela fut su de tout le monde.

120. *Lettre de change :* « rescription que donne un banquier pour faire payer à celui qui en sera le porteur en un lieu éloigné l'argent qu'on lui compte au lieu de sa demeure » (*Trévoux 1704*).

Prince ; ces raisons l'obligerent à envoyer prier le Banquier de luy porter son argent chez luy. Bonnin, qui n'avoit point de nouvelles de son frere, ny de la consommation du mariage de sa fille, étoit fort inquiet, lors qu'un domestique du Prince luy alla parler ; neanmoins comme il estoit fort honneste, il[121] fit ce que le Prince desiroit de luy, et lui porta son argent. Le Prince, ayant sçeu qu'il alloit arriver, et jugeant bien que le banquier le reconnoistroit, donna des commissions à tous les gens, et demeura seul dans sa Chambre, pour éviter qu'ils n'eussent connoissance des éclaircissemens qu'il auroit avec Bonnin ; il sortit dans une antichambre[122] pour le reçevoir, et sans luy donner le tems de parler, il luy dit en l'embrassant : Voicy encore une fois votre Samuël. Bonnin, qui le reconnut pour son gendre, ne le quitta point à la premiere, ny à la seconde embrassade, il lui demanda mesme avec precipitation pourquoy il n'étoit pas allé droit chez lui, et comment il avoit pû si-tost quitter sa fille ; le Prince, qui ne comprenoit pas trop ce discours, s'imagina qu'il lui parloit du passé, et luy répondit qu'il avoit eû de fortes raisons de s'éloigner comme il avoit fait ; il continuoit à le desabuser, et à luy aprendre ce qu'il estoit, lors que Bonnin, en l'interrompant, luy dit : Nous parlerons de tout cela à loisir, je vous meneray chez moy dans mon Carrosse, attendez-moy un moment, parce que j'ay quelque argent à compter au Prince de **** qui loge icy. Le Prince ne put s'empecher de rire de la plaisante équivoque du Banquier ; il l'arresta avec assez de peine, et lui dit que, n'ayant plus les mesmes raisons de se déguiser qu'il avoit eu pendant la guerre,

---

121. *1714 :* « étoit civil et poli, il ».

122. *1714 :* « dans son antichambre ».

il ne vouloit pas le tenir plus long-tems dans l'erreur.
Bonnin ne le laissa pas achever, et luy dit encore une
fois qu'il alloit donner son argent au Prince de ****,
et qu'ensuite ils parleroient de toutes choses. C'est à
moy à qui il faut le donner, interrompit le Prince en
riant. — Puis que je suis venu jusqu'icy, repliqua le
Banquier, je seray bien aise de le luy donner à luy
mesme, et de luy faire à mesme tems la reverence. Mais
comment se porte ma fille, où avez vous donc laissé
mon frere ? continuoit-il. Le Prince, riant toûjours plus
fort qu'auparavant, luy declara enfin qu'il étoit le
Prince de ****. Le Banquier, prevenu qu'il parloit à
Samuël Solicofané mary de sa fille, ne se trouva pas
assez credule pour croire qu'il eut si-tost changé de condition, et [plus] le Prince vouloit le luy persuader, moins
il le croyoit : Je vous aime assez comme mon Gendre,
luy dit Bonnin d'un air serieux, sans que vous ayez
besoin de vous donner des qualitez imaginaires, pour
estre mieux reçeu de moy. Il sortit achevant ces paroles, et le Prince n'en put jamais tirer autre chose. Il
demanda à la porte où étoit le Prince de ****, et on
luy dit que c'étoit luy mesme à qui il venoit de parler ;
il crut que tout le monde étoit d'intelligence, et se retira
en grondant.

Le Prince, repassant dans son esprit les circonstances de cette plaisante conversation, se souvint que Bonnin l'avoit apellé son Gendre, et comme il ne comprenoit point par quel endroit le fils de Solicofané pouvoit estre son gendre, puisque la perfide Blanche estoit
mariée depuis long-tems, il fit appeler son hoste, qui
estoit un homme intelligent, et le pria d'aller chez Bonnin, et de sçavoir adroitement de ses domestiques, ou
de quelqu'un du voisinage, s'il n'avoit point quelque
fille mariée en Allemagne. L'Hoste avoit quelque habi-

tude avec un commis de Bonnin, qui luy avoit souvent
payé des Lettres de change pour des étrangers ; il alla
le voir sous pretexte de luy demander s'il n'avoit point
eu ordre de donner de l'argent à un Comte Suedois,
qui estoit chez lui ; il l'engagea insensiblement à une
conversation sur les grands biens de Bonnin, et sur sa
famille. Le commis luy aprit que Bonnin n'avoit que
deux filles, dont la cadette estoit mariée à un homme
de robe, parce que l'aisnée, qui estoit une des plus aimables personnes du monde, avoit dɜpuis long-tems de
l'inclination pour le fils d'un Banquier de Hambourg,
et avoit refusé pour l'amour de lui plusieurs personnes
considerables, qui l'avoient faite[123] demander à son
pere. Il lui dit encore que cette fille, cachant sa passion à son pere, avoit accompagné la Duchesse de
Meclebourg en Allemagne, sous pretexte de satisfaire
sa curiosité : quoy que ce fut en effet pour y aprendre
des nouvelles de son Amant, son pere, continua-t-il,
n'en a esté informé que depuis peu ; mais craignant les
suites d'une passion aussi longue, et aussi forte que
celle-là, il l'a mariée avec cet Allemand, et a méme
envoyé son frere pour les faire épouser ; il en attend
des nouvelles à tous momens. Leur conversation dura
encore quelque tems. L'Hoste s'étant ensuite retiré, alla
rendre compte au Prince de toutes les choses qu'il
venoit d'aprendre ; jamais il n'y eut d'étonnement
pareil à celuy du Prince, lors qu'il aprit toutes ces circonstances ; il se faisoit repeter deux ou trois fois les
mesmes choses, et craignoit toûjours de n'avoir pas bien
entendu ; la generosité, l'amour et le desespoir parta-

---

123. Entorse à la règle du participe restant invariable lorsqu'il est
suivi d'un infinitif ; malgré les recommandations de Vaugelas, cette
règle n'était pas encore scrupuleusement appliquée.

geoient son esprit avec tant de confusion, qu'il ne sçavoit se resoudre à prendre aucun party. La generosité,
qui est le partage des grandes Ames, et particulierement
des Princes, luy reprochoit son injustice ; l'Amour luy
representoit les charmes de sa Maîtresse, sa fidelité, et
le mépris qu'elle avoit fait de toute sorte d'établisse-
mens pour l'amour de luy ; mais lors qu'il songeoit
qu'elle venoit d'étre mariée au fils de Solicofané, ce
cruel souvenir le mettoit au desespoir, et il ne trouvoit
de consolation qu'à penser qu'il pourroit peut-estre
arriver à Hambourg avant que ce mariage fut fait. Ce
qui le fit resoudre à partir ce mesme jour, ayant sçeu
de son hoste que Bonnin estoit dans de grandes inquietudes de n'avoir point de nouvelles de son frere, ny de
sa fille. Les Chevaux de poste alloient trop lentement
au gré de son amour, et il estoit dans une si grande
impatience[124], qu'il se seroit reproché un quart-d'heure
de sommeil comme une mauvaise action.

Aussi-tost qu'il fut arrivé à Hambourg, il alla chez
Solicofané ; le Banquier, qui le connoissoit, le reçeut
avec beaucoup de respect, et luy dit, en l'abordant, que
sa bonne mine avoit donné occasion au plus grand mal-
heur qui pouvoit jamais arriver à sa famille. Le Prince,
allarmé de ce discours, et craignant que sa Maîtresse ne
fut enveloppée dans ce mal-heur, luy demanda avec precipitation où estoit Blanche. C'est ce qui nous embar-
rasse, Seigneur, répondit Solicofané ; son Oncle l'avoit
conduite icy par ordre de son pere, pour la faire épouser à mon fils ; je le luy ai présenté le méme jour qu'elle
arriva : mais il me fut impossible de luy persuader que
celuy que je luy presentois estoit mon fils Samuël. Elle
me fit entendre qu'on ne pouvoit pas la tromper, et

---

124. *1714 :* « une telle impatience ».

qu'elle avoit l'idée encore recente de mon fils, que j'avois envoyé à Paris deux ans auparavant. Cette réponse me fit souvenir que vous estiez allé en France sous le nom de Samuël, et qu'elle avoit peut-estre crû se marier avec vous, en épousant mon fils. Je la desabusé, en luy aprenant que ce fils estoit mort, et elle demeura si interdite, que je craignis d'abord quelque chose de funeste de son desordre : nous nous retirâmes, et son Oncle se chargea de luy faire entendre raison. Le lendemain il ne la trouva plus dans sa Chambre, et quelque soin que nous ayons pris pour sçavoir ce qu'elle et sa suivante sont devenues, il nous a esté impossible d'en aprendre aucune nouvelle. Le Prince fut si touché d'Amour, de reconnoissance par ce recit, qu'il resolut de l'épouser, s'il pouvoit découvrir où elle estoit. Il fit encore plusieurs demandes à Solicofané, pour tâcher d'en tirer quelque éclaircissement : mais ses soins et ses recherches furent inutiles, et ne servirent qu'à faire connoistre qu'il l'aimoit. Le Duc son pere estant mort en ce tems-là, le Prince fut obligé de se rendre en diligence dans ses Estats ; il ne laissa pas d'envoyer à Zell, et en d'autres endroits, où il jugeoit que sa Maîtresse pourroit estre, pour tâcher d'en aprendre des nouvelles. Peu de tems apres la mort de son pere, ses parens luy proposerent de se marier avec la Princesse Emilie de ***, et mesme on luy fit voir que c'estoit le party de l'Europe qui luy convenoit le plus. Le Prince, qui se reprochoit déja, comme autant de crimes, tous les momens qu'il differoit à chercher sa fidelle Blanche, declara à ses parens, pour se deffaire de leurs importunités, qu'il n'épouseroit jamais cette Princesse, parce qu'il avoit oüy dire qu'elle n'estoit point belle. La Princesse Emilie, ayant apris cette desobligeante réponse, en fut si offensée, qu'elle se maria peu de tems apres à un autre Prince, qu'elle avoit déja refusé.

Pendant que le Prince de **** ne songe qu'à découvrir la retraitte de sa Maîtresse pour luy donner des marques de son amour et de sa reconnoissance, la beauté et le merite de Blanche la faisoient extrememment considerer, malgré la simplicité de ses habits, et la condition obscure où elle vivoit. Le Comte [de] Pandorf, qui avoit une grande authorité dans ce pays-là, l'ayant veüe plusieurs fois dans une Eglise[125], se proposa d'en faire une conqueste ; il alla la visiter, et luy fit des offres fort obligeans[126], apres luy avoir fait connoistre qu'il sçavoit bien qu'elle estoit une personne de condition, qui cachoit son nom, et sa naissance. Blanche reçeu[t] ce compliment avec beaucoup de modestie, et voulut luy persuader que ceux qui luy avoient fait un recit si fabuleux l'avoient trompé. Ces discours, et la maniere libre dont elle les prononça, confirmerent le Comte dans la bonne opinion qu'il avoit d'elle ; il luy dit qu'avec tant de beauté et tant de merite, il ne luy seroit pas si facile d'imposer aux personnes qui connoissent le monde, qu'il luy avoit esté aisé à tromper ces bons paysans, en leur persuadant qu'elle estoit ce qu'elle paroissoit par ses habillemens. Blanche[127], par une presence d'esprit admirable, feignit de se déconcerter, et sortit de la Chambre où elle estoit, sans luy répondre. Ce Bizarre procedé ne rebuta point le Comte, il se retira plus Amoureux qu'il n'y estoit entré, et resolut de mettre tout en usage pour profiter d'une si belle occasion.

---

125. La rencontre à l'église est devenue un *topos*, du *Roman comique* (1,9) aux *Illustres Françaises* (éd. F. Deloffre, Genève, Droz, p. 308).

126. Certains écrivains, dont Racine, font du mot *offre* un substantif masculin ; Richelet condamne cet emploi.

127. *1714* : « ses vêtements. Blanche ».

Peu de jours apres il retourna la voir ; mais Blanche, qui avoit bien prévu que cette visite auroit d'autres suites, avoit déja donné ordre de luy dire qu'elle ne voyoit personne, parce qu'elle estoit incommodée. Le Comte y envoya ensuite plusieurs fois, sans qu'il en put jamais aprendre des nouvelles. Ces difficultés ne servirent qu'à irriter son Amour, il envoya querir le frere d'Yon, et le menaça, d'un ton de Tyran de Province, de faire brûler sa maison, s'il n'en trouvoit la porte ouverte toutes les fois qu'il voudroit y aller. Ce pauvre homme, qui avoit connoissance des violences[128] du Comte, luy promit tout ce qu'il souhaitta, et se crût encore fort heureux de n'en avoir pas esté maltraité ; sa crainte ne l'empécha pas d'en informer sa sœur, qui fut fort effrayée des menaces du comte, jugeant bien qu'il n'en demeureroit pas là.

Dans cette extremité elle se souvint que la Princesse Emilie, de qui elle estoit un peu connüe, venoit d'estre mariée à un Prince qui avoit ses Estats assez prés de là, ce qui l'obligea à luy écrire, et à luy demander sa protection pour Blanche et pour elle contre les violences du Comte de Pandorf. La Princesse, qui estoit bienfaisante, la luy accorda avec plaisir, et luy manda qu'elle et la Françoise qui l'accompagnoit, pouvoient se rendre à sa Cour, où elles seroient tres bien receües. Yon fit part de ces bonnes nouvelles à Blanche, et elles se disposerent à partir pour profiter des bontés de la Princesse. La veille de leur départ le Comte de Pandorf visita Blanche, qui le reçeut fort civilement ; leur conversation fut fort vive, et le Comte acheva de se perdre : mais comme il n'estoit pas d'humeur à soûpirer long-tems, il la pressa avec tant d'instance de satisfaire

---

128. *1714 :* « qui ne connoissoit que trop les violences ».

son Amour, que Blanche, ne songeant qu'à se défaire
d'un Amant si terrible, fut obligée de luy donner des
esperances, dont le seul souvenir blessoit sa pudeur. Le
lendemain elles partirent mesme plus matin qu'elles
n'avoient resolu. La Princesse Emilie les reçeut avec
tous les témoignages d'estime et d'affection qu'elles
pouvoient souhaiter, elle admira la beauté de Blanche :
mais après qu'elle se fut aperceue de la douceur de son
esprit, et de mille autres surprenantes qualités qu'elle
luy découvroit tous les jours, elle la prefera à toutes
ses autres filles, et crut sans peine, qu'elle estoit une
personne de condition, comme tout le monde le vouloit. Le Comte de Pandorf aprit le départ de Blanche,
avec tout le chagrin qu'on peut s'imaginer. Ayant sçeu
qu'elle estoit aupres de la Princesse Emilie, il ne tarda
pas long-tems à s'y rendre, et bien loin de cacher son
Amour, il se fit honneur de dire qu'il aimoit cette belle
Françoise. Mais Blanche refusa de le voir, et quelque
soin qu'il se donna pour en obtenir une audience, il luy
fut impossible de la faire changer de sentiment ; les
mépris de Blanche augmenterent sa passion, elle devint
si violente, qu'il se détermina à la faire demander en
mariage à la Princesse.

La Princesse, qui prenoit déja beaucoup d'interest
à cette aimable fille, ne fut pas faschée qu'un homme
de ce rang voulut l'épouser : elle en parla à Blanche,
et luy conseilla mesme de ne perdre pas une occasion
si favorable. Blanche, apres l'avoir remercié de ses bontés, luy fit entendre qu'elle avoit une si forte aversion
pour les hommes, qu'elle estoit resolue à demeurer toûjours fille. La Princesse voulant penetrer les raisons de
cette aversion, Blanche luy avoüa en rougissant, qu'elle
avoit eu de l'inclination pour un jeune homme, qui luy
avoit paru fort digne de ses affections ; qu'il estoit

mort, lors qu'elle avoit crû l'épouser ; et que cette mort
luy avoit coûté tant de chagrins, et tant de larmes,
qu'elle avoit resolu de ne s'exposer jamais au mesme
mal-heur. La Princesse voulut encore luy representer
les biens, et la qualité du Comte ; mais Blanche, ne pouvant soûtenir plus long-tems une conversation qui la
faisoit souvenir de son défunt Samuël, laissa couler des
larmes, qui firent compassion à la Princesse ; elle lui
promit de ne lui en parler de sa vie, et se retira pour
faire sçavoir au Comte la réponse de Blanche. Le
Comte, qui n'avoit pas crû qu'elle refuseroit un esta-
blissement si considerable, en eut meilleure opinion,
jugeant bien qu'elle étoit une personne d'une qualité
distinguée ; sa passion, qui ne pouvoit devenir plus violente, en devint plus respectueuse ; il resolut de s'attacher à la Cour de la Princesse, et de gagner par ses soins
et par ses services le cœur de cette belle Françoise.

Cependant le Prince de ****, qui estoit Maître de ses
Estats depuis la mort de son pere, devenoit tous les
jours plus chagrin par le peu de succez des soins qu'il
se donnoit, pour aprendre des nouvelles de sa chere
Maîtresse ; il n'étoit sensible à aucun plaisir, la conversation des gens d'esprit l'ennuyoit, les plus belles
femmes luy paroissoient effroyables et il ne trouvoit
de consolation qu'à étre seul, pour réver sans contrainte
à ce qu'il devoit à l'Amour, et la fidelité[129] de Blanche. Tout le monde étoit épouvanté de[130] luy voir
mener à son âge une vie si triste ; ses parens et ses amis,
qui craignoient qu'il ne tombat dans quelque langueur
qui le fit mourir, le pressoient incessamment de se

---

129. *1714 :* « et à la fidélité » ; on néglige encore souvent de répéter
la préposition après le coordonnant.

130. *1714 :* « étoit surpris de ».

marier, et comme il ne leur donnoit que de mauvaises raisons pour s'en deffendre, ils luy faisoient tous les jours de nouvelles instances. Enfin ne pouvant plus vivre sans aprendre la destinée de sa chere Blanche, il feignit de se rendre à leurs raisons, et déclara qu'il vouloit visiter toutes les Cours des Princes d'Allemagne, et se marier par son propre choix, et non par celuy de ses Ministres, qui d'ordinaire s'attachent moins à la satisfaction du Prince, qu'aux raisons d'Estat. Tout le monde aplaudit à son sentiment, et personne ne douta qu'il ne reussit auprés des plus belles Princesses d'Allemagne, toutes les fois qu'il voudroit s'y attacher.

Il partit peu de tems aprés avec un équipage proportionné à sa qualité ; il fut parfaitement bien receu dans toutes les Cours où il passa. Mais n'apprenant point de nouvelles de sa Maîtresse, il y faisoit si peu de séjour qu'on n'avoit pas le tems de lui donner des marques de l'estime qu'on avoit pour luy ; il écrivoit incessamment tantost à Paris, et quelquefois à Hambourg, pour sçavoir si Bonnin ou Solicofané n'auroient rien apris de Blanche ; il visita en peu de tems la plùspart des Cours d'Allemagne, sans qu'il fut touché d'aucune beauté, quelque soin qu'on prit de lui faire voir plusieurs Princesses dans leur plus grand éclat. Il commençoit à desesperer de trouver jamais sa fidelle Maîtresse, lors qu'il arriva à la Cour du Prince de **** qui avoit épousé la Princesse Emilie. Ce Prince, qui le connoissoit particulierement, n'oublia rien de tout ce qui pouvoit contribuer à le divertir ; la bienséance plutost que sa curiosité, l'obligea à demander une audience à la Princesse, pour lui faire des civilités. La Princesse, qui ne lui avoit jamais pardonné le mépris qu'il avoit fait de sa beauté, resolut de luy faire une petite malice, pour lui donner du regret de ne l'avoir point épousée ;

comme elle estoit aussi satisfaite de l'esprit et de la douceur de Blanche qu'elle l'avoit esté d'abord de sa
beauté, elle lui fit confidence du dessein qu'elle avoit
de se vanger d'un Prince, qui avoit tenu autrefois des
discours desobligeans de sa beauté, quoy qu'il ne l'eut
jamais veüe ; [elle] lui dit ensuite que ce mesme Prince
devoit la visiter le lendemain dans sa Chambre, et
qu'elle avoit resolu de lui faire tenir sa place, et de la
parer de ses habillemens et de ses pierreries, afin qu'en
la voyant, il eut le chagrin de s'estre trompé, et peut-
estre de ne l'avoir pas épousée. Blanche voulut s'en deffendre, et lui aporta mille raisons qu'elle prit toutes de
sa modestie. Mais la Princesse, qui se faisoit un plaisir
singulier de cette petite vangeance, la lui demanda si
instamment, qu'elle fut contrainte d'obeyr, sans méme
s'informer du nom du Prince. Le lendemain elle eut
la précaution de donner ordre qu'on ne laissa entrer
personne dans sa Chambre, lors que le Prince de ****
iroit la visiter ; elle advertit ensuite ses femmes de son
dessein, et leur ordonna de rendre beaucoup de respect
à Blanche, afin que cela aydât à tromper le Prince.
Blanche, qui ne songeoit qu'à plaire à la Princesse, eut
un soin extréme de se bien habiller, et comme elle étoit
naturellement bien-faite, elle parut d'une beauté surprenante, lors qu'elle fut parée des habillemens et des
pierreries de la Princesse.

Le Prince, qui s'étoit fait une idée desagreable de la
Princesse Emilie, fut si ébloüy de l'éclat de ses yeux,
qu'on remarqua d'abord son étonnement ; mais aprés
qu'il l'eut regardée avec un peu d'attention, et qu'il eut
reconnu le visage de sa fidelle Blanche, il demeura
immobille, et se troubla si fort, qu'il ne put jamais achever son compliment. Blanche n'estoit pas plus tranquille. La presence de ce Prince, qui avoit tant de raport

avec son Samuël, la déconcerta, et elle crut sans peine que la Princesse, ayant eu connoissance de son Amour et du raport que le Prince avoit avec son defunt Amant, lui avoit fait cette plaisanterie pour se divertir. L'attention que tout le monde eut à remarquer le desordre du Prince, empêcha qu'on ne s'aperçeut de celui de Blanche. Cependant il sortit fort embarrassé, et se retira chez lui si plein de confusion et d'étonnement, qu'il ne sçavoit ce qu'il devoit croire de cette surprenante avanture, dont le souvenir luy paroissoit un songe ; et plus il y faisoit reflexion, moins il y comprenoit : la beauté singuliere de sa Maîtresse luy revenoit incessamment dans l'esprit, et comme il s'étoit toûjours flatté qu'il n'y en avoit point de si parfaite en Allemagne, il concluoit qu'il falloit necessairement que ce fut elle qu'il eut veu ; il ne pouvoit pas douter aussi qu'il n'eut fait la reverence à la Princesse Emilie, femme du Prince de **** ; car enfin une Souveraine est assez aysée à distinguer dans ses Estats. Toutes ses pensées estoient confuses ; quelquefois il s'imaginoit que la Princesse Emilie avoit esté eslevée à Paris, sous le nom de la fille de Bonnin, et qu'elle avoit peut-estre eu quelque part aux propositions qu'on luy avoit faites d'épouser cette Princesse : mais se souvenant qu'elle estoit mariée au Prince de ****, il rejettoit cette cruelle pensée que son Amour allarmé lui faisoit trouver ridicule.

La Princesse, qui estoit fort satisfaite de l'heureux succez de sa vengeance, felicita Blanche d'avoir si bien joüé son personnage. Blanche, prevenüe qu'elle estoit informée de la ressemblance du Prince avec son Amant, et qu'elle se mocquoit d'elle, en rougit, et évita plusieurs fois de se trouver seule avec la Princesse, de peur qu'elle ne luy en parla encore ; son deffunt Samuël lui revenoit toûjours dans l'esprit, et son Amour lui representoit que ce Prince estoit le seul qui put la consoler de sa perte. Elle se sçavoit bon gré d'avoir eu un Amant qui ressembloit à un Prince de si bonne mine, et se trouvoit mille raisons pour excuser le penchant qu'elle sentoit pour le Prince, par la conformité qu'il avoit avec son Samuël. Enfin elle estoit si disposée à l'aimer, qu'elle confondoit quelquefois Samuël avec le Prince, et le Prince avec son Amant. Mais lors qu'elle songeoit à sa condition, et à celle du Prince, cette cruelle pensée la desesperoit, prevoyant bien qu'elle seroit toujours malheureuse, puis qu'il n'y avoit aucune apparence qu'un Prince parfaitement bien fait, qui n'avoit eu que du mépris pour de grandes Princesses, daigna jetter les yeux sur elle.

Cependant le Prince de ****, qui n'avoit veu qu'en passant les autres Cours d'Allemagne, s'arresta quelque tems à celle-cy, dans l'esperance qu'il y verroit encore cette charmante Princesse, et qu'il pourroit peutestre demesler quel raport elle avoit avec sa chere Blanche. Mais la Princesse, qui s'estoit imaginé qu'il partiroit le lendemain, ne voulant pas qu'il fut desabusé de la grande opinion qu'il avoit de sa beauté, feignit qu'elle estoit malade, et se priva de sortir pendant plusieurs jours. Le Comte de Pandorf, qui estoit toûjours demeuré là[131], et qui commençoit à desesperer d'estre jamais aimé de Blanche, fit sa Cour au Prince de **** avec beaucoup d'assiduité ; les bontés que le Prince lui témoigna, l'engagerent à lui faire confidence de la violente passion qu'il avoit pour une des filles de la Princesse ; et apres luy avoir exagéré son Amour, et s'estre plaint du mépris qu'on avoit fait de ses soins, il lui dit que, s'il vouloit bien lui donner sa protection et

---

131. Le texte original porte *demeurez-là*.

retraitte[132] dans ses Estats, il enleveroit cette belle personne, et la rendroit heureuse malgré qu'elle en eut, puis qu'il[133] estoit resolu de l'épouser. Le Prince, sans s'engager à rien, lui parla fort civilement : mais le Comte, qui vouloit excuser son emportement par la beauté de sa Maîtresse, lui promit de la lui faire voir. Comme il en cherchoit les occasions, il fut averty par un Officier de la Princesse, qu'il avoit mis dans ses interests, qu'il y auroit ce soir là un concert dans sa Chambre, où il n'entreroit que peu de personnes, parce que la Princesse ne vouloit point estre veüe par des Estrangers. Le Comte profitant de cet avis en informa le Prince, et l'asseura qu'il leur seroit facile d'y entrer, pourveu qu'il voulut changer d'habillement, et en prendre un fort ordinaire, afin qu'il fut moins remarqué.

Le Prince, qui avoit une impatience extréme de s'éclaircir des doutes où il estoit en examinant le visage de la Princesse, suivit avec plaisir les conseils du Comte, et l'accompagna au concert ; s'estant meslez parmy plusieurs petits Officiers, il leur fut aysé de voir la Princesse et les Dames de sa suite. Le Comte, voulant faire remarquer la beauté de sa Maîtresse à son Amy, lui dit que c'étoit cette aimable personne, qu'il voyoit aupres de la Princesse. L'Amoureux Prince, qui donnoit toute son attention à regarder sa chere Blanche, qu'il confondoit toûjours avec la Princesse, jugeant que le Comte luy parloit de quelque autre personne, luy en dit beaucoup de bien, approuvant et son goust et son choix, quoy qu'il n'eut pas seulement jetté les yeux sur elle. Blanche, qui ne songeoit peut-estre à rien moins

132. Omission de l'article devant le substantif coordonné. *1714 :* « et une retraite ».

133. *1714 :* « malgré elle, puisqu'il ».

qu'à la simphonie, demesla bien-tost les yeux de son
Amant de tous les autres qui la regardoient ; l'habillement du Prince qui étoit fort ordinaire ayda à la tromper, et elle crut que celuy-là estoit son veritable
Samuël ; l'attention qu'il avoit à la regarder luy donna
tant de pensées confuses, qu'elle fut obligée de sortir,
craignant que tout le monde ne s'aperçeut de son desordre. Elle chercha Yon, et apres lui avoir apris les raisons de son étonnement, elle la conjura de se mesler
dans cette foule, et de sçavoir une fois pour toutes, si
celuy qu'elle avoit veu estoit Samuël, ou son phantosme. Yon, s'imaginant que Blanche retomboit dans
ses premieres foiblesses, voulut luy guerir l'esprit par
plusieurs raisonnemens : mais Blanche la pria si instamment de faire ce qu'elle souhaittoit, qu'elle sortit
enfin plutost pour la satisfaire, que par aucune esperance qu'elle eut de trouver Samuël.

Le Prince, qui avoit eu le tems d'examiner le visage
de la pretendue Princesse, ne comprenoit rien à cette
surprenante avanture, et s'estant avec adresse debar-
rassé du Comte, il se retiroit pour réver sans contrainte,
lors qu'il rencontra Yon qui alloit entrer dans la chambre de la Princesse. Ils furent également surpris l'un
[et] l'autre, car le Prince reconnut la suivante de sa Maîtresse, et Yon crut voir le fils de Solicofané. Alors il
ne douta plus que Blanche ne fut la Princesse Emilie,
et ne comprenant point comment cela pouvoit estre,
il demanda à la Suivante avec precipitation, par quel
enchantement la fille de Bonnin estoit devenue la Princesse Emilie. — Et par quel charme, repondit Yon, le
fils de Solicofané est-il devenu le Prince de **** ?
Comme ils avoient une infinité de choses à se demander l'un à l'autre, ils entrerent dans un jardin, qui estoit
assez prés du lieu où ils s'estoient rencontrés. Ce fut

là que le Prince attendrit Yon, en luy apprenant qu'il estoit allé en France sous le nom de Samuël Solicofané, qu'il avoit aimé Blanche avec une passion extréme, et toutes les autres particularitez de ses avantures, qu'il finit en se plaignant que malgré la fidelité qu'il luy avoit toûjours gardée, il avoit le malheur de la voir entre les bras d'un autre. Yon, penetrée d'aprendre tant de circonstances, qui marquoient assez l'Amour et la bonne foy du Prince, l'informa de tout ce que Blanche avoit souffert pour l'amour de luy, et du peu de cas qu'elle avoit fait des soins des autres hommes, depuis qu'elle l'avoit crû mort. — Mais comment, interrompit le Prince, s'est-elle donné le nom de la Princesse Emilie, pour espouser le Prince de **** ? — Il semble, répliqua Yon, que toutes choses soient de concert pour vous tenir continuellement dans l'erreur. La Princesse Emilie, ayant retenu Blanche auprés d'elle, l'a honorée de son amitié, et luy a donné toute sa confiance ; elle a sçeu que vous aviez tenu quelque discours desobligeant de sa beauté, et lors que vous estes arrivé à la Cour, elle a exigé de Blanche, par je ne sçay quelle bizarrerie, qu'elle prendroit ses habillemens et ses pierreries, et qu'ensuite elle vous donneroit audiance à son nom[134] : voila ce qui vous a abusé, et ce qui l'a mise dans une confusion plus grande que je ne sçaurois vous exprimer.

Yon, ne voulant pas differer plus long-temps à apprendre de si agreables nouvelles à Blanche, pria le Prince de revenir ce mesme soir dans le jardin, où [elle] lui fit esperer que sa fidelle Blanche se trouveroit. Cependant elle alla l'informer de tout ce qu'elle venoit d'aprendre. Blanche fut si étourdie de ce surprenant

---

134. *1714 :*« et qu'elle vous donnât audience en son nom ».

recit, qu'elle ne songea qu'à s'en éclaircir par ses propres yeux, et sans attendre plus long-temps, elle descendit dans ce jardin. Le Prince, qui n'en estoit pas sorty, courut au devant d'elle, aussi-tost qu'il l'aperçeut ; il la salüa avec des transports qui marquoient combien sa passion étoit violente, et Blanche, oubliant ce qu'elle devoit à un grand Prince, ne se souvint que de son Amant, et luy donna mille marques de son amour et de sa joye : ils se dirent tout ce que l'amour peut inspirer de tendre, et se remercierent de leur reciproque fidelité et perseverance, aprés[135] plusieurs éclaircissements qui augmenterent leur joye. Blanche se souvenant de l'inegalité de leurs conditions : A quoy me sert-il, luy dit-elle les larmes aux yeux, de vous avoir si fidellement aimé, puisque cette passion ne peut estre que fatale pour moy par la grande difference qu'il y a de vostre condition à la mienne ? — Cette seule pensée choque la délicatesse de ma passion, interrompit le Prince, vous m'avés aimé sans sçavoir que j'eusse des Estats, rien n'a pû vous consoler de ma perte, lors que vous m'avés crü mort, et vous pouvés douter encore que de foibles considerations m'empéchent de vous témoigner mon Amour et ma reconnoissance en m'unissant à vous pour toûjours ? Blanche, penetrée des bontés du Prince, luy déclara qu'elle aimoit trop sa gloire, pour consentir à un mariage si inégal. Mais le Prince luy parla si tendrement, et luy fit connoître qu'il trouvoit tant de plaisir à étre aimé par son propre merite, sans que sa condition y eût aucune part, que Blanche n'oza plus luy resister, et aprés avoir pris des mesures pour hâter leur bon-heur, ils se retirerent.

La Princesse, qui s'aperçeut de l'enjoüement de Blan-

---

135. *1714 :* « de leur fidélité et de leur perseverance reciproques, aprés ».

che, la pria de la divertir par quelque Historiette réjoüissante. Blanche, par une présence d'esprit admirable, luy fit une relation de ses propres avantures sous des noms empruntés[136], et en demeura à l'endroit où le Prince et Blanche se voyent dans le Jardin. La Princesse, qui prenoit déja beaucoup d'interest à la fortune des deux Amans de qui elle venoit d'entendre l'histoire, luy demanda avec empressement si le Prince espousoit enfin sa Maîtresse. Mais Blanche, feign[an]t[137] qu'elle ne vouloit pas luy ôter le plaisir qu'elle auroit par la suite de cette histoire, se deffendit de le luy aprendre, et s'engagea de continuer le lendemain. Mais son[138] Amant luy en épargna la peine, car ayant demandé à l'espouser dés le jour suivant, la Princesse, qui en eut une joye singuliere, comprit bien que l'histoire étoit achevée. Les Nopces se firent avec une magnificence extraordinaire, et le Prince l'espousa du côté gauche, comme c'est l'usage en Allemagne, lors que les Princes se marient à des personnes qui sont au dessous de leur condition, quoy qu'il voulut la dispenser de cette formalité : mais Blanche, qui craignoit que les parens du Prince n'en murmurassent, le pria de s'y conformer. Tous ceux qui eurent connoissance de cette histoire donnerent mille aplaudissemens au Prince ; le seul Comte de Pandorf en témoigna de la douleur, et alla passer son chagrin dans ses Terres, pendant que le Prince mena son Espouse dans ses Estats, où elle luy donne toutes les marques d'amour et de reconnoissance qu'une femme extremement vertueuse peut donner à un mary qu'elle aime avec passion.

---

136. Ce procédé de mise en abyme est employé par Préchac dans *L'Héroïne mousquetaire* et dans *Le Voyage de Fontainebleau*.

137. Le texte original porte *feignoit*.

138. *1714* : « lendemain. Son ».

CONTES MOINS CONTES
QUE LES AUTRES

Sans Parangon
et
La Reine des Fées

CONTES
MOINS CONTES
QUE LES AUTRES,

SANS
PARANGON
ET
LA REINE
DES FÉES.

*(Par de Préschac,
d'après Barbier.)*

A PARIS;

Chez CLAUDE BARBIN, au Palais, sur le second Perron
de la Sainte Chapelle.

M. DC. XCVIII.
AVEC PRIVILEGE DU ROY.

Page de titre de l'édition originale.

A
LA TRES HAUTE,
TRES MAGNIFIQUE,
ET
EXCELLENTISSIME
CASCADE
DE MARLY[1].

CHARMANTE CASCADE,

Le raport qu'il y a de vous aux ouvrages des Fées, m'engage à vous dedier ces contes, qui paroîtront moins

---

1. Le château de Marly, dont la création fut confiée à Mansart, était situé dans un vallon encaissé à deux lieues au nord de Versailles. Inauguré en 1683, il fut habitable en 1686. Il était entièrement conçu pour la glorification du Roi-Soleil. La merveille du château était la grande Cascade, ou Rivière, qui, sur deux kilomètres, occupait tout le versant de la colline, derrière le pavillon royal. Soixante-deux degrés de marbre vert et rouge versaient une masse d'eau qui ruisselait en cascades ou s'élevait en gerbes dans des bassins ornés de groupes sculptés. Cet immense décor liquide était encadré de parterres fleuris. La cascade avait nécessité la construction d'une machine par Arnold de Ville, afin de monter l'eau puisée dans la Seine. Le 2 décembre 1695, le Roi fit voir sa Rivière à Monsieur. On créa encore

fabuleux toutes les fois qu'on examinera avec atten-
tion vôtre surprenante beauté, et tous les autres prodi-
ges dont vous estes environnée, cet agreable Château
où l'on trouve toutes choses sans y rien aporter, ces
jardins delicieux, ce superbe bocage, qui sans s'assu-
jettir à l'ordre des saisons, ny sans attendre le secours
des siecles, est devenu une vaste forest ; toutes ces mer-
veilles justifient mes contes.

Les eaux, vos compagnes, s'étoient contentées
jusqu'à present de serpenter dans des jardins et des prai-
ries, ou tout au plus de s'élever par des jets ; vous seule,
admirable Cascade, étes remontée jusqu'au faiste des
montagnes, et bien loin de craindre le Soleil qui tarit
d'ordinaire les autres sources, vous n'étes jamais si belle
ny si magnifique, que dans le temps qu'il paroît. C'est
alors que vous étalez tous vos charmes, et que vous dis-
tribués vos belles eaux avec une abondance prodigieuse,
et vous sçavés vous servir si utilement des rayons de
ce grand Astre, que la lumiere de vos eaux éclaire tous
les lieux des environs. En un mot vous estes la Sans
Parangon[2] des Cascades, vous merités toutes les loüan-
ges et tous les aplaudissemens qu'on sçauroit vous don-
ner, et je serois de bien mauvais goût, si je n'êtois avec
beaucoup d'admiration et de respect,

Vostre etc.[3]

---

les nouvelles fontaines de l'Abreuvoir en 1698. Sur Marly, voir Saint-
Simon, *Mémoires*, t. XXVIII, p. 170, le *Mercure galant*, nov. 1686,
2e partie, p. 230 et suiv., E. Magne, *Le Château de Marly*, l'article
de J.-F. Solnon dans le *Dictionnaire du Grand Siècle*.

2. *Parangon :* « vieux mot qui signifiait autrefois *comparaison* »
(*Trévoux 1704*).

3. Contrairement à son habitude, Préchac ne signe pas de son nom
cette épître quelque peu parodique.

SANS
PARANGON.

CONTE.

Il y avoit une fois un Roy et une Reine qui menoient une vie fort particuliere ; un jeune Prince et une Princesse fort aimable estoient le fruit de leur mariage ; la petite Princesse fut nommée Belle-main, parce qu'elle avoit effectivement la plus belle main qu'il fût possible de voir. C'étoit l'usage de ce temps-là d'implorer le secours des Fées aux couches des grandes Princesses, cependant ce Roy, qui méprisoit leurs enchantemens, et qui sçavoit combien il est dangereux de penetrer dans l'avenir, n'avoit jamais voulu souffrir qu'on consultât les Fées sur la destinée de Belle-main, ce qui les avoit fort irritées. La Reine, qui aimoit sa fille avec une extrême tendresse, tomboit dans une profonde mélancolie, toutes les fois qu'elle songeoit qu'il faudroit quelque jour se séparer de cette aimable Princesse par un mariage ; cette pensée luy donnoit tant d'inquiétude, qu'elle s'imaginoit n'avoir jamais de repos, qu'elle ne fût éclaircie de la destinée de sa chere fille, ce qui la fit résoudre, malgré les défences du Roy, de

voir secrettement une Fée qui habitoit dans les Montagnes du voisinage, qu'on nommoit Ligourde. Cette Fée,
qui estoit fort méchante, et qui cherchoit à se vanger
de ce que la Reine ne l'avoit jamais appellée à la naissance de ses enfans, la receut dans un Palais enchanté,
tout lambrissé d'or et d'azur. Aprés que la Reine luy
eut exposé le sujet de son voyage, et qu'elle l'eut priée
tres-civilement de luy apprendre la destinée de Belle-
main, Ligourde luy répondit, avec beaucoup de fierté,
qu'elle se tourmentoit inutilement pour rendre sa fille
heureuse ; qu'elle seroit donnée en échange d'une autre
Princesse[4] ; que l'une et l'autre seroient fort malheureuses, avec cette difference que les malheurs de Belle-
main seroient beaucoup plus longs ; qu'elle seroit
mariée à un Prince qui aimeroit fort les oyseaux, et particulierement un oyseau rouge[5], qui causeroit de grands
chagrins à la Princesse ; qu'elle seroit exposée à tous
les mépris d'une longue sterilité ; que ses Sujets se revol-
teroient contre-elle ; que ses Parens luy feroient la
guerre, et qu'enfin un monstre luy déchireroit les
entrailles, et la dévoreroit[6]. Toutes les paroles de la Fée
furent autant de coups de poignard pour la malheureuse Reine qui tomba évanoüie aux pieds de Ligourde.

---

4. Belle-Main est Anne d'Autriche (1601-1666). Fille de Philippe III d'Espagne, elle épousa Louis XIII en 1615, et lui donna deux
fils après vingt-trois ans d'un mariage assez malheureux. Elle prit
part aux intrigues menées contre Richelieu et fut même accusée de
trahison. Ce mariage fut accompagné de celui d'Elisabeth (1602-1644),
sœur de Louis XIII, avec l'infant Philippe. On célébra la paix en
échangeant les princesses sur la Bidassoa.

5. Richelieu (1585-1642). Anne d'Autriche s'opposa à la politique du ministre qui humilia la reine lors de l'affaire Buckingham.
Louis XIII était un grand chasseur et composa la musique du *Ballet
de la Merlaison* (1635).

6. Anne d'Autriche mourut d'un cancer. Voir les *Mémoires* de
Mme de Motteville, p. 223 et suiv.

La Fée, sans s'embarasser de la faire revenir, ne fit point d'autre façon que de la transporter en cet état dans le lit du Roy son Mary.

Ce Prince, qui ne s'étoit point apperçeu de l'absence de la Reine, fut fort surpris de la voir évanoüie ; il appella du secours, et la fit revenir avec peine ; il luy demanda avec beaucoup d'empressement la cause de son mal. Mais la Reine, au lieu de luy répondre, versa un torrent de larmes, et laissa entendre au Roy, au milieu de ses sanglots, qu'elle voudroit de tout son cœur que sa fille ne fût jamais née ; elle l'informa ensuite de tout ce que la Fée luy avoit dit ; le Roy s'en moc-qua, asseurant qu'il falloit que la Reine eût rêvé ce qu'elle venoit de luy conter. Mais la Reine, qui se sou-venoit distinctement de tout ce que la Fée luy avoit dit, demeura inconsolable, et ayant fait appeller Belle-main, elle l'embrassa les yeux baignez de larmes, et la con-jura de luy bien promettre de ne jamais se marier. La Princesse l'asseura qu'elle seroit toûjours soumise à ses volontez ; la Reine, la tenant embrassée, luy parla avec beaucoup de tendresse, et luy fit confidence d'une par-tie des malheurs dont elle estoit menacée par la méchante Ligourde, et adjouta qu'elle pourroit les détourner aisément en demeurant toûjours fille.

Cependant plusieurs grands Rois, informez de la beauté et des surprenantes qualitez de la Princesse Belle-main, envoyerent des Ambassadeurs pour la deman-der en mariage : mais la Reine y fit toûjours naître des obstacles, et demeura inexorable aux instances qu'on luy faisoit de toutes parts.

La Princesse, qui tenoit beaucoup de l'humeur du Roy son Pere, et qui n'étoit pas bien persuadée que tou-tes les prédictions des Fées fussent infaillibles, se donna des soins inutiles pour en désabuser la Reine, et se détermina enfin à faire connoissance avec une autre Fée qu'on nommoit Clairance[7], et qui estoit en réputation de n'estre pas malfaisante, pour tâcher par son moyen à s'instruire de leurs secrets, et détourner s'il estoit possible la fatale destinée dont Ligourde la menaçoit. Elle avoit oüy dire que les Fées méprisent les richesses, et qu'on les gagnoit bien plûtôt par des présens fort simples qu'avec de l'or et de l'argent, ce qui l'obligea de choisir neuf pacquets de lin le plus fin qu'il fut possible de trouver, avec neuf quenoüilles, et neuf fuzeaux de bois de cedre[8] ; elle y ajoûta encore treize navetes d'yvoire, et chargea sa nourrice de porter ce présent à la Fée, de luy faire mille et mille amitiez de sa part, et de ne rien oublier pour l'engager à la venir voir dans le Palais.

La nourrice, qui estoit fort adroite, s'acquitta merveilleusement bien de sa commission, en sorte que Clairance touchée, et du present, et de la confiance que la Princesse luy témoignoit, renvoya la nourrice, luy promettant qu'elle iroit voir la Princesse Belle-main lors qu'elle y penseroit le moins.

La Princesse, satisfaite de la negociation de sa nourrice, attendoit avec impatience l'arrivée de Clairance, lors qu'un jour se promenant avec la Reine sa mere dans un jardin[9], elles remarquerent dans un coin une vieille qui filoit, et qui demanda l'aumône. La Reine

---

7. Clairance porte un nom prédestiné pour veiller au sort de celui qui deviendra le Roi Soleil.

8. Les fées étaient censées filer la quenouille et faire des ouvrages délicats.

9. La fée bienfaisante apparaît dans un jardin, lieu symbolique : il a les valeurs de l'*hortus conclusus* médiéval, et il préfigure tous les jardins qui mettront en scène la gloire du Roi.

se fâcha, et gronda bien fort de ce qu'on avoit laissé
entrer cette vieille dame dans son jardin : mais la Princesse, qui estoit fort charitable, luy donna une piéce
d'or. Alors la vieille, se joüant de sa quenoüille, fit trois
cercles, et en un instant ce jardin fut métamorphosé
en un autre beaucoup plus beau, remply d'une infinité
de fleurs, et de grandes allées d'orangers à perte de
veüe, avec des cascades et des jets d'eau. Je suis bien
aise, dit la vieille, de recompenser la Princesse de sa
liberalité, et de faire connoître à la Reine qu'elle pouvoit s'épargner la peine de se mettre en colere de ce
qu'on m'avoit laissée entrer dans son jardin. La pauvre Reine, étonnée de ce changement et de ce discours,
jugea bien que la vieille estoit une Fée, et luy demanda
mille fois pardon de son ignorance. Je suis, reprit la
vieille, la Fée Clairance ; je viens voir Belle-main qui
me paroît digne d'une meilleure fortune que celle que
la méchante Ligourde luy promet. La Reine, ravie de
l'entendre, se jetta à son col pour l'embrasser ; et Clairance ayant bien attentivement examiné les yeux, les
traits du visage et les mains de la Princesse : Ligourde,
leur dit-elle, est une Fée fort habile, mais il faut qu'elle
ne se soit pas bien expliquée, ou que vous ne l'ayez pas
bien entenduë, car je vous répons que Belle-main sera
mariée à un grand Roy ; elle aura à la verité quelques
chagrins, mais ses chagrins tourneront à sa gloire et à
son avantage, elle aura un Fils qui sera un prodige, vous
n'avez à craindre que les piéges de la cruelle Ligourde,
qui tâchera à le faire périr dans sa jeunesse.

La mere et la fille conjurerent la Fée d'avoir pitié
d'elles, et de les proteger contre la malice de Ligourde ;
mais Belle-main la sçeut si bien flater, et luy demanda
son secours avec tant de confiance et des instances si
pressantes, que la Fée s'engagea à ne l'abandonner

jamais ; elle disparut ensuite, et le beau jardin aussi. La Reine et la Princesse se retirerent fort emerveillées et surprises d'une avanture si extraordinaire.

Il arriva quelque temps aprés des Ambassadeurs à la Cour, pour demander au Roy la Princesse Belle-main de la part d'un puissant Monarque son voisin, qui témoignoit beaucoup d'empressement pour l'épouser. La Reine, qui craignoit les malheurs dont la Princesse avoit esté menacée, ne pouvoit jamais se resoudre à la marier ; mais le Roy, qui avoit appris que son pretendu Gendre avoit une sœur fort bien faite, desira que le Prince son fils l'épousât[10]. Aussi-tôt dit, aussi-tôt fait ; car l'amoureux Roy, qui ne songeoit qu'à posseder la Princesse Belle-main qu'on avoit déja refusée à tant d'autres Monarques, donna son consentement au Mariage de sa sœur. Jamais on n'avoit vû tant de magnificence qu'il s'en fit à ce double mariage. Ligourde, qui ne dormoit point, donna, dés la premiére nuit des nopces, plusieurs sorts à la Bru du Roy, si bien que cette pauvre Princesse fut dans les suites fort malheureuse. Mais lors qu'elle en voulut faire autant à la Princesse Belle-main, que nous nommerons à l'avenir Reine, Clairance, qui estoit *incognito* auprés d'elle, l'en empêcha.

Les deux Fées eurent de grandes contestations, et comme elles convenoient toutes deux que la nouvelle Reine pourroit bien-tôt devenir grosse d'un Prince, Ligourde, de peur que Clairance ne la devançât, donna d'abord trois sorts au Prince qui naîtroit de Belle-main. Le premier fut de grandes maladies dans sa jeunesse, le second beaucoup d'ennemis, et le troisiéme une Maî-tresse si difficile, qu'il passeroit la meilleure partie de

---

10. Sur ces mariages, voir p. 108, note 4.

sa vie à la servir pour la contenter. Arreste, méchante, interrompit Clairance, et attens que je luy aye donné aussi mes trois sorts : le premier sera une fort longue vie, le second toûjours victoire sur ses ennemis, et le troisiéme de grandes richesses. Ligourde parut fort offensée que Clairance eût donné des sorts si opposez aux siens, et ne put s'empêcher de luy dire que le temps décideroit laquelle des deux sçauroit mieux soutenir ses sorts. Clairance parut luy répondre avec assez de modération, tâchant toûjours à la détourner des mauvais desseins qu'elle méditoit contre la Reine. Les deux fées se retirerent en grondant.

Belle-main fut receüe dans les Etats du Roy son mary, avec des acclamations et des applaudissemens inoüis[11] ; et comme c'étoit l'usage de baiser la main à la Reine, et que jamais Princesse ne l'avoit euë si belle[12], cela luy attiroit l'admiration de tous ses sujets. Le Roy, qui aimoit fort la chasse, avoit un grand nombre d'oyseaux fort rares ; il les fit tous voir à la Reine, et luy exagéra particuliérement les bonnes qualitez d'un oyseau rouge qui avoit la teste haute, et le bec et la serre fort dangereux. La Reine se souvint alors des menaces de Ligourde, et quoiqu'elle fut fort persuadée des bonnes qualitez de l'oyseau rouge, neanmoins elle le craignoit toûjours, et ne le voyoit qu'avec peine. Dés la premiére année du mariage de la Reine, on eut quelque

---

11. Anne d'Autriche fit son entrée en France en novembre 1615 ; Louis XIII vint à sa rencontre à Bordeaux où le mariage eut lieu le 28 novembre. Le roi suivit la dernière étape du cortège habillé en simple cavalier par galanterie.

12. « Ses mains et ses bras avaient une beauté surprenante, et toute l'Europe en a publié les louanges : leur blancheur égalait celle de la neige » (*Mémoires* de Mme de Motteville, p. 34).

soupçon de sa grossesse, elle estoit elle-même dans l'incertitude, lors qu'un jour qu'elle estoit seule dans son cabinet, une de ses femmes y entra pour luy proposer d'acheter un Perroquet qui parloit plusieurs sortes de langues, et sur tout celle du païs de la Reine : cette derniére circonstance réveilla toute sa curiosité, et elle commanda qu'on luy apportât le Perroquet, qui luy fit un beau discours dans sa langue naturelle. La Reine luy ayant fait ensuite plusieurs questions differentes, l'oyseau y répondit fort juste. Il n'est pas croyable combien ce Perroquet donna de joye à la Reine, qui s'imagina qu'elle ne pourroit plus s'ennuyer ayant auprés d'elle ce merveilleux oyseau : toute la Cour l'admira comme un prodige, et le Roy passoit même fort souvent dans le cabinet de la Reine pour entendre parler le Perroquet qui se lassa enfin de toutes les questions qu'on luy faisoit, et ne voulut plus répondre ; la Reine, qui craignoit qu'il ne fut malade, estoit fort chagrine de son silence, et luy faisoit toutes les caresses dont elle pouvoit s'aviser. Le Perroquet, touché de la douleur de la Reine, et sensible aux marques d'amitié qu'elle luy donnoit, luy parla en ces termes :

Cesse de t'affliger, belle Reine, je suis ta bonne amie Clairance, qui ay pris la figure d'un perroquet afin de pouvoir t'entretenir plus commodement, et sans que personne en eût aucun soupçon : tu es asseurement grosse, et la méchante Ligourde medite déja d'étouffer ton enfant dans le berceau ; je suis accouruë pour le sauver, et j'en viendray à bout. Si tu as la force de me garder le secret, et que tu ayes assez de confiance en moy, pour me remettre ton enfant, je le délivreray des embûches de Ligourde, et je luy donneray une éducation digne de sa naissance, et fort differente de celle qu'on donne d'ordinaire aux autres Princes ; mais comme le premier sort que Ligourde luy a donné durera vingt et un ans, il faut que tu me le confies, et que tu ayes la patience d'attendre que ce long terme soit passé, avant que de revoir ce cher enfant.

Quoique la Reine fût penetrée des soins obligeans de la bonne Fée, il luy fut neanmoins impossible de suspendre sa douleur : elle versa un torrent de larmes sans pouvoir luy répondre un seul mot. Héziterois-tu au moins à me le confier ? continua la Fée. — Hélas, reprit la Reine, vous sçavez que je me suis abandonnée à vos conseils, mais je crains bien que le Roy ny ses Peuples n'y donnent jamais leur consentement. — Le tien me suffit, ajouta Clairance, car je rendray ta grossesse invisible ; je te feray mesme accoucher sans que tu le sçaches, et tu peux compter que j'auray soin de ton enfant comme de la prunelle de mes yeux, et qu'aprés que le terme fatal sera passé, je te le rendray, et tu en accoucheras de nouveau aux yeux de tout le monde ; mais, sur toutes choses, garde le secret, et prens ton party de bonne heure, sans t'alarmer de tous les chagrins où tu seras exposée par une longue sterilité. Je te promets aussi qu'aprés la naissance de ce cher fils, que je veux nommer *Sans Parangon*, parce que jamais Prince ne pourra luy estre comparé, tu seras encore consolée par un second fils[13] que tu aimeras tendrement, et pour qui je medite un sort afin qu'il soit aimé de tous ceux qui l'approcheront, et que toute sa vie, qui sera des plus longues, ne soit qu'une suite continuelle de gloire et de plaisirs. La Reine estoit si persuadée des bonnes intentions de Clairance, qu'elle donna volontiers son

---

13. Philippe d'Orléans (1640-1701), qui deviendra l'époux de Henriette d'Angleterre, puis de Madame Palatine, était le protecteur de Préchac.

consentement à tout ce qu'elle luy proposa, goûtant par avance toute la joye d'une seconde fecondité. Elle achevoit de la conjurer d'avoir bien soin du rejeton de tant de Heros, lorsque le Roy entra dans son Cabinet. Le Perroquet se mit à chanter une chanson fort agréable qui fit beaucoup de plaisir au Roy ; il sauta ensuite sur une fenestre et s'envola. La Reine feignit d'en estre fort alarmée, et envoya de tous cotez pour tâcher à le reprendre ; on fit publier par tout le Royaume qu'on donneroit cinq cens pistoles à celuy qui en donneroit des nouvelles, mais il fut impossible d'en rien découvrir, et on asseure que le Roy, qui aimoit les oyseaux passionnement, en témoigna beaucoup plus de chagrin que la Reine.

Cependant la grossesse de la Reine fut inconnuë à tout le monde, et elle accoucha sans que personne s'en aperçut. Clairance enleva Sans Parangon ; et comme son art luy apprenoit les grandes choses que ce Prince opereroit à l'avenir, elle se fit un grand plaisir de le bien élever. Elle eut une attention particuliére à luy préparer un apartement tres propre et fort sain ; et comme la Fée sçavoit que les enfans tiennent souvent de leurs nourrices, elle luy choisit pour le nourrir une Reine enchantée, qui étoit d'un bon temperament, et avoit les inclinations fort nobles ; plusieurs graces et amours enchantez eurent ordre de bercer l'enfant. Il me seroit aisé de faire une description de son berceau et de ses langes, mais on n'a qu'à imaginer tout ce qu'il y peut avoir de plus riche, et de meilleur goût dans un Palais enchanté, et cela se trouvera encore fort au-dessous du berceau et des langes de Sans Parangon. La bonne Fée, qui ne le voyoit jamais assez, ayant remarqué qu'il avoit de la peine à se rendormir lors qu'une fois il se réveilloit, se souvint que la Princesse

de la Chine[14], qui étoit sans contredit la plus belle et
à même temps la plus fiere Princesse de la terre, et qui
estoit enchantée pour plusieurs siécles, avoit la plus
belle voix que jamais mortelle eut euë ; la Fée luy
ordonna de se tenir auprés de l'enfant, et de l'endor-
mir par ses chansons, lorsqu'il se réveilleroit.

L'extrême beauté de cette Princesse avoit fait tant
de bruit avant son enchantement, que les plus grands
Princes de la terre s'estimoient trop heureux de hazar-
der leur vie pour mériter son estime ; et quoiqu'elle eût
des manieres fort flateuses, et fort insinuantes, elle avoit
si bonne opinion de son propre mérite, que les plus
genereuses actions luy paroissoient trop recompensées
d'un seul de ses regards ; elle ne souffroit que des Heros
à son service, elle exigeoit d'eux qu'ils entreprissent
pour l'amour d'elle des choses extraordinaires, et souvent impossibles ; s'ils réüssissoient, elle leur permettoit pour toute recompense de continuer à la servir ;
et s'ils succomboient, il luy sembloit que leur destinée
étoit digne d'envie, puisqu'ils mouroient à son service.
Sa grande fierté donna occasion à la faire nommer
Belle-gloire. Les Fées, jalouses de son extrême beauté,
résolurent de l'enlever, et de l'enchanter pour trois mille
ans ; Clairance s'y opposa long-temps, mais voyant
qu'elle faisoit perir une infinité de Heros pour satisfaire
ses caprices, et sans qu'elle leur en sçeût aucun gré, elle
consentit à son enchantement, et éxigea neanmoins des
autres Fées que la Princesse ne vieilliroit point pendant
ce long espace de temps, et qu'elle auroit toûjours la
mesme beauté que le jour de son enlevement.

---

14. On admirait en Europe au XVIIᵉ siècle la civilisation et les
arts de la Chine ; la Princesse de ce pays mythique et lointain va devenir l'allégorie de la gloire que poursuit Louis le Grand.

On luy avoit donné pour tâche de devider onze mille pelotons de fil par jour ; mais Clairance, en faveur du petit Prince, la delivra de cette penible occupation, et luy ordonna de chanter toutes les fois qu'il se reveilleroit, jusqu'à ce qu'il fût rendormy. Cette occupation luy parut si douce aprés le pénible employ qu'elle venoit de quitter, que cela ne contribua pas peu à faire naître l'inclination qu'elle eu[t][15] depuis pour le jeune Sans Parangon, qui étoit toûjours content toutes les fois qu'il entendoit chanter Belle-Gloire. Clairance, qui étoit idolâtre du jeune Prince, voyant que Belle-gloire s'acquittoit de sa commission avec tant de succés, luy dit quelque parole obligeante, et luy fit esperer qu'elle pouroit la laisser long-temps au service de Sans Parangon : Dés l'âge de sept ans, la Fée luy fit apprendre plusieurs sortes de langues, et lorsqu'il fut assez fort pour commencer ses exercices, elle luy choisit des Maîtres habiles ; et comme elle se proposoit de le rendre fort robuste, elle ne luy donnoit que d'une sorte de viande dans ses repas, et ne mettoit jamais d'autre herbe dans ses potages que de la sauge, quoiqu'elle luy fit servir quelquefois des petites salades de betoüane[16]. Belle-gloire s'acquit un si furieux ascendant sur son esprit, qu'il s'ennuyoit toûjours par tout où il ne la voyoit pas ; elle estoit aussi tellement satisfaite et du cœur et de la Noblesse des sentimens du jeune Prince, qu'elle ne se faisoit aucune violence d'estre toûjours auprés de luy, et de l'amuser le plus agréablement qu'il luy estoit possible.

---

15. Le texte original porte *euë*.

16. La bétoine est une plante des bois à fleurs mauves utilisée pour ses propriétés dans les maladies du cerveau, du foie et de la rate, ainsi que comme vulnéraire. La sauge avait aussi des propriétés médicinales pour soigner la paralysie et l'apoplexie.

Ce Prince, dés sa plus tendre jeunesse, eut tant d'inclination pour la guerre, qu'il luy arrivoit souvent de faire armer de piques et de mousquets les femmes qui le servoient, et il leur commandoit l'exercice avec beaucoup d'adresse, ne se proposant en toutes choses que de plaire à Belle-gloire. Cependant, à mesure qu'il avançoit en âge, la fiére Princesse ne se rendoit plus si assiduë auprés de luy, et luy cachoit mesme l'inclination secrette qu'elle avoit pour luy.

La Fée, admirant la forte passion que le Prince avoit pour les armes, voulut luy donner moyen d'exercer cette noble ardeur, et luy fit présent d'un petit sifflet d'yvoire, avec lequel il faisoit sortir mille hommes armez chaque fois qu'il siffloit, en sorte que, dans une matinée, il avoit des armées de plusieurs milliers d'hommes, qu'il dispersoit en divers endroits, et les faisoit toûjours agir sans aucune confusion. La Fée desira encore qu'il devînt politique, et qu'il apprît l'Art de regner ; et ce fut dans cette vûë qu'elle luy donna un conseil composé de plusieurs grands hommes, où l'on traitoit toute sorte de matiéres importantes.

Le Prince eut d'abord quelque peine à se contraindre d'entrer au Conseil ; mais enfin la complaisance qu'il avoit pour la Fée l'emporta, et il s'y rendit fort assidu. Ce fut là où il apprit à connoître la justice, à démêler le vray d'avec le faux, et enfin à pénétrer jusques dans le fonds du cœur des hommes.

Ces occupations militaires et politiques ne suffisoient pas pour occuper ce vaste génie, il se plaisoit encore aux beaux arts ; et quoique le Palais de Clairance fut grand et superbe, il y trouvoit des deffauts, et faisoit voir que la simetrie[17] n'y avoit pas esté bien observée.

----

17. La symétrie est un principe d'ordre et d'équilibre qu'on va appliquer aux bâtiments et aux jardins du Roi.

Il avoit un goust particulier pour les jardins[18], et pour tout ce qui étoit propre à les embellir. La Fée, ravie de luy trouver tant de talens et de si bonnes dispositions, luy donna, pour s'exercer, une baguéte dont il n'avoit qu'à frapper trois fois pour faire paraître tout ce qu'il imaginoit ; la vertu de la baguéte ne demeura pas inutile, car le Prince, donnant carriére à son imagination, bastit un palais d'une étenduë prodigieuse[19], où il auroit pû loger en cas de besoin la pluspart des Officiers de ses troupes ; il y avoit des Cours fort spacieuses ; les escaliers étoient de marbre et de jaspe avec tous les embelissemens que l'art peut fournir ; on entroit dans une enfilade d'apartemens magnifiquement meublez, et ornez d'une infinité de peintures excellentes. Enfin, on admiroit bien moins l'or, l'azur, les broderies, les belles peintures, et les cristaux, que la maniére dont tous ces ornemens étoient disposez ; on passoit ensuite dans une grande galerie ornée de glaces et de belles Statuës de marbre et de bronze, avec des peintures merveilleuses, où l'on remarquoit des actions d'un Heros si prodigieuses, qu'on ne voyoit rien de pareil mesme dans la fable. L'or étoit si commun dans ce superbe Palais, que tout en étoit couvert jusqu'au toit ; et si quelque chose pouvoit donner de l'attention aprés avoir vû tant de richesses, c'étoit le magnifique jardin où l'on entroit en sortant du Palais. On rencontroit de grands bassins de marbre blanc, avec des jets d'eau, des napes, des gerbes et des cascades ; enfin c'étoient des riviéres, qui, au lieu de serpenter comme

---

18. L'embellissement des jardins peut être comparé à une stratégie : il illustre le combat de l'art et de la nature ; voir H. Verin, dans l'*Histoire des jardins de la Renaissance à nos jours*, p. 131.

19. Préfiguration du château de Versailles.

elles font ailleurs, rémontoient dans le Ciel, et réjalis-
soient jusques dans les nuës[20] ; on voyoit à même temps
de charmans parterres et de belles allées d'Orangers,
en sorte qu'on se trouvoit toûjours embarassé à choisir par où l'on commenceroit la promenade, parce
qu'on auroit souhaité de tout voir à la fois. Ceux qui
vouloient se retirer dans quelque coin, pour y rêver à
leur aise, trouvoient d'agréables fontaines entourées de
siéges de marbre et de gazon ; on y voyoit des animaux
de toute sorte d'especes, qui n'y estoient que pour
rejoüir les Spectateurs[21] ; les Lyons, les Tygres, et les
Leopards estoient dépoüillez de toute leur ferocité ; les
Serpens n'avoient aucun venin, on n'y craignoit pas
même les Dragons, dont le seul aspect étoit si terrible
par tout ailleurs : si par hazard on se trouvoit las de
la promenade, on rencontroit à l'extremité des jardins
un bras de mer en forme de canal : et à même temps
un grand nombre de Mariniers se presentoient avec des
Barques et des Galères richement ornées, et s'offroient
à donner de nouveaux plaisirs sur l'eau. La Fée ayant
un jour ordonné à Belle-gloire d'accompagner le Prince
à la promenade sur ce beau canal, Sans Parangon eut
la curiosité de sçavoir son sentiment sur tout ce qu'elle
venoit de voir ; mais la Princesse luy répondit froide-
ment que les richesses estoient si communes dans
l'Empire de la Chine, que l'Empereur son Pere préfe-

---

20. Echo de la dédicace à la Cascade (p. 105).

21. Préfiguration de la Ménagerie de Versailles. Le Vau conçut
en 1662 une ménagerie pour les animaux rares et exotiques. En 1698,
Louis XIV offre cette Ménagerie à la duchesse de Bourgogne, et
demande à cette occasion à J. Hardouin Mansart d'en renouveler
la décoration intérieure. Le Roi réclama, pour cette Ménagerie, « de
l'enfance répandue partout » (voir *Histoire des jardins*, pp. 168-170).

roit toûjours les maisons simples et propres aux super-bes Palais. Sans Parangon se trouva à l'autre bout du canal, lorsque Belle-gloire luy tint ce langage ; et comme il avoit une attention particuliere à tout ce qui pouvoit plaire à cette Princesse, il sauta à terre, et ayant frapé trois fois de sa baguette, il parut tout d'un coup un Château tout de Porcelaine[22], entouré d'un parterre remply de jasmin avec une infinité de petits jets d'eau, et le tout ensemble faisoit le plus agréable effet qu'il fut possible de voir.

Quoique la galanterie du Prince, et l'envie qu'il temoignoit de vouloir se conformer en toutes choses au goût de Belle-gloire, fît plaisir à cette Princesse, elle dissimula néanmoins sa joye, et ne luy en témoigna rien. Mais Clairance, ayant examiné avec plaisir, et la magni-ficence du Palais, et la propreté des jardins, admira le bon goût du Prince, et ordonna, pour luy faire hon-neur, que chaque jour pendant trois heures toutes les personnes enchantées auroient une entiére liberté de se promener dans les apartemens de ce beau Palais ; qu'il y auroit une charmante musique ; qu'on y pourroit joüer toute sorte de jeux, qu'il y auroit mesme de magnifi-ques collations, où tout le monde trouveroit à satisfaire son goût. Sans Parangon fut vivement touché de cette grace, par raport au plaisir qu'il jugea que cela pouroit faire à Belle-gloire ; mais cette Princesse estoit d'une humeur si extraordinaire, qu'on ne sçavoit jamais com-ment on estoit avec elle, et souvent les soins qu'on se

_____

22. Allusion au Trianon de Porcelaine. Commencé à la fin de l'hiver 1670, achevé au printemps 1671, ce bâtiment conçu par Fran-çois d'Orbay, paraissait féerique. Les façades des pavillons étaient recouvertes de carreaux de Delft. Les jardins étaient en effet garnis de plantes aux fortes senteurs.

donnoit pour luy plaire la chagrinoient ; elle s'imagina
que la curiosité du Prince l'avoit engagé à demander
ces divertissemens à Clairance, pour estre en occasion
de voir, et d'entretenir plus commodement les belles
personnes enchantées qui étoient dans ce Palais ; et
quoique toute sorte de désirs dereglez soient bannis des
lieux enchantez, et que la jalousie n'y soit connuë de
personne, Belle-gloire ne pouvoit souffrir que le Prince
eût la moindre attention pour d'autres que pour elle,
persuadée qu'elle seule meritoit tout son attachement,
et que tout le reste estoit indigne de luy. Sans Parangon, qui aimoit fort la musique, ne perdoit jamais
d'occasion de l'entendre[23] ; mais Belle-gloire luy ayant
temoigné qu'elle le trouvoit mauvais, il n'hézita point
à luy faire ce Sacrifice, et se priva de la musique.

Pendant que Sans Parangon, qui avoit deja prés de
vingt et un an, s'attachoit uniquement à plaire à Belle-
gloire, et se perfectionnoit dans toute sorte d'exercices, la Reine sa mere attendoit, avec une impatience
extrême, l'effet des promesses de la bonne Fée, et se
flatoit qu'au premier jour elle luy rendroit son cher
enfant. Cette grande Princesse souffroit, avec une vertu
sans exemple, les persécutions de ses ennemis, et écoutoit sans s'émouvoir les murmures du peuple qui crioit
tout haut qu'il falloit la renvoyer en son Pays, et donner au Roy une Princesse plus feconde, n'étant pas raisonnable qu'un grand Royaume manquât d'heritiers
par la sterilité de la Reine, pendant qu'il étoit facile d'en

---

23. Sans être un exécutant accompli, le roi se montrait habile au
luth et à la guitare. Il veilla à la musique en nommant Lully surintendant de la musique de la Chambre en 1661. L'opéra *Alceste* fut
représenté dans la cour de marbre. Louis XIV assista aux répétitions :
voir Mme de Sévigné, *Corr.*, t. I, p. 623.

trouver d'autres qui seroient bien aises d'occuper sa place, et qui donneroient infailliblement des successeurs à la Couronne. Sa grande vertu luy faisoit souffrir tous ces murmures avec beaucoup de patience, attendant toûjours que le terme de vingt et un ans fut expiré ; elle ne se trompa point, car la Fée, voyant que le temps fatal des menaces de Ligourde étoit passé, déclara au Prince que son enchantement estoit fini, et qu'il estoit temps d'aller consoler ses Parens. Sans Parangon, qui se croyoit fils de la Fée, parut fort alarmé de ce discours, sur tout lorsqu'il comprit qu'il falloit s'éloigner de Belle-gloire ; mais la Fée luy ayant expliqué tout le mystere de sa naissance, il marqua beaucoup de docilité, et demanda pour derniére grace à Clairance, qu'elle voulût bien l'aller voir le plus souvent qu'il seroit possible, la suppliant sur toutes choses de mener toûjours Belle-gloire avec elle. La Fée, qui ne luy pouvoit rien refuser, luy promit tout ce qu'il souhaita, et s'étant servie de ses enchantemens, le Prince disparut, et la Reine se trouva grosse, au grand contentement du Roy et de ses peuples ; elle accoucha quelque temps aprés[24] ; et comme jamais Prince n'avoit esté si désiré que celuylà, il n'est pas étonnant que sa naissance causât une joye universelle : tout le monde fut surpris de le trouver plus grand et plus formé que les autres enfans ne le sont d'ordinaire en naissant ; mais ce qui causa bien plus d'étonnement, et qui faillit à tout gâter, fut lorsqu'on s'aperceut qu'il avoit des dents, la Fée ayant oublié de les y enchanter : en effet on eut toutes les peines du monde à luy trouver des nourrices, parce qu'il les blessoit avec ses dents, et leur écorchoit le téton[25].

---

24. Louis XIV naquit le 5 septembre 1638 à Saint-Germain-en-Laye.

25. Les légendes sur l'enfant royal furent nombreuses. Racine a

L'extreme joye que tout le Royaume eut de sa naissance empêcha que personne ne s'arrêtât à examiner ce prodige ; on fit de toutes parts des rejoüissances publiques et particuliéres, et chacun tâcha à se distinguer par des démonstrations d'une veritable joye. La Reine voulut toûjours qu'il s'appelât Sans Parangon ; elle l'aimoit avec tant de tendresse, qu'elle souffroit avec peine qu'on le luy ôtât quelques heures de la journée pour commencer à l'instruire ; mais à mesure qu'il avançoit en âge, l'idée de ce qu'il avoit appris dans le Palais de Clairance grossissoit, et il apprenoit facilement toutes choses, se souvenant bien qu'il les avoit déja sçeües. Il eut même dés son enfance beaucoup de complaisance pour toutes les belles personnes, par l'habitude qu'il s'étoit faite de plaire à Belle-gloire, dont il n'avoit plus qu'une idée confuse ; on remarquoit cependant qu'il ne rioit qu'aux choses agréables, qu'il parloit peu ; mais ce qui surprenoit d'avantage, il ne donnoit son aplaudissement qu'aux choses censées, et sçavoit déja refuser et donner à propos ; le souvenir de Belle-gloire se renouvelloit insensiblement dans son esprit, et en même temps sa complaisance pour les Dames augmentoit ; la Reine, qui rarement le perdoit de veüe, se rejoüissoit de le trouver d'une humeur si douce et si portée au bien.

Le Roy son Pere estant mort pendant que Sans Parangon estoit encore bien jeune[26], son regne com-

---

noté sur ses *Tablettes* des prédictions de Campanella (1er janvier 1639), que l'édition des Grands Ecrivains traduit ainsi : « Destiné comme le soleil à répandre sur la France et sur les amis de la France les bienfaits de sa chaleur et de sa lumière. — Déjà il tète sa neuvième nourrice ; toutes s'enfuient, parce qu'il maltraite leurs mamelles » (*Œuvres complètes*, Paris, Hachette, 1887, t. V, p. 179).

26. Louis XIII mourut le 14 mai 1643.

mença par le gain d'une bataille qui fut donnée par ses Generaux[27], ce qui parut de bon augure à tout le monde ; la Reine, ne pouvant soutenir seule tout le poids du Gouvernement, choisit un fameux Druide[28], fort experimenté dans les affaires, pour l'aider de ses conseils, mais ce choix divisa la Cour, et causa de grands desordres dans tout le Royaume. Ligourde, trouvant l'occasion favorable pour exciter les troubles, insinua à plusieurs Grands qu'on leur faisoit injustice de les éloigner du gouvernement des affaires[29] ; plusieurs d'entre-eux se liguerent, et prirent les armes, en sorte que la Reine eut besoin et de toute sa prudence et de sa grande vertu pour dissiper leurs cabales, et pour maintenir le Druide dans le poste qu'elle luy avoit donné.

Sans Parangon, qui avoit plus de pénetration qu'il n'estoit permis d'en avoir à son âge, et qui connoissoit déja le bon esprit du Druide, écouta toûjours ses conseils avec beaucoup de docilité ; et comme il avoit encore les mêmes inclinations qu'il avoit eües dans le Palais enchanté, il aimoit fort les soldats, et se faisoit un extrême plaisir de leur voir faire l'exercice qu'il leur commandoit souvent luy mesme, et quoiqu'il n'eût plus de sifflet pour faire sortir autant d'hommes armez qu'il auroit voulu, il prit un soin particulier de ceux qui

---

27. La bataille de Rocroi fut remportée par le duc d'Enghien le 19 mai 1643.

28. Mazarin (1602-1661) désigné comme principal ministre par Anne d'Autriche régente, après que le testament de Louis XIII eut été réformé.

29. Allusion à la Fronde, d'abord conduite par les Parlementaires (1648), puis par les Princes à partir de 1650, lorsque Condé s'allia à Conti et au duc de Longueville.

étoient à son service, donnant ordre qu'ils ne manquassent jamais de rien. Comme il estoit retenu par les sages conseils du Druide, qui l'empéchoit de suivre tous les mouvemens de sa noble ardeur, il se contentoit de bien discipliner ses troupes, et de les passer souvent en reveüe ; il ne donnoit sa faveur qu'à ceux qui faisoient leur devoir mieux que les autres, et favorisoit particuliérement les Officiers lors que leurs troupes se trouvoient en bon estat, ce qui faisoit que chacun y travailloit à l'envy ; et il est certain que jamais Prince n'avoit pris tant de soin de ses Soldats que Sans Parangon[30].

Ce Prince meditoit plusieurs grands desseins, lors que la méchante Ligourde, qui ne comprenoit pas comment il avoit évité, dans son bas âge, le sort qu'elle luy avoit donné, trouva moyen de faire glisser adroitement dans le Palais du Prince une de ses suivantes qu'elle nommoit Fievre[31], qui, par sa malignité, faillit à faire mourir le jeune Prince ; mais Clairance en estant avertie y accourut, chassa la suivante, et guérit le Prince. Cette Fée, qui avoit découvert que Belle-gloire estoit cette maîtresse capricieuse dont Ligourde avoit menacé le Prince, et qui prevoyoit les embaras où elle le jetteroit, évitoit exprés de paroître devant luy, de peur d'estre obligée de tenir sa parole, et de luy mener Belle-gloire ; mais le peril extrême où Sans Parangon se trouvoit la fit passer par dessus toute sorte de considerations. S'estant adressée à la Reine : Voicy Madame, luy dit-

30. Sous l'autorité de Le Tellier, une réforme des armées fut entreprise après la Paix des Pyrénées : effectifs moins nombreux, hiérarchie bien structurée, encouragement de l'émulation, nouvelles règles de paiement.

31. Louis XIV, qui avait eu la petite vérole en 1647, souffrit d'une fièvre pourpre du 29 juin au 18 juillet 1658.

elle, les derniers efforts de vôtre ennemie, que j'ai rendus inutiles, et je vous répons qu'à l'avenir Sans Parangon joüira d'une longue vie. La Reine fut fort sensible aux soins de la Fée, et n'oublia rien pour luy marquer sa reconnoissance, elle la presenta au Roy son fils, en luy exagerant les grandes obligations qu'il luy avoit. Sans Parangon, qui estoit fort reconnoissant, eut une sensible joye de voir sa bienfaictrice, et dans ce moment tout ce qu'il avoit appris chez elle luy revint dans l'esprit ; il luy prit les mains pour les y[32] baiser, luy fit mille et mille amitiez, et luy marqua, par tous les endroits dont il put s'aviser, la satisfaction qu'il avoit de la voir ; et comme il connoissoit parfaitement le goût des Fées, il ordonna qu'on luy apportât une collation composée de noisettes, de pain bis, de miel, et d'eau claire. La Fée fut trés sensible à son attention, et quoiqu'elle ne mangeât jamais hors de son Palais, elle ne laissa pas, par complaisance pour le Prince, de goûter de sa collation.

Ce fut alors, que tous les charmes de Belle-gloire se presenterent dans l'esprit de Sans Parangon ; il mouroit d'envie d'en demander des nouvelles à la Fée, mais il ne l'osoit de peur qu'elle ne crût qu'il luy reprochoit adroitement de luy avoir manqué de parole. Clairance devinant sa pensée : L'estat où vous estes, luy dit-elle, ne me permettoit pas de vous mener la Princesse de la Chine, il est vray que je me suis avisée un peu tard que je m'y estois engagée trop legerement. Helas ! continuat-elle, vous ne la verrez que trop tôt, je ne vous en diray pas davantage, car il est inutile de raisonner sur les choses qu'on ne sçauroit éviter, c'est le sort que vous a

---

32. Emploi courant de *y* tenant la place d'un pronom de la troisième personne.

donné la méchante Ligourde ; mais puisque je n'ay pas le pouvoir de vous en garantir, au moins vous me dispenserez d'autoriser par ma présence ses dangereux conseils, et les esperances chymeriques dont elle vous amusera. Vous la verrez, puisque je vous l'ay promis, toutes les fois que le Soleil en parcourant le Zodiaque passera d'un signe à un autre, et je la rendray invisible pour tout autre que pour vous, de peur que vos sujets, en la voyant, ne devinssent autant de rivaux, n'estant pas possible qu'un faible mortel puisse s'empêcher de la servir lors qu'il l'a seulement envisagée une fois ; tout ce que je puis faire pour l'amour de vous, c'est de la cacher aux yeux de tout le monde, et d'inspirer aux autres hommes la même envie de vous servir, que vous aurez de plaire à Belle-gloire. La Fée disparut en achevant ces paroles, et le Prince, sans faire aucune attention à tout ce qu'elle venoit de luy dire contre Belle-gloire, ne fut occupé que du desir de la revoir ; il attendoit avec une impatience extrême que le Soleil changeât de maison, et bien loin d'avoir du chagrin de ce que Clairance venoit de luy dire, il sentit une joye secrete, de penser qu'il ne seroit permis qu'à luy seul de voir et de servir cette incomparable Princesse. Enfin le changement du Soleil si desiré arriva, et le même jour Belle-gloire parut dans le cabinet du Roy, dans un char en forme de thrône, parsemé d'émeraudes et de lauriers, et attelé de douze cygnes. Je ne parleray point de son ajustement, parce qu'il estoit effacé par son extrême beauté, et par l'éclat de ses yeux qui auroit éblouy tout le monde, si elle n'eut pas esté invisible.

Le Prince se jetta d'abord à ses pieds, et parut transporté de joye en la voyant : mais malgré sa grande beauté, elle inspiroit tant de respect que Sans Parangon n'osa pas seulement luy baiser le bout de sa robe.

Je suis bien aise, luy dit-elle, qu'à present que tu es sur un thrône réel, et que tu n'es plus enchanté, tu ayes pour moy les mêmes sentimens que tu avois dans le Palais de la Fée ; car si tu as assez de vertu pour me servir à ma mode, et pour me sacrifier toutes choses, peut estre que le terme de mon enchantement finira bientôt, et que je me trouveray en estat d'ajouter plusieurs Couronnes à celle que tu as heritée de tes Peres. De semblables paroles, prononcées par une belle personne, font toûjours beaucoup d'impression sur un amant ; mais Belle-gloire les assaisonna avec tant de grace, et d'un ton de voix si touchant, qu'il ne faut pas estre surpris si le jeune Prince en fut tres vivement penetré : il l'assura d'un attachement éternel, et luy fit mille et mille protestations qu'il ne trouveroit jamais de difficulté lorsqu'il s'agiroit de gagner son estime. Belle-gloire n'osa point faire une plus longue visite, de peur que la Fée pour la punir ne luy donnât quelque penible occupation ; elle luy promit néanmoins de profiter de la permission qui luy avoit esté accordée de revenir une fois le mois. Sans Parangon, qui estoit charmé de la voir, tâcha de luy faire connoître, avec toute la politesse et le respect imaginable, qu'il auroit esté bien aise de la retenir encore quelques momens, mais elle fut inéxorable, et lâcha le cordon à ses cygnes qui l'enleverent dans l'instant. Le Roy souffrit ce départ fort impatiemment, mais il estoit si soumis aux ordres de Belle-gloire, qu'il n'osa pas même s'en plaindre. Cette agréable visite ne laissa pas de luy donner une extrême joye, et de luy inspirer une vivacité qu'il n'avoit pas encore fait voir. Toute la Cour s'aperceut de ce changement, qui fut suivy de plusieurs festes et galanteries que le Prince fit en faveur des

Dames[33] : car rapportant tout à son amour, il jugea
qu'il devoit cet hommage au sexe de son aimable
maîtresse.

Insensiblement le Soleil passa d'un signe à un autre,
et la Princesse se rendit dans le cabinet du Roy. Il est
temps, luy dit-elle, que tu renonces à des amusemens
peu convenables à un Prince qui se nomme Sans Parangon, et qui s'est dévoué à Belle-gloire ; tu n'as rien fait
jusqu'à présent, qui puisse te rendre digne du nom que
tu portes, et si je ne connoissois ton grand cœur, et que
j'en jugeasse par tes actions, j'aurois peine à croire que
tu voulusses te donner à moy comme tu me l'as promis ; ce n'est pas assez, pour Belle-gloire, de porter une
Couronne ; je veux qu'elle soit ornée de lauriers ; les
Courtisans t'asseurent que tu es galant, jeune et bien
fait, et les Dames te traitent de héros, lorsque tu as
exercé tes soldats sur des paisibles Campagnes, il me
faut des victimes mélées de sang et de lauriers ; en un
mot, songe que tu es né pour Belle-gloire. En achevant
ces paroles elle lâcha le cordon à ses cygnes sans vouloir attendre la réponse du Roy, qui demeura fort honteux d'un reproche qu'il n'avoit pas merité, puisque
sa grande jeunesse et la déference qu'il avoit toûjours
eüe pour le Druide qui l'aidoit par ses conseils à gouverner son Royaume, l'avoient empêché de suivre les
mouvemens de son courage. Cependant, ce sensible
reproche ne laissa pas de le piquer, et luy fit méditer
de grands desseins dont il jugea que l'execution pourroit plaire à sa Princesse ; les visites qu'elle luy rendoit

---

33. Le Roi dansa le Ballet des *Saisons* en juillet 1661 ; un carrou-
sel fut donné aux Tuileries en 1662 ; enfin la fête des *Plaisirs de l'Ile
enchantée* fut offerte par le Roi à la Cour en l'honneur de Mlle de
La Vallière (7 au 9 mai 1664).

l'animoient encore davantage, et il tâchoit cependant
à se rendre digne d'elle par tous les endroits qui dépen-
doient de luy, car il étoit d'une politesse extrême, fort
galant, fort libéral, et aimoit la probité par tout.

Le sage Druide estant mort en ce temps-là[34], Sans
Parangon resolut de gouverner seul ses Etats, et de
prendre soin luy même de ses affaires ; mais de peur
que la Princesse n'augurât mal de sa tranquilité, il luy
rendit compte de la situation où il estoit, et de la necessité où il se trouvoit de se donner tout entier aux soins
de l'Etat, avant que d'entreprendre aucune guerre
étrangére, n'ayant plus de baguéte enchantée pour faire
sortir des Soldats armez, et ayant besoin de sommes
considerables pour soutenir les guerres qu'il projettoit.
Belle-gloire approuva ses raisons, et luy dit même que
c'estoit le veritable chemin pour se rendre digne d'elle.
Il n'en fallut pas d'avantage pour engager Sans Parangon à tenter l'impossible ; il s'appliqua fortement aux
affaires, et se rendit assidu à tous les Conseils[35] ; il commença dans cette occasion à mettre en pratique tout
ce qu'il avoit appris chez la Fée ; son application, son
assiduité et son discernement admirable surprirent tout
le monde, et il est certain que, par ses soins, il démêla
en peu de temps un cahos d'affaires fort intriguées et
tres difficiles, et se mit en estat de pouvoir suivre les
nobles sentimens de son cœur. Belle-gloire qui jugea,
par ce penible travail, qu'il étoit capable de toutes les
grandes choses, luy parla plus obligeament qu'elle

---

34. Mazarin mourut dans la nuit du 8 au 9 mars 1661, au château de Vincennes.

35. Le 10 mars, Louis XIV annonça qu'il gouvernerait en personne. Le Conseil fut réorganisé pour le mois d'avril ; en septembre
le roi fit supprimer la surintendance et créa un Conseil royal des finances. Il partagea sa confiance entre Louvois, Colbert et Servient.

n'avoit jamais fait ; mais ces paroles estoient autant d'enchantemens qui redoubloient l'ardeur du Prince.

Sans Parangon se mit peu de tems aprés à la teste d'une belle armée, et se rendit maistre de plusieurs places importantes[36], malgré la resistance des Assiégez, qui avoient mis toutes leurs troupes dans ces places pour les deffendre. Belle-gloire, qui n'avoit jamais douté du courage du Prince, ne parut pas fort satisfaite de cette prémiere Campagne, et luy dit, dans une de ses visites, qu'il n'estoit pas bien extraordinaire qu'un Prince belliqueux avec de belles troupes, et dans la belle saison, prit des places ; mais qu'un Prince qui se nommoit Sans Parangon, et qui cherchoit à plaire à Belle-gloire, devoit attaquer les places en plein hiver, à travers les glaçons et les frimas, sans attendre même que toutes ses troupes fussent assemblées. Ce terrible discours n'étonna point le Prince, car il ne trouvoit rien de difficile lorsqu'il étoit question de gagner l'estime de sa maîtresse ; il partit peu de jours aprés dans le cœur de l'hiver, et attaqua avec un petit nombre de troupes, malgré les neiges et les glaçons, une grande Province où il y avoit plusieurs places tres fortes[37], dont il se rendit enfin le maître par des travaux incroyables, et apres une infinité d'actions heroïques ; ce fut alors aussi que Belle-gloire, sensible à tant de marques de valeur, luy permit de baiser pour la premiere fois le bas de sa robe.

---

36. En mai 1667, Louis XIV envahit les Pays-Bas espagnols pour y occuper ce qui revenait à Marie-Thérèse ; en deux mois et demi de campagne, il fit une moisson de places fortes (Charleroi, Tournai, Douai).

37. A la fin du mois de janvier 1668, une armée de 15 000 hommes s'attaque à la Franche-Comté. Le 7 février, Louis XIV arrive à Dijon ; il reçoit la capitulation de Dole le 14 février.

Sans Parangon, flatté par une grace si particuliére, leva de nouvelles troupes, et se disposoit à entrer de bonne heure en Campagne, se promettant deja de conquerir plusieurs Provinces, lorsque Belle-gloire, s'estant renduë dans le cabinet du Roy, luy parla en ces termes : Je suis satisfaite de ton courage, et je te tiens quitte des places que tu pourrois prendre ; je suis même persuadée qu'il ne s'en trouveroit point qui pût te resister, sur tout pendant que tes ennemis n'ont pas d'armée pour te disputer la Campagne ; de semblables conquestes ne seroient d'aucun merite auprés de moy, je n'aime point les victoires aisées, et si tu veux me faire plaisir, tu suspendras ta noble ardeur, et tu attendras que tes ennemis, revenus de leur étonnement, soient en estat de t'opposer des forces aussi nombreuses que les tiennes. Sans Parangon eut besoin de toute sa moderation pour renoncer aux conquestes qu'il s'étoit promis de faire ; neanmoins comme il n'avoit pris les armes que pour plaire à Belle-gloire, il fallut se soûmettre à ses volontez.

Ce sacrifice ne laissa pas de luy estre tres agréable, et elle l'en remercia en des termes fort obligeans ; comme ce Prince estoit continuellement occupé d'un desir ardent de faire quelque chose qui fût du goût de sa maîtresse, et qu'il n'avoit plus d'occasion de se distinguer par les armes, il s'appliqua de nouveau aux soins de l'Etat, il abregea les Loix, reforma un grand nombre d'abus qui s'étoient glissez dans l'administration de la justice[38]. Belle-gloire donna des loüanges à

---

38. Après la Paix d'Aix-la-Chapelle (1668), le souverain fit rédiger des ordonnances qui remédiaient aux abus, avec l'aide de Colbert, de Lionne et de Le Tellier ; mais les Grands Jours d'Auvergne avaient, en 1665, inauguré une mise au pas de la noblesse.

sa vigilance et à son application, mais elle luy demanda
une nouvelle preuve de son attachement, qui jetta ce
Prince dans de grands embarras : Tu sçais, luy dit-elle,
l'esperance où je suis de voir bien-tost finir mon
enchantement ; tu as osé porter tes vœux jusqu'à moy,
tu n'ignores pas que j'aime les beaux Palais, et cependant tu n'en as point où tu puisses me recevoir. Sans
Parangon l'asseura qu'elle seroit bien-tost satisfaite, et
ayant fait venir les plus habiles Architectes de l'Univers, il fit bâtir dans la Capitale de ses Etats, un des
plus beaux Palais du monde[39], avec des jardins tres
agreables et proportionnez à la magnificence du Palais.
Ce grand ouvrage estoit presque finy, lors que Belle-
gloire estant allée visiter le Prince à son ordinaire, elle
luy fit connoître qu'elle n'aimoit point le sejour des Villes, et que s'il vouloit luy donner un témoignage bien
veritable de son attachement, et de sa complaisance
pour elle, il falloit luy bâtir à la Campagne, un Palais
et des jardins semblables à ceux qu'il avoit imaginez
luy même chez Clairance, par la vertu de sa baguéte.
Sans Parangon, épouvanté d'une proposition si extravagante, luy representa que le Palais de la Fée n'étoit
qu'une illusion, et que tout le marbre de la Terre, ny
l'or du Perou, ne suffiroient pas pour un semblable édifice. Tu sçais bien, reprit Belle-gloire, que les choses
ordinaires ne m'accomodent point, et que je n'aime que
celles qui approchent de l'impossible ; je t'ay fait

---

39. Dès 1658, on avait entrepris des travaux au palais du Louvre ; Colbert fut chargé en 1664 de la surintendance des Bâtiments ;
Le Vau conçut l'aménagement de la galerie du bord de l'eau ; on
refit la résidence royale qui fut achevée en 1666 et on réalisa la colon-
nade selon le projet de Claude Perrault. En 1672, les travaux furent
interrompus ; on consacra le palais aux académies, aux artistes et
aux collections.

connoître ce que je desire, c'est à toy à te consulter, et à examiner si tu as, et assez de courage, et assez d'envie de me plaire, pour l'entreprendre. Elle n'attendit point de réponse et disparut.

Jamais il n'y eut d'embaras pareil à celuy de ce Prince, qui auroit mille fois mieux aimé mourir, que d'avoir déplu à sa Princesse. Cependant, quoiqu'il trouvât de l'impossibilité à l'éxecution de ce grand dessein, il ne laissa pas, pour marquer sa soumission aux ordres de Belle-gloire, de l'entreprendre, sans pourtant qu'il osât se flatter d'y réussir ; il traça luy même un Plan le plus approchant qu'il luy fut possible de celuy du Palais de la Fée, à peine se donna-t-il le temps de consulter les Architectes, et commença, sans perdre un moment, à bâtir le Palais[40], et à faire dresser les jardins, en sorte qu'au bout de deux ans ce grand ouvrage se trouva fort avancé.

Cette diligence plut beaucoup à la Princesse ; Sans Parangon s'en estant aperceu redoubla ses soins, et n'eut jamais de repos que le Palais et les jardins ne fussent dans leur perfection ; l'or y estoit par tout avec tant de profusion que les toits en estoient couverts, et quoiqu'il ne tâchât qu'à imiter ce qu'il avoit deja fait chez la Fée, il est constant qu'il surpassa le Palais enchanté en beaucoup de choses.

Sans Parangon, se flattant que la Princesse seroit

---

40. C'est en 1661 qu'on commença des travaux à Versailles pour transformer le pavillon de chasse de Louis XIII. En 1668 fut achevée l'enveloppe de Le Vau, et en 1678 la deuxième Orangerie de Mansart. L'aile du Midi fut réalisée entre 1678 et 1682, date à laquelle le Roi s'installa dans le château en chantier. L'aile du Nord fut construite en 1685 et 1689. La galerie des glaces (1678) était conçue pour devenir le centre du palais. Les jardins de Le Nôtre furent commencés en 1662.

contente de son Palais, attendoit avec impatience
qu'elle l'eût veu pour luy en demander son sentiment :
mais il fut extremement surpris de voir qu'une nouvelle
planete présidoit sur l'hemisphere, sans que Belle-gloire
parut ; cela luy donna de cruelles inquiétudes dont il
fut accablé jusqu'au lendemain que la Princesse arriva,
qui luy apprit que les cygnes de son char, ayant esté
ébloüis par la reverberation du Soleil qui donnoit sur
l'or des toits, estoient allés au canal au lieu d'entrer
dans le cabinet, et que leurs aisles ayant esté moüillées,
il leur avoit esté impossible de reprendre leur vol ; que
la Fée y estant accouruë, les avoit condamnés à y
demeurer toute leur vie, et l'ayant ensuite ramenée dans
son Palais, elle l'avoit retenuë jusqu'à ce moment
qu'elle venoit de luy donner un attelage d'aigles qui trai-
neroient son char à l'avenir ; elle luy témoigna ensuite
beaucoup de reconnoissance de l'empressement qu'il
avoit eu de luy plaire en achevant ce magnifique Palais,
et luy promit de ne l'oublier jamais. Comme par son
enchantement elle estoit invisible à tout le monde, Sans
Parangon la pria de jetter les yeux un instant sur
l'assemblée des apartemens ; elle y consentit, et aprés
les avoir bien examinez, elle l'asseura qu'elle y trouvoit plus de magnificence, une musique bien plus excel-
lente, et beaucoup meilleure compagnie que dans ceux
de la Fée.

Dans une autre visite le Prince la supplia de se promener sur le canal, et luy fit remarquer l'agréable Château de porcelaine, qui paroissoit à l'extremité : elle le
trouva fort ressemblant à celuy de la Chine, et convint
avec peine que celuy de Sans Parangon estoit plus
galant et plus parfait que l'autre. Mais soit que cela
même luy donnât quelque jalousie, ou qu'elle eût
changé de goût, elle pria le Roy de l'abattre, et d'en

faire bâtir un autre de marbre et de jaspe à la place de celuy-là[41], ce qui fut éxecuté peu de jours aprés.

Ce superbe édifice, aussi bien que les riches meubles dont il estoit orné, augmenterent la réputation que Sans Parangon s'estoit déja acquise par ses conquestes.

Les Estrangers arrivoient de toutes parts dans son Royaume, et admiroient ces grandes richesses, une infinité de curiositez differente[s], et, plus que tout le reste, les surprenantes qualitez du Monarque, qui cependant préferoit un seul regard de sa Maîtresse aux aplaudissemens de tout l'univers ensemble ; et dans l'empressement qu'il avoit de faire toûjours quelque chose de grand pour gagner son estime, il se plaignit un jour à cette Princesse de ce qu'elle ne luy donnoit plus d'occasion de luy marquer le plaisir qu'il avoit à luy obëir. Helas ! luy dit-elle, tu m'as fait admirer le Canal de ton Jardin, comme un ouvrage fort extraordinaire, et cependant je m'aperçois que plusieurs particuliers en ont autant dans leurs maisons de Campagne ; tu sçais bien que je n'aime pas ce qui est commun ; mais si tu avois bien envie de me plaire, et que tu voulusses véritablement me marquer que tu ne penses qu'à te rendre digne de moy, je souhaiterois que tu me fisses un Canal qui traversât de l'une à l'autre mer[42], et qui, les joignant toutes deux, me donnât le plaisir, lors que je ne seray plus enchantée, de passer de l'Ocean à la Mediterranée, sans m'exposer aux hazards ny aux diffi-

---

41. Le Trianon de Porcelaine, qui se voulait l'image onirique de la Chine, fut remplacé en 1687 par le Grand Trianon de Marbre conçu par Mansart d'après les désirs personnels du roi.

42. Le Canal des Deux Mers (241 km), reliant la Méditerranée à la Garonne, fut creusé entre 1666 et 1681 selon le projet de Pierre-Paul Riquet.

cultez d'une longue navigation. — Cette entreprise, répondit le Prince, seroit plustost l'ouvrage d'une Fée que celuy d'un Prince comme moi. — Quoy, reprit la Princesse en colere, tu as la temerité de prétendre mon estime, et une semblable entreprise t'étonne ? — Rien n'est capable de m'étonner, continua Sans Parangon, lors qu'il s'agit du service de Belle-gloire, et puisque vous voulez absolument ce Canal, je le feray ou je mourray dans la peine. La Princesse re retira fort satisfaite de la resolution de Sans Parangon, quoy qu'elle doutât elle-mesme qu'il pût jamais reussir dans une entreprise si nouvelle et si hardie. Il commença l'ouvrage avec des soins et des dépenses infinies ; tout autre Prince que Sans Parangon se seroit rebuté par l'impossibilité qu'on luy faisoit voir à le continuer. Mais ce Monarque, qui sçavoit que les grandes difficultez estoient autant de moyens de plaire à Belle-gloire, continua toûjours son entreprise, et l'acheva enfin avec une patience et des travaux qui approchoient de ceux d'Hercule. La Princesse fut dans le dernier étonnement de voir finir un travail si pénible ; et dés la premiere visite, elle assura Sans Parangon que luy seul luy paroissoit digne de son estime ; qu'elle desiroit cependant qu'il retournât cüeillir de nouveaux Lauriers dans le Champ de Mars.

Sans Parangon, ravy d'un ordre si conforme à ses desirs, assembla de nombreuses troupes avec une diligence extraordinaire, et commença sa Campagne par un Siege fameux[43] ; les Assiégez se deffendirent assez vigoureusement, mais il fallut ceder aux efforts de Sans Parangon. Belle-gloire, s'apercevant de la facilité qu'il

---

43. La guerre de Hollande déclarée le 6 avril 1672, Louis XIV prit Maestricht le 17 mai.

avoit à faire des conquestes, luy dit un jour que les autres Heros prenoient des places à force de tem̀s, que s'il vouloit se distinguer, et luy donner un spectacle nouveau, ce seroit de prendre chaque jour une place. A peine eut-elle achevé de parler, que Sans Parangon entra comme un torrent dans le Païs ennemy, et y prit tous les jours une Forteresse nouvelle. La rapidité de tant de Conquestes étonna plusieurs Potentats voisins, qui crûrent neanmoins estre en seureté, parce que Sans Parangon, ne trouvant plus de place à conquerir, étoit obligé, s'il vouloit aller plus loin, de passer une grande et profonde riviere ; et comme des Armées ne traversent pas les rivieres aussi facilement que des oyseaux, il falloit des temps infinis pour y construire des ponts ; mais Sans Parangon, cherchant toûjours à plaire à sa Princesse par des actions extraordinaires, s'avisa, sans s'embarasser ni du péril ni des difficultez, de faire passer son Armée à la nage[44] ; la nouveauté de cette grande action déconcerta si fort les ennemis, que tous les Peuples voisins accoururent pour se soumettre au vainqueur, qui se seroit aisément rendu maître de plusieurs grands Etats, si Belle-gloire, étonnée de ce qu'il avoit passé ses esperances, ne luy eût representé que, ne trouvant par tout que de la terreur et point d'ennemis, elle ne prenoit plus sur son compte les conquêtes qu'il pouroit faire sur des gens qui se rendoient sans combattre. Sans Parangon, qui ne songeoit qu'à plaire à sa char-

---

44. Allusion au fameux Passage du Rhin, à Tolhuys, le 12 juin 1672. Le comte de Guiche, à la tête de la cavalerie, traversa le fleuve à la nage ; Condé dirigeait les opérations sur un bateau ; le roi, qui était encore sur la rive du Rhin avec Monsieur, fit jeter un pont de bateaux, sur lequel il passa avec l'infanterie. Voir le témoignage de Choisy (*Mémoires*, p. 32 et suiv.).

mante maîtresse, luy fit encore ce sacrifice, et se retira dans ses Etats.

Ligourde, jalouse des prosperitez du Prince, voyant l'étonnement et la consternation de ses ennemis, les fit apercevoir qu'ils avoient dans leur païs un oyseau jaune[45], à qui elle avoit donné plusieurs sorts ; et quoy qu'il fût encore jeune, et qu'il n'eût pas les aisles assez fortes pour aller bien loin, elle les asseura qu'il pourroit dans les suites les servir utilement. Cet avis leur donna beaucoup d'attention sur l'oyseau jaune, et ne laissa pas de leur relever le courage ; mais tout cela leur fut inutile, car Belle-gloire, ayant visité Sans Parangon au retour de sa Campagne, elle luy temoigna la satisfaction qu'elle avoit de tout ce qu'il venoit de faire pour son service, et luy fit entendre qu'il estoit de sa generosité de mepriser les conquêtes aisées, et qu'il devoit se contenter d'avoir reduit ses ennemis dans la consternation où ils estoient, sans vouloir profiter de leur desordre. Sans Parangon, trop heureux de pouvoir plaire à Belle-gloire, y consentit sans héziter. Ce noble procedé dans des conjonctures si favorables, luy attira plusieurs paroles obligeantes de la part de sa maîtresse.

Sans Parangon, qui dans son plus grand repos songeoit toûjours à tout ce qui pourroit faire plus de plaisir à sa Princesse, s'appliqua de nouveau à proteger les Sciences et les Arts, en établissant plusieurs Manufactures et Academies de Peinture et de Sculture en divers endroits de son Royaume[46]. Belle-gloire, l'ayant visité

---

45. Guillaume III d'Orange (1650-1702), stathouder de Hollande, capitaine-général des Provinces-Unies.

46. La manufacture des Gobelins (achetée en 1662), la manufacture de tapisserie de Beauvais (créée en 1664), la manufacture des glaces (créée en 1665 et transférée à Saint-Gobain en 1688) ; d'autres

peu de temps aprés, luy parla en ces termes : Tu as fait
une infinité de belles actions, je te l'avoüe, il me paroît
cependant que tu n'as guéres d'attention à ce qui me
regarde personnellement, puisque tu n'as pas seulement
encore pensé à te mettre en estat de pouvoir envoyer
une Ambassade à l'Empereur de la Chine, mon Pere,
pour me demander lorsque mon enchantement sera
finy. Où sont tes ports ? Où sont tes Armées Navales ?
Sans Parangon fut ravy que sa maîtresse songeât elle-
même aux moyens d'estre à luy ; et quoi qu'il eût deja
et des Ports et des Vaisseaux, il fit bâtir un nouveau
Port[47], et construire plusieurs grands Vaisseaux, avec
des soins et des dépenses immenses. Belle-gloire en
parut fort contente, elle ne laissa pas de dire au Prince
que, le voyage de la Chine estant fort long et difficile,
il seroit bon de faire par avance quelque établissement
dans l'Amérique, pour servir d'entreport, et en cas de
besoin de retraite aux Ambassadeurs qui sans cela cou-
roient risque de se perdre dans une si longue navigation. Aussi-tôt dit, aussi-tôt fait. Sans Parangon donna
de si bons ordres, qu'il s'asseura peu de temps aprés
plusieurs ports dans le nouveau monde, et y établit des

---

manufactures, comme la Savonnerie, furent réorganisées. Outre
l'Académie de Peinture et de Sculpture (1648), furent fondées
l'Académie des Inscriptions (1663), l'Académie des Sciences
(1666), l'Académie d'Architecture (1671) et l'Académie de Musique
(1672).

47. Rochefort, port militaire, créé en 1665 sur la rive droite de
la Charente. La rade fut dessinée par François Blondel ; le chantier
se développa pendant quatre ans sous la direction de l'intendant Colbert du Terron. Depuis 1688, Michel Bégon s'attachait à étendre et
embellir la ville. Rochefort était aussi le plus grand arsenal du
royaume.

Compagnies qui avoient un commerce continuel, et aux Indes, et en Amérique[48].

Belle-gloire, qui avoit deja esté servie par plusieurs grands Heros, fut obligée de convenir qu'elle n'en avoit jamais trouvé qui entrât si genereusement dans tout ce qui luy faisoit plaisir, ny qui eut travaillé à luy plaire avec tant d'application et tant de succés que Sans Parangon. Il faut convenir, luy dit-elle, que tu as de grandes richesses, de belles armées, des Palais magnifiques, et des jardins délicieux ; mais il te manque encore un tresor d'un prix inestimable, et dont l'Empereur mon pere faisoit plus de cas que sa Couronne, (c'est un amy fidele) : je luy ay souvent oüy dire qu'il plaignoit beaucoup la condition des Rois qui estoient environnez d'une foule d'adorateurs, qui avoient la derniére complaisance pour toutes leurs volontez, mais rarement d'amis fideles qui leur parlassent avec franchise, et sans quelque veüe particuliére ; il en avoit un fort desinteressé, qui avoit beaucoup d'esprit, une grande douceur, beaucoup de penetration, qui raisonnoit juste sur toute sorte de matiéres, qui ne le flatoit jamais, et qui aimoit mon Pere independemment de l'Empereur.

Ce portrait, qui frapa le Prince, se trouva si fort de son goût, et si conforme à ses inclinations, qu'il s'estima malheureux au milieu de ses richesses,

---

48. En Amérique, on poursuit la colonisation du Canada ; on découvre le Mississipi et on fonde la Louisiane. De nouvelles bases sont établies aux Antilles, ainsi qu'au Sénégal. Colbert encourage la création de compagnies de commerce comme la Compagnie des Indes Occidentales ou la Compagnie du Levant. La Compagnie des Indes Orientales (créée en 1664) s'attache à renforcer la colonie de Madagascar et à établir des comptoirs aux Indes (Surate, Pondichéry).

puisqu'il n'avoit pas un amy de ce caractere ; il remercia la Princesse de ses avis, et les Aigles ayant pris leur vol à leur ordinaire, le Prince demeura fort rêveur faisant de sérieuses réflexions sur tout ce qu'il venoit d'entendre.

Il observa depuis ce temps-là ceux qui l'approchoient, il examina leur esprit et leur cœur, cherchant toûjours la ressemblance du portrait que la Princesse venoit de luy faire. Enfin aprés bien des épreuves differentes, il fut assez heureux de trouver une personne d'une rare vertu, et d'un merite extraordinaire, qui avoit précisément toutes les qualités du portrait[49].

Sans Parangon, qui jusques-là avoit esté livré à des Courtisans passionnez qui souvent se déchaînoient les uns contre les autres, se trouva si soulagé de pouvoir parler de toutes choses à cœur ouvert, et sans craindre qu'on luy dit du mal de personne, qu'il ne perdoit jamais d'occasion de l'entretenir, toutes les fois que ses grandes occupations pouvoient le luy permettre.

Cependant comme Belle-gloire n'aimoit pas à le voir long-temps tranquile, elle luy inspira, peu de tems apres, d'entreprendre de nouvelles guerres. L'oyseau jaune, que Ligourde avoit enchanté et qui s'estoit fort accredité depuis, ne laissa pas de se donner beaucoup de mouvement, et de faire plusieurs tentatives pour arrester les progrés de Sans Parangon ; mais ses soins

---

49. Allusion probable à Louis de Phélipeaux, comte de Pontchartrain (1643-1727), intendant des finances, contrôleur général en 1689, secrétaire d'État de la Maison du roi et de la marine en 1690, chancelier de France en 1699. Préchac a entretenu une correspondance suivie avec le ministre qui se distingua par son courage politique et par ses qualités humaines (voir Choisy, *Mémoires*, p. 29, et Saint-Simon, *Mémoires*, t. VI, p. 282). Dans sa vie privée, le roi avait pour ami et confident son fidèle Bontemps (1626-1701).

n'empecherent pas que ce Prince ne continuât toûjours la guerre avec le même succés, car paroître en Campagne, et faire des Conquêtes estoit pour luy une même chose. Toutes les saisons luy étoient égales, il faisoit des Siéges indifferemment en hyver comme en esté ; il campoit sur la neige, comme sur une prairie couverte de fleurs. Ses ennemis, s'estans liguez par les soins de l'oyseau jaune[50], firent de nouveaux efforts, et marcherent à la teste d'une puissante armée pour s'opposer à ses Conquestes, ce qui n'empêcha pas qu'il ne prît plusieurs places devant eux, et leur présence ne servit qu'à luy donner plus de témoins de ses Victoires. Bellegloire, voyant que rien ne pouvoit resister à cet incomparable Prince, luy suggera de nouveau de poser les armes, et luy fit connoître que, puisqu'il ne trouvoit plus d'ennemis dignes de luy, elle souhaiteroit qu'il s'attachât à embellir ses maisons et ses jardins, ce qu'il executa avec une magnificence qu'il est plus aisé d'imaginer que d'écrire. Belle-gloire, ayant reconnu par plusieurs experiences que ce Prince, bien loin de se délasser quelque fois, se donnoit tout au public, lorsque les soins de la guerre luy permettoient de prendre quelque relâche, elle luy dit un jour qu'elle ne comprenoit pas comment il pouvoit soutenir l'embaras d'une suite continuelle d'affaires ; que l'Empereur de la Chine son pere estoit bien d'un meilleur goût, puisqu'après avoir remply une partie de la semaine les devoirs d'Empereur, il devenoit le reste du temps homme privé, et se retiroit dans un agreable Palais environné de jardins délicieux, où tout estoit d'une propreté surprenante ;

---

50. La coalition formée contre la France le 30 août 1673 rassemblait l'Empereur, le roi d'Espagne, le duc de Lorraine et le prince d'Orange.

on y voyoit une infinité de choses curieuses qui faisoient plaisir à voir, mais particuliérement une riviére qui se précipitoit du haut d'une montagne, qui faisoit une cascade si extraordinaire, que, dans les beaux jours, la réverberation du Soleil qui donnoit sur la cascade réjalissoit sur le Palais, et éclairoit tous les apartemens[51]. C'étoit dans ce beau sejour qu'il vivoit sans contrainte, éloigné de la foule, et accompagné d'un petit nombre de personnes choisies, qui ne l'entretenoient que de choses agréables, sans jamais luy parler de leurs affaires particuliéres. Sans Parangon admira le bon goût de l'Empereur de la Chine, et asseura Belle-gloire qu'il profiteroit de cet exemple.

La reputation de Sans Parangon, ses actions heroïques, et ses grandes vertus, allerent aussi loin que la lumiere du Soleil : plusieurs grands Potentats des extremités de la terre luy envoyerent des Ambassadeurs avec de riches presens[52] ; son Royaume étoit une pépiniére de personnes illustres, toutes les Nations y estoient bien receuës, et on y abordoit de toutes parts, pour admirer ce Prince incomparable, et pour apprendre, par son exemple, et la politesse et la pratique des vertus. Belle-gloire, qui l'avoit mis à toute sorte d'épreuves, l'asseuroit dans ses visites qu'elle n'attendoit plus que la fin de son enchantement pour luy marquer sa reconnoissance ; mais ce Prince craignoit toûjours de n'avoir pas assez fait pour elle, et cherchoit continuellement de

---

51. Nouvel éloge de Marly, voir note 1. Le roi s'y entourait d'une société choisie qui recevait ses invitations comme une faveur.

52. Dès 1669, Louis XIV avait reçu l'ambassade du Turc Soliman Aga ; en 1684, ce fut le tour des ambassadeurs d'Alger, et, en 1685, du Doge de Gênes. Il y eut deux ambassades du Siam, l'une en 1684, l'autre, solennellement reçue, en 1686.

nouvelles occasions de gagner son estime. Quoique la Fée Clairance luy eût fait éviter par ses soins un des sorts de Ligourde, et qu'elle l'eût rendu d'une santé parfaite, ses campemens sur la neige et les autres fatigues de la guerre luy causerent une fâcheuse incommodité dont les suites parurent tres-dangereuses[53] ; mais Sans Parangon ne consultant que son courage, sans donner le tems à ses sujets de s'appercevoir de ce grand peril, y fit appliquer le fer et le feu, et guérit ; cette surprenante fermeté donna de l'admiration à tout le monde. Belle-gloire l'asseura, dans sa premiére visite, qu'elle avoit esté fort touchée de la grande resolution qu'il avoit fait paroître, et qu'elle la trouvoit fort digne de luy.

Quoique Sans Parangon n'eût aucune connoissance du temps que devoit finir l'enchantement de la Princesse, il fut neanmoins bien aise de luy marquer qu'il songeoit toûjours à elle, et luy en donna une preuve tres sensible en envoyant des Vaisseaux aux extremitez de la terre et fort prés de la Chine[54], afin d'accoûtumer par là ses Sujets à connoître les Mers éloignées, et prévenir de bonne heure les difficultez qui pourroient s'opposer à la longue navigation qu'il meditoit, lorsqu'il voudroit envoyer à la Chine pour y deman-

---

53. Louis XIV fut opéré de la fistule le 18 novembre 1686 par le chirurgien Charles-François Félix. Dans *La Jalousie des dieux*, Préchac évoque cette maladie comme « le plus douloureux de tous les maux qui soient sortis de la boîte de Pandore » (p. 7) ; voir aussi Choisy, *Mémoires*, p. 166.

54. Une ambassade au Siam fut suivie d'une expédition vers Bangkok et Mergui (voir Dirk Van der Cruysse, *Louis XIV et le Siam*, Paris, Fayard, 1991). A la même époque (1687), des jésuites français, comme le P. Gerbillon et le P. Le Comte, arrivent en Chine pour y assurer la propagation de la foi.

der la Princesse. Cette prévoyance plut beaucoup à Belle-gloire, qui ne voyoit quasi plus d'endroits pour demander à son amant de nouvelles marques de son attachement ; elle avoit épuisé la matiére dans la guerre et dans la paix, dans la parfaite discipline des troupes, dans la reformation de la justice, dans l'établissement du commerce et de la navigation, dans le bon ordre des finances, dans la protection des sciences et des Arts, dans la magnificence des bâtimens, dans l'embellissement des jardins, dans les actions de fermeté, dans la pratique de toute sorte de vertus[55], et generalement dans tout ce qu'elle imagina, qui pouvoit convenir à un grand Heros.

Ce Prince trouva moyen, par sa valeur et par sa parfaite modération, de n'avoir plus d'ennemis ; mais ses grandes actions que la Renommée publioit par toute la terre, luy firent une infinité d'envieux. Il fit un songe en ce temps-là, qui luy donna quelque inquiétude ; il voyoit un Coq attaqué par un Aigle, par un Paon, par plusieurs Dindons, et par un grand nombre de Canards[56], qui l'environnoient de toutes parts, et le pressoient vivement ; l'inégalité du Combat n'empêchoit pas que le Coq ne se deffendît vigoureusement contre tous, et qu'il ne leur donnât aux uns et aux autres de si rudes coups de bec, qu'il leur arrachoit quelque fois des plumes. Le genereux Sans Parangon, tout endormi qu'il étoit, voulut aller au secours du Coq, et se réveilla ; comme c'estoit le Prince du monde le moins

---

55. Préchac a écrit un *Compliment des Vertus au Roi sur la naissance de Monseigneur le duc de Bourgogne* (1683).

56. Eustache Le Noble usait des mêmes allégories dans ses pamphlets politiques dirigés contre Guillaume d'Orange ; voir l'introduction p. XXVI.

superstitieux, il ne fit aucune attention à ce songe, mais ayant apris quelque temps aprés que plusieurs grands Potentats caballoient contre luy, il se souvint de son songe qui luy fit quelque peine, parce que son reveil l'avoit empêché de voir le denoüement du combat ; neanmoins asseuré de luy-même, et ravy d'ailleurs de trouver de nouvelles occasions de plaire à sa Princesse, il ne s'embarassa point de tous les bruits publics. Cependant le songe ne se trouva que trop veritable, car Sans Parangon fut informé que l'oyseau jaune, qui commençoit à essayer ses aisles, voltigeoit de toutes parts, et avoit enfin engagé un grand nombre d'Empereurs, de Rois, de Republiques, et d'autres Princes Souverains à se liguer contre Sans Parangon, et qu'il sollicitoit même ses Alliez et ses amis d'entrer dans cette formidable ligue[57]. Le bruit de ce grand orage qui se formoit contre luy ne l'étonna jamais ; il ne laissa pas néanmoins de se tenir sur ses gardes, et d'assembler ses troupes.

Belle-gloire, qui apprit que tant de grandes puissances conspiroient contre Sans Parangon, et estoient prestes à fondre sur ses Etats, l'en félicita au lieu de le plaindre ; et comme elle connoissoit parfaitement le grand courage du Prince, elle luy inspira de prevenir ses ennemis sans attendre qu'ils eussent l'audace de l'attaquer. Le Prince marcha d'abord sur la Frontiére, et se saisit, malgré les nombreuses troupes de ses ennemis, d'une place qui pouvoit leur servir de passage pour entrer dans ses Etats[58]. Cette sage prévoyance rompit

---

57. La Ligue d'Augsbourg se forma le 9 juillet 1686 : elle rassemblait l'Angleterre, l'Empire, l'Espagne, des États allemands, la Hollande et la Suède. La guerre commença en 1688.

58. La place de Philipsbourg fut prise en dix-neuf jours, et se rendit le 29 octobre 1688 à Monseigneur.

toutes leurs mesures, et ils furent obligés d'attendre une autre Campagne pour commencer à faire quelque entreprise.

Cependant les aisles de l'oyseau jaune s'étoient si bien fortifiées, qu'il passa la mer d'un seul vol[59] ; la joye qu'il eut d'avoir réussi dans ce hardi projet, ou la peine qu'il se donna pour arriver à terre, le firent changer de plumage, et il luy vint une creste rouge sur la teste, semblable à celle du coq, qui luy donna un grand relief.

Ce fut par ses pressantes instances que les Alliez équiperent un grand nombre de Vaisseaux, et mirent de prodigieuses armées en Campagne. Belle-gloire dans une de ses visites en parla au Prince en ces termes : Voicy le temps, brave Sans Parangon, de moissonner des Lauriers ; si je ne contois plus sur ton courage que sur tes forces, je craindrois beaucoup pour toy, car les Rois tes predecesseurs, n'ayant qu'un seul ennemi en teste, ont eu besoin de toute leur valeur pour soutenir la guerre ; songe que tu as plusieurs Puissances à combattre, c'est un Hydre[60] qui a une infinité de testes, tes tresors sont épuisez par les complaisances que tu as euës pour moy, au lieu que tes ennemis, qui n'ont encore fait aucune dépense, ne manquent ny d'hommes ni d'argent ; je crains que tu ne succombes, et que le grand nombre ne t'accable, et ce qui me fait plus de peine, c'est que mon enchantement est tel que, malgré tout ce que tu as deja fait pour moy, si quelque autre Heros,

---

59. Guillaume d'Orange, débarqué le 5 novembre 1688 à Torbay fut proclamé roi d'Angleterre le 13 février 1689 ; le couronnement eut lieu le 21 avril.

60. L'emploi du mot *hydre* au masculin n'est pas rare au XVIIe siècle ; on le rencontre, par exemple, chez La Fontaine.

quoiqu'il ne m'eût jamais veuë, devenoit ton vainqueur, je t'oublierois, et je pourrois devenir sa recompense ; ainsi songe encore une fois qu'il s'agit de perdre Belle-gloire, ou de se l'asseurer pour toûjours.

Sans Parangon, qui ne craignoit point ses ennemis, et qui se sentoit assez de courage pour se deffendre contre tous, fut offensé du discours de la Princesse ; mais faisant réflexion que l'interest qu'elle prenoit à sa personne luy donnoit cette inquiétude, il luy pardonna ses remontrances. Il se mit peu de tems aprés en Campagne, et nonobstant les inutiles efforts de tant de Puissances liguées contre luy, et les nombreuses armées qu'ils luy opposerent, il les battit, et gagna une grande bataille sur eux[61]. La mer ne leur fut pas plus heureuse, car leur Flotte fut encore défaite par l'armée navale de Sans Parangon[62], et personne ne douta que cette ligue, qui estoit composée de plusieurs Potentats qui avoient tant d'interests differens à menager, et qui cependant estoient battus partout, ne fût bien-tôt des-unie, n'y ayant pas d'apparence qu'elle pût subsister long-temps. Belle-gloire ne fut pas la derniére à féliciter Sans Parangon de tant d'heureux succés, qui ne produisirent pourtant pas l'effet qu'on en avoit attendu ; car bien loin de se rebuter, ils l'attaquerent en plusieurs endroits differens tout à la fois, persuadez qu'ils pourroient le vaincre plus facilement lorsque ses forces seroient divisées ; mais sa vigilance et sa valeur supléerent à tout, et il fut toûjours victorieux. Cependant ny les Places importantes qu'il prenoit sur eux, ny les batailles qu'il gagnoit, ne décidoient jamais de rien ; leur nombre estoit si grand, qu'ils se trouvoient toûjours en estat de repa-

---

61. Fleurus, le 1er juillet 1690.
62. Tourville fut vainqueur à Béveziers le 10 juillet 1690.

rer leurs pertes, et de renouveller leurs troupes. Belle-gloire admiroit également et la conduite, et la valeur, et la prévoyance du Prince, qui soutenoit si courageusement une guerre si difficile, et qui se croyoit toûjours trop recompensé de ses travaux par la satisfaction que la Princesse luy en témoignoit ; son unique crainte estoit de n'avoir pas assez fait pour elle, et il estoit continuellement occupé à chercher de nouvelles occasions de mériter son estime.

Remply de cette pensée, et songeant à attirer les ennemis pour les engager à un combat general et decisif, il attendit que toutes leurs troupes fussent en Campagne, et alla attaquer en leur présence une roche imprenable, dont le seul nom donnoit de la terreur à tous les Païs voisins[63] ; une resolution si surprenante étonna fort les Alliez qui envoyerent cent mille hommes pour secourir la place, quoiqu'ils fussent fort persuadez qu'elle ne seroit pas prise dans le temps que Sans Parangon la pressoit vivement. La méchante Ligourde, aprés luy avoir suscité tous les élemens, fit encore glisser chez ce Prince une de ses suivantes appellée Goute[64], et un de ses Couriers qu'on nommoit Mauvaise-nouvelle ; tout autre que Sans Parangon se seroit trouvé fort embarassé dans une conjoncture aussi delicate que celle-là, mais ce Heros ne chercha de secours que dans sa fermeté, et oubliant son mal, il ne consulta que son cou-

---

63. Namur était la plus forte place des Pays-Bas. Malgré la puissante armée du prince d'Orange et de l'électeur de Bavière, le duc de Luxembourg obtint la reddition de la ville le 5 juin 1692, et de la citadelle le 30 juin. Boileau fut parmi ceux qui célébrèrent cette victoire (*Ode sur la prise de Namur*).

64. Louis XIV souffre de la goutte depuis 1681, et il lui faut parfois utiliser un fauteuil à roulettes. Il abandonna le commandement effectif des armées en 1693. La mauvaise nouvelle peut être la défaite de La Hougue (2 juin 1692).

rage ; il se fit porter à la queuë de la tranchée, et anima si bien toutes choses par sa présence et par son exemple, que l'ennemi fut repoussé, et la Place prise.

Belle-gloire, pour luy marquer combien cette grande action luy estoit agréable, luy donna sa main à baiser pour la premiére fois de sa vie, qui fut une faveur si signalée pour luy, qu'il auroit esté bien fâché dans cette occasion de n'avoir pas eu autant d'ennemis et autant d'affaires qu'il en avoit.

Cependant les Puissances liguées persistoient dans leur opiniâtreté, toûjours prévenuës que leur union et leur perseverance épuiseroient enfin les forces de Sans Parangon qui estoit seul contre tous. Mais son courage ne se ralentissoit jamais, et il les battit encore dans plusieurs occasions [durant] les Campagnes suivantes[65]. Belle-gloire, étonnée de la fermeté de Sans Parangon, qu'elle trouvoit si fort au dessus des Heros qui l'avoient servie, et remarquant qu'il se joüioit de cette guerre, resolut de le mettre à une nouvelle épreuve qui n'étoit pas moins difficile que toutes les autres ; elle luy dit un jour que les importans services qu'il luy avoit rendus luy faisoient desirer d'estre bientôt desenchantée, afin de se voir en estat de le recompenser, mais que faisant réflexion, et au nom de Sans Parangon, et à celuy de Belle-gloire, elle ne croyoit pas qu'il y eût dans l'Univers une étofe assez digne d'elle pour luy servir de manteau Royal le jour de ses nopces ; qu'elle avoit autrefois oüy parler de la Toison d'or, et qu'elle auroit fortement souhaité de l'avoir pour cette grande ceremo-

---

65. *Sic :* nous suppléons au défaut de préposition dans l'édition originale. Les troupes françaises remportèrent les victoires de Steinkerque (3 août 1692), de Neerwinden (29 juillet 1693), de La Marsaille (4 octobre 1693). Au même moment, Jean Bart s'illustrait dans plusieurs combats.

nie ; qu'elle esperoit de luy qu'il voudroit bien envoyer aux Indes une Flote bien équipée, pour enlever cette Toison, et la luy apporter.

Le Prince fut dans le dernier étonnement d'entendre une proposition si extraordinaire ; il luy representa qu'il ne héziteroit jamais à tout entreprendre, lorsqu'il s'agiroit de luy plaire, qu'elle pouvoit se souvenir de ses Conquestes, de ses magnifiques Palais, de la jonction des deux mers, et de tant d'autres choses qu'il avoit faites pour elle, mais que les Indes estans fort éloignées, la Toison difficile à trouver, et ses ennemis beaucoup plus forts que luy sur la mer, il ne voyoit pas qu'il y eût aucune apparence de faire réussir ce projet. Bellegloire, qui estoit de l'humeur de la pluspart des autres personnes de son sexe, qui n'écoutent aucune raison lors qu'elles veulent fortement quelque chose, trouva fort mauvais que Sans Parangon luy eût fait toutes ces difficultez ; il estoit inutile, luy dit-elle, de récapituler ce que tu as fait pour moy, puisque je ne l'ay pas oublié, et que tu as pû remarquer que je n'y estois pas insensible, et c'est précisement la facilité que tu as toûjours trouvée à éxecuter tout ce qui pouvoit me plaire, qui m'engage à te faire une demande si nouvelle ; j'ay assez bonne opinion de toy, pour croire que puisque je le desire cela ne te sera pas impossible. Sans Parangon, confus de l'honneur que sa Princesse luy faisoit, ne balança point à tenter ce ridicule projet, et jetta les yeux sur un Capitaine[66] de qui la valeur et l'experience luy

66. Pointis (Jean-Bernard-Louis Desjean, baron de) (1645-1707) dirigea l'expédition contre Carthagène. La place (aujourd'hui en Colombie, sur la côte septentrionale de la mer des Antilles), réputée inexpugnable, servait d'entrepôt aux Espagnols. Le 15 avril 1697, Pointis s'en empara, la pilla et s'appropria de 9 à

faisoient tout esperer, et l'envoya aux Indes avec une belle Flote. Il y arriva aprés une longue et penible navigation ; il decouvrit par ses soins une forteresse où l'on gardoit la Toison, mais il trouva qu'elle estoit deffenduë par des Cyclopes, dont le nombre estoit fort superieur à la Flote ; il ne laissa pas de l'attaquer, et il s'aperceut, peu de temps aprés, que la réputation de Sans Parangon estoit aussi connuë dans le nouveau monde que dans ses propres Etats, et que le seul effroy de son nom avoit intimidé les Cyclopes, qu'il força à luy remettre la Toison, et la raporta à Sans Parangon. Ce Prince la mit aux pieds de Belle-gloire qui fut charmé[e] de ce riche présent, et luy en sceut plus de gré que d'une Conqueste beaucoup plus considerable ; les loüanges qu'elle luy donna l'engagerent à chercher de nouvelles occasions de luy plaire, en tâchant d'attirer l'Armée des Alliez à une bataille ; il assiégea de nouveau, en leur presence, une place tres importante qu'il prit sans qu'ils fissent aucun mouvement pour s'y opposer. Alors il se determina d'entrer bien avant dans le Païs ennemy, et d'assiéger par mer et par terre une fameuse forteresse qui servoit de rempart à un grand Royaume[67], et qui étoit gardée par des troupes aussi nombreuses que celles des Assiegeans.

Cette entreprise parut fort temeraire, mais le Gene-

---

13 millions en argent, en barres d'or, en pierreries et en argenterie. Ce coup de force contraignit les Espagnols à signer la paix de Ryswick.

67. Le duc Louis-Joseph de Vendôme (1654-1712) et son frère, dit le grand-prieur (1655-1727), conduisirent le siège de Barcelone. La ville fut assiégée le 9 juin 1697, puis bombardée ; elle capitula le 15 août 1697. Les assiégeants disposaient de 42 bataillons, 55 escadrons, 60 canons et 24 mortiers ; mais ils n'avaient que 20 000 hommes, alors que les assiégés étaient soutenus par des camps volants.

ral qui conduisoit ce Siége, animé du même sang de Sans Parangon, et fortifié par les ordres et par le grand courage de ce Prince, pressa si vivement les Assiégez, qu'aprés mille et mille surprenantes actions qui se firent de part et d'autre, la place fut enfin forcée à capituler, et se rendit au vainqueur.

Belle-gloire en fut transportée de joye, et demeura convaincuë que rien ne pouroit resister à l'avenir à Sans Parangon. La mesure est comble, luy dit-elle, et mon esprit fertile en épreuves ne me fournit plus rien pour exercer ton grand courage ; les experiences que j'en ay déja faites me persuadent assez et me font juger de quoy tu es capable. Je veux que tu surprennes tes ennemis par une victoire toute nouvelle ; on est si accoutumé à te voir prendre des Places, que cela n'est plus d'aucun merite pour toy ; mais puisque tu cherches à faire des actions extraordinaires, et dignes de Sans Parangon, rends à tes ennemis ces fameuses Forteresses qui leur donnent tant d'inquiétude, et qu'ils ne sçauroient jamais reprendre sur toy. — C'est pour l'amour de vous, charmante Princesse, répondit Sans Parangon, que je les ay prises, je me trouve trop recompensé puisque je suis assez heureux de vous plaire en les rendant.

Cette surprenante modération plut beaucoup à Belle-gloire, sur tout dans un temps où Sans Parangon se trouvoit en estat de donner la loy par tout, s'il eut voulu profiter de tant de conjonctures favorables. Cela desarma aussi les puissances conféderées, qui s'empresserent toutes à gagner la bienveillance de ce Prince[68],

---

68. Les traités de Ryswick mirent fin à la guerre : le 20 septembre fut conclu l'accord entre la France, l'Espagne et les puissances maritines. Le 30 octobre, ce fut l'accord entre la France et l'Empire. Le 29 août 1696, on avait mis fin aux hostilités avec le duc de Savoie.

et se repentirent même de luy avoir fait la guerre, à mesure qu'ils[69] connurent de plus prés, et son mérite, et ses rares vertus.

Ce fut alors que Belle-gloire sentit plus vivement le malheur d'être enchantée, ne sçachant pas quand il finiroit, et se voyant hors d'état de couronner Sans Parangon ; elle ne le dissimula point à ce Prince, et luy témoigna le chagrin qu'elle en avoit, luy faisant connoître que dans l'incertitude où elle étoit, si son enchantement finiroit bien-tôt, ou s'il dureroit encore plusieurs siécles, son grand courage et les choses extraordinaires qu'elle luy avoit vû faire, luy avoient inspiré une pensée qui paroîtroit extravagante, mais qu'elle trouvoit digne de Sans Parangon. Tu as, lui dit-elle, desarmé les Puissances de la Terre, et par ta valeur, et par tes vertus ; qui t'empêche d'attaquer à present les Enfers, et de faire la guerre aux Fées, qui par le secours des Demons font tant de desordres sur la terre ? J'avouë que les Armes dont tu te sers pour tes expeditions militaires n'y sont pas propres, il en faut pour cette guerre d'autres fort differentes ; mais je suis asseurée que tu les trouveras si tu veux bien t'appliquer à les chercher, et qu'il ne tiendroit qu'à toy de rompre mon enchantement. Quoique ce grand projet fût tres conforme aux sentimens de Sans Parangon, et qu'il fût fort touché des raisons de Belle-gloire, et sur tout du plaisir de la desenchanter, le souvenir des grandes obligations qu'il avoit à la bonne Fée s'estant présenté à son imagina-

---

La France restitua de nombreuses conquêtes (la Catalogne, le Palatinat, Philipsbourg, Fribourg), et, naturellement, Préchac ne dit rien des conséquences fâcheuses de cette guerre.

69. Emploi du pronom *ils* au sens du pronom *on* de la langue actuelle.

tion, sa reconnoissance l'empêcha de goûter tout le plaisir qu'il auroit eu par la seule idée de pouvoir delivrer
sa charmante Princesse.

Mais Belle-gloire, qui connoissoit son cœur genereux,
s'estant aperceuë de son embarras, le desabusa en
l'informant de tous les mysteres dont elle s'étoit éclaircie, par le séjour de plusieurs siécles qu'elle avoit fait
dans le palais de Clairance, et qu'elle n'avoit jamais
osé révéler par la crainte des cruels supplices qu'on luy
auroit fait souffrir, et qu'elle commençoit à mépriser,
dans l'esperance où elle estoit que le Prince pourroit
bien-tôt la délivrer ; elle luy apprit que la bonne et la
mauvaise Fée n'étoient que la même personne, qui
joüoit ces differens personnages pour mieux imposer
au Public ; que tous les enchantemens, et même les
riches Palais des Fées, n'étoient qu'une illusion ; que
pour donner [c]es[70] sorts par lesquels elles se rendoient
si redoutables aux hommes, elles profitoient de la connoissance que les Démons leur donnent de l'avenir ;
et quoiqu'elles n'eussent aucun pouvoir de changer en
naissant la destinée de personne, elles ne laissoient pas
de donner des sorts qu'elles regloient sur la connoissance qu'elles avoient de ce que chacun devoit devenir.

Sans Parangon, surpris d'apprendre un détail si
curieux, et qu'il trouvoit fort vray-semblable, fut bien
aise d'estre desabusé, et asseura Belle-gloire que,
puisqu'elle estoit contente de luy, et qu'il n'avoit plus
d'ennemis, il alloit mettre tous ses soins à trouver ces
armes si difficiles pour entreprendre la nouvelle guerre
qu'elle venoit de luy proposer.

La Princesse se préparoit à luy repliquer, lorsque les
Aigles de son char partirent brusquement, et sans atten-

---

70. Le texte original porte *ses*.

dre ses ordres. C'étoit la Fée elle même qui traînoit ce
char sous la figure des Aigles, et qui fut terriblement
irritée de la hardiesse de Belle-gloire, et des témeraires
desseins qu'elle avoit inspirés au Prince ; elle ne voulut plus que la Princesse continuât ses visites, et se préparoit à luy faire souffrir d'horribles supplices, si elle
ne se fut apperceuë que Sans Parangon, ne voyant plus
sa Princesse, s'appliquoit bien sérieusement à la delivrer. La crainte qu'elle eut que ce redoutable Monarque, de qui elle connoissoit le grand courage, ne vain-
quît encore les Puissances infernales, luy fit suspendre
l'éxecution de ses cruautez, et dissimuler sa colere ; elle
affecta au contraire de bien traiter Belle-gloire en luy
faisant connoître qu'elle estoit interessée elle même à
détourner le Prince de sa témeraire entreprise, puisque
s'il y réussissoit, et qu'il rompît son enchantement, il
ouvriroit les yeux, et il verroit qu'elle n'étoit qu'une
simple mortelle, et qu'il estoit même dangereux que ce
Prince ne s'attachât pour une bonne fois à une gloire
plus solide, et qu'il ne méprisât tout le reste. La Princesse, qui se défioit des Artifices de l'Enchanteresse,
et qui jugea que l'entreprise du Prince n'étoit pas
impossible, puisque la Fée en avoit peur, la remercia
fiérement de ses avis, et attendit, avec beaucoup de
confiance, que Sans Parangon allât rompre son
enchantement.

LA REINE DES
FÉES

Il y avoit une fois un Roy qu'on appelloit le Roy Guillemot[71], c'estoit bien le meilleur Prince de la terre, qui ne demandoit qu'amour et simplesse[72], on asseure même qu'il se mouchoit à la manche de son pourpoint[73] ; il n'avoit aucun empressement pour le Mariage. Cependant comme la race Guillemote estoit fort ancienne, les Peuples souhaitoient qu'il leur donnât des Successeurs ; on avoit parlé de plusieurs maria-

---

71. Guillemot est un diminutif de Guillaume (Le Noble désigne par ce nom le prince d'Orange dans ses pamphlets de *La Pierre de touche politique*). C'est aussi le nom d'un oiseau, une sorte de pluvier. Guilledin désigne également un animal, un cheval de Hongrie.

72. *Simplesse :* « Terme populaire, qui ne se dit qu'en cette phrase proverbiale, il ne demande qu'amour et simplesse, pour dire, il n'est pas d'humeur à quereller personne » (*Trévoux 1704*).

73. *Se moucher sur la manche :* « manière de parler qui signifie être novice, neuf, sans expérience. On dit, pour mépriser une coutume ancienne, cela était bon du temps qu'on se mouchait sur la manche » (*Leroux*).

ges differens, mais il s'y estoit toûjours trouvé des difficultés invincibles. Une Princesse du voisinage, qui se nommoit Urraca[74], avoit des Estats qui estoient fort à la bienséance du Roy Guillemot, mais Urraca avoit toûjours marqué de la repugnance pour le mariage, et beaucoup d'insensibilité pour tous les soins que plusieurs Souverains, et particulierement le Comte d'Urgel[75], s'estoient donnés pour luy plaire.

Sa passion dominante estoit l'Astrologie, et elle ne se détermina à se marier qu'aprés avoir reconnu dans les Astres qu'elle seroit mere d'une Princesse toute parfaite, qui seroit un prodige de beauté et de vertu, qui feroit des biens infinis, et n'auroit d'autre passion que de soulager les affligez. Cette connoissance l'obligea à écouter les propositions qu'on luy faisoit de toutes parts ; sa nourrice luy parla souvent en faveur du Comte d'Urgel qui l'avoit mise dans ses interests par de grandes liberalités ; mais Urraca, qui estoit de l'humeur de la plus part des autres femmes, qui sont sensibles aux rangs distinguez, aima mieux estre Reine que Comtesse d'Urgel.

Le Roy Guillemot, averty des dispositions de la Princesse, fit partir un Ambassadeur avec une procuration pour l'épouser, et luy envoya à même temps une ceinture dorée, un paquet d'épingles, un petit couteau et une paire de ciseaux, (présens ordinaires en ce temps là). Ce mariage fut bien-tôt conclu, et la ceremonie des

---

74. Nom d'une reine de Castille et de Léon (1081-1126), qui fut enfermée par son mari Alphonse Ier.

75. *Urgel :* ville d'Espagne de la province de Lérida. En 1691, le maréchal de Noailles avait conquis Seu de Urgel sur le chemin qui conduisait en Aragon.

épousailles aussi. La nouvelle Reine prétendit que le Roy son mary iroit la chercher luy-même, et qu'il feroit quelque sejour dans ses Etats, avant que de la mener dans son Royaume. Mais le Roy Guillemot rejetta cette proposition, et voulut absolument que la Reine allât le trouver.

La fiére Urraca ne s'accomoda point d'un ordre si absolu, et la méchante nourrice, qui n'avoit receu aucun present des Guillemots, anima l'esprit de sa maîtresse, en sorte qu'ils passerent plus d'un an dans cet estat. Le Comte d'Urgel, qui avoit trouvé moyen de voir la Reine sans qu'elle s'en fût apperceuë, en estoit devenu passionnement amoureux, et continuoit toûjours à accabler la nourrice de ses presens, pour estre informé des sentimens et des moindres occupations de la Reine.

La fierté de cette Princesse ne luy laissoit rien esperer, mais son amour ne luy permettoit pas de se desabuser, et il croyoit se pouvoir flater de tout par l'avarice de l'artificieuse nourrice ; et quoyque dans ces premiers tems on fût fort éloigné de la corruption de ce siécle, l'amour, qui dans tous les temps a esté subtil et plein d'inventions, luy inspira d'engager la nourrice à le produire auprés de la Reine, en luy persuadant que c'estoit le Roy Guillemot qui l'alloit voir *incognito*[76]. Cela luy parut d'autant plus aisé, que la Reine n'avoit jamais vû le Prince son époux. Il le proposa à la nourrice, et luy presenta à même temps sa tocque pleine de Guillemots d'or, qui alors estoient fort rares.

La nourrice, éblouïe par un si riche présent, luy promit tout, et ils concerterent ensemble que le Comte

---

76. *Incognito :* « se dit particulièrement des Grands qui entrent dans une ville, qui marchent dans les rues sans pompe, sans cérémonie, sans leur train ordinaire » (*Trévoux 1704*).

feroit habiller un Page des livrées du Roy Guillemot ; que ce Page porteroit une guirlande de fleurs à la Reine, et luy diroit que son Conseil n'ayant pas voulu permettre qu'il allât la voir en équipage de Roy, il desiroit se rendre auprés d'elle secretement, et l'envoyoit pour luy en demander la permission. Ce projet fut éxecuté dans toute son étenduë, et la nourrice ne manqua pas de faire valoir à Urraca la galanterie du Roy Guillemot, en sorte que cette pauvre Reine se trouva grosse et accoucha au bout de neuf mois d'une belle Princesse, sans qu'elle entendît plus parler du Roy Guillemot ; elle ne laissa pas neanmoins de luy envoyer un Courier pour luy apprendre la naissance de sa fille. Le Roy Guillemot se mit fort en colere en apprenant cette nouvelle, et voulut faire mourir le Courier, mais son Conseil l'en empêcha, et le renvoya avec une lettre tres picquante contre l'honneur de la Reine.

Comme la race des Guillemots estoit fort ancienne, et qu'ils avoient pour devise *plutôt mourir que de perdre l'honneur*, toute la maison fut fort mortifiée de cet affront, sur tout le Roy qui estoit inconsolable, et menaçoit de se laisser mourir de faim (siécle grossier où les maris, moins polis que ceux d'aujourd'hui, avoient la simplicité de se punir des fautes de leurs femmes).

Revenons au Roy Guillemot qui faillit à devenir fol, lors qu'un jour, se promenant le long d'une vallée, il entendit une voix qui le suivoit criant *coucou, coucou* ; c'estoit en ce temps-là la plus grande injure qu'on pût dire à un homme marié. Le Roy entra en fureur, appela ses Gardes, et commanda qu'on mît en piéces ce témeraire ; la voix ne cessa point pour toutes ces menaces ; on apprit au Roy, pour l'appaiser, que c'estoit un oyseau : cela ne servit qu'à l'irriter davantage, se plaignant que tout le monde s'entretenoit de son avanture jusqu'aux oyseaux, qui disoient tout haut ce que les hommes ne faisoient que penser. Dans la colere où il estoit, il ordonna qu'on exterminât tous les oyseaux de son Royaume, et sa vengeance n'étant pas satisfaite par ce cruel massacre, il voulut encore qu'on les mangeât ; tous les Courtisans en mangerent par complaisance, et on les trouva si bons, qu'on a toûjours continué, car auparavant on auroit eu de l'horreur pour un homme qui auroit mangé un oyseau ; et le plaisir que le Roy Guillemot eut à se vanger luy fit changer la resolution qu'il avoit faite de se laisser mourir de faim.

Pendant que le Roy Guillemot exterminoit l'innocente Volatille[77], la Reine, qui attendoit le retour de son Courier, nourrissoit elle même la petite Princesse, craignant que, si elle suçoit le lait d'une nourrice ordinoire, elle ne prît aussi les mauvaises inclinations qu'elle pourroit avoir ; et comme les Fées se mêloient de tout en ce temps-là, elle envoya prier une Fée de ses amies qu'on nommoit *Belsunsine*[78], et qui habitoit dans les Pyrenées, de vouloir estre marraine de la Princesse.

La Fée, sensible à un si grand honneur, la doüa d'une infinité de bonnes qualités, et la nomma Meridiana ; la Reine donna une feste tres magnifique pour faire plus d'honneur à la Fée, et l'auroît continuée plusieurs jours sans l'arrivée du Courier qui luy apporta la lettre outrageante du Roy Guillemot. La pauvre Reine, qui estoit dans la bonne foy, pensa mourir subitement lorsqu'elle

---

77. *Volatille :* « se dit de tous les oiseaux qui sont bons à manger ; mais il ne s'emploie que dans le style familier » (*Trévoux 1704*).

78. Ce nom est forgé sur le modèle d'un toponyme béarnais : il existait un seigneur de Belsunce et un château de Belsunce (commune d'Ayherre).

eut apris que le Roy Guillemot desavoüoit l'enfant, et
la traitoit avec la derniere indignité. Dans le desespoir
où elle estoit, elle ne trouva point de meilleur remede
que d'assembler son Conseil ; elle leur exposa toute
l'affaire comme elle s'estoit passée, les asseurant que
sa nourrice estoit un témoin fidele de toute sa conduite ;
elle leur demanda ensuite justice contre le mauvais procédé du Roy Guillemot ; il fut resolu d'une commune
voix qu'on luy déclareroit la guerre ; et quoyque les
Etats du Roy Guillemot fussent d'une plus grande étenduë que ceux de la Reine Urraca, ses Sujets estoient
si persuadez de la perfidie du Roy Guillemot, et de
l'innocence de la Reine, qu'ils jurerent tous de hazar-
der leurs biens et leurs vies pour la réparation de cette
injure. On déclara la guerre au Roy Guillemot, et on
leva des troupes de toutes parts, on se preparoit fort
serieusement à la guerre, et chacun raisonnoit sur une
avanture si extraordinaire. Ceux qui connoissoient la
simplicité du Roy Guillemot, et son peu d'empressement pour les Dames, jugeoient que l'enfant n'étoit pas
de luy, sçachant bien qu'il n'estoit pas capable d'entreprendre un tel voyage, ny de faire une semblable galanterie. La Reine estoit en reputation d'estre la plus vertueuse Princesse de la terre, et plus on examinoit toutes ses actions, moins on trouvoit d'occasion ny même
de pretexte de soupçonner sa conduite.

Plusieurs Potentats voisins voulurent se mêler d'accomodement, mais les Guillemots, jaloux du point d'honneur, rejetterent toutes les propositions qui tendoient
à reconnoître l'enfant ; et la Reine, qui croyoit avoir
esté abusée sous la foy du mariage, aimoit mieux perir
avec tous ses Sujets, si le Roy Guillemot ne convenoit
du fait, et n'alloit luy demander pardon de sa perfidie.

Le Comte d'Urgel fut un de ceux qui s'empresserent

davantage pour cet accomodement ; et comme il aimoit toûjours la Reine, et qu'il ne faisoit pas grand cas des Guillemots, il proposa, pour épargner le sang de tant de Peuples, de décider l'affaire dans un combat en champ clos, et s'offrit à deffendre l'honneur de la Reine en qualité de son Chevalier. Le Roy Guillemot ne voulut point accepter ce party, mais le Prince Guilledin son frere, qui avoit un courage digne des anciens Guillemots, pria les Etats du Royaume assemblez de luy permettre de combattre le Comte d'Urgel. Comme il ne s'agissoit pas moins que de la perte du Royaume, les Etats lui permirent le combat avec de grandes acclamations, et s'estant rendu au jour marqué par le cartel[79], armé de toutes piéces, dans la Ville Capitale des Etats de la Reine, il y trouva le Comte d'Urgel, qui témoigna beaucoup de mépris pour un Champion qu'il croyoit fort au dessous de son courage.

Le combat se fit en presence de la Reine et de son Conseil ; et soit que le Prince Guilledin fut plus adroit que le Comte d'Urgel, ou que la victoire se declare toûjours pour la verité, le Prince renversa le Comte d'un coup de lance, dont il le blessa mortellement. Les Juges y estant accourus, il déclara avant que de mourir qu'il avoit trompé la Reine par le secours de la nourrice. Cette mechante femme fut arrêtée, et n'eut pas la force de disconvenir de tout ce que le Comte venoit de dire.

La malheureuse Reine, éclaircie d'un mystere qui malgré sa bonne foy la faisoit paroître coupable, seroit morte de douleur si, par les Conseils de Belsunsine, elle n'eût suspendu son desespoir pour l'amour de Meridiana : elle ne laissa pas d'ordonner que la nourrice fût

---

79. *Cartel :* « écrit qu'on envoie à quelqu'un pour le défier à un combat singulier » (*Trévoux 1704*).

remise au Prince Guilledin, et de luy faire rendre la ceinture dorée, les épingles, le petit couteau et les cizeaux, que le Roy Guillemot luy avoit envoyés.

Le Prince Guilledin se retira victorieux, et fut receu dans les Etats de son frere avec des applaudissemens extraordinaires. La nourrice, enfermée dans une cage de fer, fut long-temps trainée par les ruës, et on la jetta ensuite dans la mer. Le Roy Guillemot, qui avoit refusé le défy du Comte d'Urgel, fut tondu et enfermé, et le Prince Guilledin monta sur le Thrône.

Urraca, honteuse de ses malheurs, n'eut pas le courage de souffrir la veuë d'aucun de ses Sujets, et se retira avec sa chere fille et la Fée Belsunsine, dans une montagne des Pyrenées qui est la plus haute de toutes, et qu'on nomme le Pic de midy[80]. Elle mit toute son application à bien élever Meridiana, à luy inspirer du mépris pour tous les hommes, et à luy apprendre tout ce qu'elle sçavoit d'Astrologie ; cette jeune personne devenoit chaque jour plus agréable, et avoit déja beaucoup plus d'esprit et de raison, que n'en ont d'ordinaire les enfants de cet âge. Belsunsine l'aimoit aussi tendrement que sa propre mere, et l'une et l'autre luy faisoient part, Urraca de sa science, et la Fée de ses secrets surnaturels ; elle se souvenoit de tout ce qu'on luy avoit dit une seule fois, et elle estoit d'un naturel si doux, qu'elle obéïssoit toûjours sans replique à tout de qu'on vouloit exiger d'elle. La grande beauté de Meridiana, sa docilité, et les progrés continuels qu'elle faisoit dans les sciences et dans tous les secrets des Fées, consoloient beaucoup sa triste mere ; mais comme tous les bonheurs

---

80. Le Pic du Midi d'Ossau (2885 m), qui domine le sud de la vallée d'Ossau dans les Pyrénées-Atlantiques, donc près du village de Buzy d'où Préchac était originaire.

de la vie sont de peu de durée, une autre Fée qu'on nommoit *Barbasta*, jalouse et de la beauté et des talens extraordinaires de la jeune Princesse, l'enleva secretement, et de peur que Belsunsine ne découvrît sa retraite, elle brula du giniévre et d'autres graines dans tous les endroits de son passage, et alla enfermer la Princesse dans une tour fort haute qui est au Château de Pau[81], situé au pied des Pyrenées ; elle luy donna pour tâche de tirer de l'eau d'un puits fort profond, de la mettre dans un crible, et de monter ensuite cinq cens degrés pour la porter au haut d'une Tour, où la Fée avoit un petit jardin qu'elle luy faisoit arrouser[82].

La Reine Urraca, déja accablée par ses malheurs, ne put survivre à la perte de sa chere fille, et mourut peu de tems aprés l'enlevement de Meridiana, sans que l'amitié que Belsunsine luy témoignoit, ny toutes les asseurances qu'elle luy donnoit de n'avoir jamais de repos qu'elle n'eut decouvert sa retraite, fussent capables de la consoler.

Cependant Meridiana, bien loin de se plaindre de sa penible tâche, s'en acquitoit avec beaucoup de succés, et s'aydoit même des secrets que Belsunsine luy avoit déja appris, sans que Barbasta s'en apperceût jamais ; en sorte que toutes les fois que cette méchante Fée paroissoit, la Princesse la recevoit d'un air fort gra-

---

81. Le château de Pau, dont l'enceinte remontait au temps de Gaston Phoebus (XIVᵉ siècle), fut transformé par la reine Marguerite d'Angoulême, sœur de François Iᵉʳ, dans le goût de la Renaissance. Dans sa *Correspondance*, Préchac décrit ce « beau château meublé de belles tapisseries où le Roy entretient une morte paye et tous les mêmes officiers qui sont dans les autres maisons royales, avec un parc et de très beaux jardins » (28 sept. 1706, p. 64).

82. *Arrouser :* forme courante au XVIᵉ siècle, mais condamnée par Vaugelas (*Remarques sur la langue française*, art. *portrait*).

cieux, la suppliant toûjours de luy ordonner quelque
chose de plus difficile, et l'asseurant qu'elle ne sçauroit jamais prendre assez de peine pour plaire à une si
bonne Fée.

Barbasta, surprise et du rude travail et de la patience
de la Princesse, ne laissoit pas de luy donner chaque
jour de nouvelles occupations, dont les dernieres étoient
toûjours plus penibles que les autres, jusqu'à luy faire
ramasser un boisseau[83] de millet grain à grain, la menaçant de luy faire souffrir d'horribles supplices, si elle
en oublioit un seul, et si elle ne sçavoit luy dire combien il y avoit de grains dans le boisseau.

Meridiana s'en acquitoit toûjours de la même
maniére, et ne manquoit jamais de remercier Barbasta
de ses bontés ; la Fée, vaincuë par la docilité de la Princesse, se lassa enfin de la persecuter, et ayant un jour
visité Belsunsine qu'elle trouva fort affligée, elle luy
demanda le sujet de son chagrin. La bonne Fée luy
conta naturellement d'où venoit son affliction, et luy
exagera à même temps la beauté, le bon naturel, et les
talens admirables de Meridiana ; elle fondoit en larmes en faisant ce récit. Barbasta, qui estoit persuadée
du mérite de la Princesse, se laissa attendrir par les larmes de sa compagne, et luy promit de découvrir sa
retraite, et de la luy ramener sur le Pic de midy, à condition qu'elle engageroit cette charmante Princesse à
l'aimer.

Belsunsine, ravie de la seule pensée de revoir sa chere
Meridiana, promit tout. Dès le lendemain Barbasta se
rendit sur le Pic de midy, et presenta la Princesse à Belsunsine, qui faillit à mourir de joye en la revoyant ; elle

---

83. Ancienne mesure de capacité pour les matières sèches (environ treize litres).

tâcha de la consoler de la mort de sa mere, et les deux
Fées, l'ayant embrassée tendrement, luy promirent
l'une et l'autre de luy servir de mere, et de ne luy cacher
aucun de leurs secrets : elles luy donnerent par avance
une bague qui la mettoit à couvert des insultes que
d'autres Fées jalouses auroient pû luy faire. Elle fut
long-temps à pouvoir se consoler de la mort de sa
mere ; elle luy fit bâtir un magnifique mausolée sur le
haut de la montagne, et cette mort ne laissa pas de
l'engager à de nouvelles reflexions sur la malheureuse
condition des mortels, qui sont exposés à tant de mise-
res differentes, sans que les grands Princes soient dis-
pensés de cette fatale vicissitude ; alors elle se confirma
dans la resolution qu'elle avoit deja prise, et que la
Reine sa mere luy avoit si souvent inspirée, de pratiquer la vertu, de renoncer au commerce des hommes,
de s'appliquer de nouveau à la connoissance des astres,
et de profiter de la bonne volonté que les Fées avoient
pour elle ; remplie de ces sentimens, elle s'attacha fortement à Belsunsine, qui acheva de luy apprendre tout
ce qu'elle sçavoit.

Barbasta, qui ne l'aimoit pas moins que sa compagne, luy fit part aussi de tous ses secrets ; elle se trouva
en plusieurs assemblées de Fées, où elle fut fort admirée et applaudie ; comme elles remarquerent qu'elle
estoit informée de tous leurs secrets, et qu'elle estoit
entierement detachée de la vie, elles resolurent de la
recevoir au nombre des Fées. Elle parut fort touchée
de l'honneur qu'on luy faisoit, mais lorsque dans la
ceremonie on luy proposa de prendre la figure d'un
Dragon pour avoir le don des illusions[84], et pour faire

---

84. Le dragon était un animal fabuleux qu'on représentait avec
des griffes de lion, des ailes d'aigle et une queue de serpent ; il gar-

paroître un magnifique Palais où il n'y avoit que de
la fumée, elle s'en deffendit et allegua qu'elle ne vouloit tromper personne ; la plûpart des Fées murmure-
rent contre cette délicatesse, mais cela passa à la pluralité de voix en faveur de sa beauté et de sa grande
naissance. Aussi-tôt qu'elle fut Fée, elle ne songea qu'à
profiter des avantages du Féisme[85] pour soulager une
infinité de personnes opprimées ; elle choisit pour sa
demeure une grotte au pied des Pyrenées, qu'elle orna
d'une infinité de belles Statuës, et qu'on appelle encore
aujourd'huy l'Espalungue[86] de Meridiana ; elle parcou-
rut toutes les contrées de l'Univers, sous prétexte de
visiter les Fées ses compagnes, à qui elle fit de riches
présens, quoy qu'elle n'eût entrepris ce voyage que pour
connoître les mœurs de toutes ces nations. Mais elle
reconnut qu'il y avoit par tout de la malice, de l'infidelité et de la foiblesse, et que la plûpart des hommes
avoient presque toujours les mêmes defaux en quelque
païs qu'ils fussent ; et n'en trouvant aucun qui fut parfaitement heureux, et qui ne desirât encore quelque
chose, cette connoissance luy donna beaucoup de compassion pour leurs miséres, et la fortifia dans la resolution où elle estoit de soulager toûjours les malheureux.

---

dait souvent des trésors, et dégageait de la fumée, d'où le « don des
illusions ». Préchac exclut de son conte cet animal que Mme d'Aulnoy met en scène, par exemple, dans *La Belle aux cheveux d'or*.

85. *Féisme* : substantif formé sur le verbe *féer*, considéré comme
archaïque à la fin du XVIIe siècle, qui désigne certains enchantements
qu'on attribuait aux fées.

86. *Espalungue* : « caverne, antre, grotte » (*Dict. du Béarnais et
du Gascon moderne*, C.N.R.S.). C'est aussi un toponyme béarnais :
il y avait un château d'Espalungue près de Laruns. Plusieurs grottes
ont été découvertes dans la vallée d'Ossau, dont celle d'Izeste, célèbre par ses stalactites et ses pierres étincelantes, et celle d'Espalungue, à l'ouest d'Izeste, près de Buzy.

Pendant tout son voyage elle ne perdit jamais d'occasion de faire du bien ; estant arrivée aux Indes chez la Fée Mamelec, elle remarqua dans son Palais une jeune personne d'une beauté surprenante, qui estoit occupée à couper du chaume pour faire de la litiére à cinquante Chameaux.

Meridiana jugeant qu'il pouvoit y [a]voir quelque chose de fort extraordinaire lui demanda qui elle estoit ; la belle luy avoüa qu'elle estoit fille du Roy de Monomotapa[87], et luy dit que sa marastre, cherchant à se vanger de ce qu'elle n'avoit pas voulu épouser un de ses freres, avoit prié la Fée Mamelec de l'enlever, et que la Fée l'avoit enchantée pour trois cens ans, dont il n'y en avoit encore que deux cens de passez. Elle se mit à pleurer en achevant ces paroles, et pria Meridiana de ne la détourner pas de son travail, parce que, s'il n'estoit pas finy à l'heure marquée, quatre vieilles qui estoient ses surveillantes se relayeroient à la battre, la premiere luy donneroit cinquante coups de bâton sur la plante des pieds, la seconde luy en donneroit autant sur les épaules, et les deux autres chacune vingt et cinq, moitié sur le ventre, et l'autre moitié sur les fesses. Meridiana, attendrie par le recit de tant de cruautés, donna un coup de baguete sur une pierre, et en un instant l'écurie des Chameaux fut garnie de litiére. La belle Indienne, étonnée de cette merveille, jugea que Meridiana estoit une grande divinité, et la conjura, les yeux baignez de larmes, d'avoir pitié de sa misere ; la Fée la consola et luy promit de s'employer pour son ser-

----

87. Ancien royaume indigène de l'Afrique du Sud-Est, conquis par les Portugais au XVIᵉ siècle : le pays était si mal connu qu'il restait fabuleux pour d'Assoucy (*Aventures burlesques*, ch. VIII), comme pour La Fontaine (« Les deux amis »). C'est aussi une classique « fausse adresse » d'éditeur.

vice ; elle parla à Mamelec, et luy demanda, avec de grandes instances, la grace de cette belle Princesse, qu'elle luy accorda de fort bon cœur. Meridiana accourut vers la Princesse, et l'asseura, en luy presentant une rose blanche, qu'elle se trouveroit au bout d'une heure dans la même chambre où elle avoit esté enlevée, sous le même habit et avec la même jeunesse et beauté qu'elle avoit le jour de son enlevement. Il est vray qu'elle arriva dans le Palais du Roy son pere ; mais comme ce Royaume estoit passé dans une autre maison depuis un si long espace de temps, personne ne la reconnut. Le Roy, qui avoit plusieurs enfans, fut fort surpris de voir la Princesse ; on admira sa grande beauté ; mais comme il s'agissoit de luy ceder le Royaume, personne n'osoit se déclarer en sa faveur. On examina les archives, et on trouva qu'il estoit vray qu'une Princesse du sang Royal avoit esté enlevée par les Fées ; mais quelle apparence qu'on l'eut renduë au bout de deux cens ans ? En un mot le Roy ne trouva pas à propos d'approfondir une question qui auroit pû luy coûter sa Couronne.

Comme tous les Peuples aiment la nouveauté, et que ceux de Monomatapa marquoient beaucoup de curiosité de voir cette personne si extraordinaire, on fit craindre au Roy qu'il se pourroit faire quelque soulevement en faveur de cette Princesse, et que pour se mettre l'esprit en repos, et asseurer la Couronne à ses enfans, il falloit en bonne politique la faire mourir ; d'autres, moins cruels, luy inspiroient de marier cette belle Princesse à son fils aîné, mais le Roy, qui estoit fort avare, et qui s'estoit proposé de tirer assez d'argent du mariage du Prince pour marier deux de ses filles, rejetta ce dernier avis, et resolut de faire mourir la Princesse, l'accusant de seduire ses Peuples. Elle fut arrêtée, et pendant qu'on luy faisoit son procés, le fils aîné du Roy, touché des charmes de cette belle personne, alla déclarer à son Pere, que s'il faisoit mourir cette Princesse, il se jetteroit dans le même bucher qu'on dresseroit pour la brûler. Le Roy fut fort offensé de la déclaration de son fils, qui ne servit qu'à hâter le supplice de la malheureuse Princesse. Mais la Fée Meridiana, qui avoit prevû ce qu'il luy arriveroit, l'alla visiter dans sa prison, et la trouva beaucoup plus affligée de la resolution que le Prince avoit prise de mourir avec elle, que de son propre malheur ; la Fée luy sçeut bon gré de la reconnoissance qu'elle avoit pour ce jeune Prince, et aprés luy avoir promis de ne l'abandonner jamais, elle luy apprit que le Roy son Pere avoit caché un riche tresor dans un endroit qu'elle luy indiqua, l'asseurant que le Roy regnant luy feroit de bon cœur épouser son fils en luy découvrant ce tresor.

La Fée passa ensuite dans le cabinet du Roy, luy parla d'un ton menaçant, et le traita de cruel et d'usurpateur, ajoutant qu'il estoit trop heureux de pouvoir asseurer le Royaume à ses enfans, par le mariage de cette belle Princesse, qui avoit plus de tresors elle seule, que toutes les autres Princesses des Indes ensemble. Elle disparut en achevant ces paroles, et le Roy, épouvanté de cette vision, fut agité d'une infinité de pensées confuses et differentes ; mais son avarice prenant le dessus de tous ces mouvemens, il resolut de s'éclaircir par la Princesse même, s'il estoit vray qu'elle eut des tresors ; et jugeant que la Reine seroit plus propre à luy arracher ce secret, il la chargea de cette commission.

La Reine, artificieuse comme le sont tous les Indiens, la flatta et la caressa, l'appelant deja sa chere Bru, et luy exagerant la forte passion que son fils avoit pour elle, puisqu'il vouloit mourir pour son service. La Princesse, qui avoit deja vû plusieurs fois ce Prince, et qui

sçavoit les obligations qu'elle luy avoit, asseura la Reine
qu'elle seroit ravie de luy conserver ce cher fils, et luy
dit que, si les droits qu'elle avoit deja sur la Couronne
ne suffisoient pas, elle luy donneroit un tresor d'un prix
inestimable ; la Reine l'embrassa mille fois, et le tresor ayant esté trouvé dans l'endroit que la Fée avoit
indiqué, le mariage se fit avec des magnificences
extraordinaires, et une satisfaction réciproque des deux
amans.

Meridiana, ravie d'avoir fini une si grande affaire,
s'en retourna dans sa grotte des Pyrenées ; sa vigilance
et son bon cœur ne luy permirent pas de demeurer long-
temps tranquille ; elle se trouvoit aux couches de toutes les Reines, et ne se contentoit pas d'empécher la
supercherie des autres Fées, elle doüoit les Princesses
d'une extrême beauté, et les Princes d'une grande
valeur, et les rendoit même quelque fois invulnerables ;
de là vient que dans les siecles passez les enfans des rois
n'avoient besoin que de leur épée pour conquerir plusieurs Royaumes. La reputation de Meridiana s'éten-
dit par tout l'Univers ; et quelque envie que les autres
Fées luy portassent, elle les traitoit avec tant de civilité, et elle leur sçavoit faire des petits presens si agréables et si à propos, qu'elle n'avoit presque point d'ennemis, et estoit generalement estimée dans tout le corps
des Fées.

Le secours qu'elle donnoit aux testes couronnées ne
l'empêchoit pas de rendre service aux personnes d'une
condition mediocre ; et si elle trouvoit une pauvre Bergere qui n'eût pas la forcc de deffendre ses moutons
contre un loup affamé, elle voloit à son secours et la
conduisoit dans un bon paturage, d'où les loups
n'auroient pas osé approcher. Si un Bucheron endormy
avoit perdu sa coignée, elle ne dedaignoit point de la

luy rapporter, et si un pauvre voyageur tomboit entre les mains des voleurs, elle se trouvoit à sa deffense, et le garantissoit de leurs cruautés. Enfin toute personne qui reclamoit la Fée Meridiana estoit asseurée d'être promptement secouruë. Ce fut par de semblables actions qu'elle gagna le cœur des personnes de toute sorte de conditions, faisant tout son plaisir à procurer le bien et à empêcher le mal.

Comme il n'y a personne qui n'approuve les bonnes actions, quoyque tout le monde n'ait pas la vertu de les faire, les Fées estoient ravies de tout le bien qu'elles entendoient dire de leur compagne, et s'apperceurent avec plaisir que la terreur qu'elles inspiroient autrefois se tournoit en affection, qu'elles estoient bien receües par tout, et appellées dans tous les Conseils des Rois, même des familles particuliéres. Belsunsine et Barbasta publioient par tout qu'elles avoient cette obligation à la belle Meridiana, et les autres Fées n'en disconvenoient pas.

L'ambition, qui se glisse dans toute sorte d'Etats, fit juger aux Fées que, si elles choisissoient une Reine, leur corps en deviendroit bien plus considerable, puisque cette Reine auroit rang parmy les autres testes couronnées. Ce projet ayant esté applaudy par toutes les Fées, elles arrêterent un jour pour faire l'élection. S'étant renduës dans le lieu marqué, l'affaire fut fort agitée ; on y proposa de limiter le pouvoir de celle qui seroit éleuë ; mais ce choix estant tombé sur Meridiana, toutes les Fées avoient tant d'estime pour elle, et tant de confiance en sa probité, qu'elles luy donnerent une autorité sans bornes, jusqu'à pouvoir interdire celles qui luy auroient déplû.

Meridiana fut ensuite couronnée malgré sa resistance, et nonobstant les raisons qu'elle donna pour obliger l'assemblée à luy préferer la Princesse *Merlusine*[88] ; cependant elle n'abusa point de son autorité, et eut encore plus d'égards pour les Fées qu'elle n'en avoit auparavant. Cette bonne conduite les charma à un point qu'elles n'avoient aucune peine à luy obéir. La nouvelle Reine, ayant bien étably sa Monarchie, renvoya les Fées avec ordre de l'informer reguliérement de tout ce qui se passeroit dans les differentes Contrées où elles habiteroient ; et se retira elle même dans sa grotte des Pyrenées, où elle receut plusieurs Ambassades de la part d'un grand nombre de Souverains qui luy avoient de l'obligation, et qui la feliciterent sur sa nouvelle dignité.

Son élevation luy donna de nouveaux soins, ne se menageant sur rien, et toûjours empressée de se trouver dans tous les endroits où elle jugeoit qu'elle pouvoit estre utile à quelqu'un ; elle souffroit avec impatience qu'on la remerciât d'un bienfait, et asseuroit qu'elle avoit beaucoup plus de plaisir à le faire, que les autres n'en trouvoient à l[e][89] recevoir. Elle blâmoit les Grands sur le peu d'attention qu'ils ont à faire la fortune de leurs inferieurs, puisque cela leur coute si peu : elle excusoit les deffauts de tout le monde, et ne comprenoit pas comment on pouvoit se resoudre à rendre un mauvais office, ou à faire du mal à quelqu'un. Enfin il n'y eut jamais personne qui honorât davantage la vertu, ny qui eût tant d'indulgence pour les faiblesses

---

88. Personnage fabuleux, fille d'une fée, qui pouvait se métamorphoser partiellement en serpent. Le roman de Jean d'Arras et les légendes du Poitou la représentent comme l'aïeule et la protectrice de la maison de Lusignan. Elle annonçait les malheurs et les catastrophes.

89. Le texte original porte *la* ; corrigé en 1724.

des hommes ; elle se laissoit voir tantôt dans sa grotte, quelque fois sur le Pic de midy, et souvent dans d'autres endroits differens, où elle écoutoit tous ceux qui vouloient luy parler, et se servoit même des tresors qu'elle decouvroit pour secourir les indigens, donnant aussi liberalement un boisseau d'or à une Princesse pour estre mariée, qu'elle donnoit une somme modique à une Bergere pour reparer la perte d'une brebis qui luy estoit morte.

Une marquise, qui avoit esté long-temps mariée sans avoir d'enfans, fut enfin assez heureuse pour devenir grosse ; elle choisit une femme de confiance qui l'avoit deja servie pour nourrir son fils.

Cette nourrice ayant fort subtilement changé son enfant avec le fils de la Marquise, ce jeune homme eut les inclinations fort basses, et donnoit mille chagrins à ses prétendus parens, jusques là que le Marquis accusoit sa femme d'infidelité, n'estant pas possible qu'il fût pere d'un garçon si mal tourné. La Marquise, qui n'avoit rien à se reprocher, gemissoit et pleuroit continuellement, car à mesure que ce faux Marquis devenoit plus grand, ses mauvaises inclinations se découvroient davantage. Elle avoit oüy parler de la Reine Fée et de ses merveilles, ce qui l'obligea de faire un voyage aux Pyrenées pour implorer son secours ; la Marquise se jetta aux pieds de la Fée, la conjurant de la faire mourir, ou de changer les inclinations de son fils. La Fée la releva fort gracieusement, et luy dit qu'elle n'avoit aucun sujet de se plaindre ny de son fils ny d'elle même, puisque ce fils luy ressembloit de corps et d'esprit. La Marquise mortifiée, et honteuse d'une réponse qui luy paroissoit si désobligeante, se disposoit deja à se retirer lorsque Meridiana l'embrassa, et luy apprit de quelle maniére son fils avoit esté changé

par sa nourrice, comme il luy seroit aisé de le justifier
par une petite marque jaune qu'il avoit sur le bras gauche ; la Marquise s'en souvint d'abord, et eut de l'impatience de quitter la Fée pour aller chercher son fils.
Meridiana, qui s'en apperçut, et qui jugea que le voyage
luy paroîtroit bien long pour se rendre aupres de son
mary, et luy faire part de cette bonne nouvelle, luy fit
present de deux chevaux qui faisoient cent lieuës par
heure, et la renvoya tres contente. Le Marquis, qui ne
pouvoit se consoler de se voir un heritier si indigne,
pensa mourir de joye en écoutant le recit de sa femme ;
son premier mouvement fut de tuer cette méchante
nourrice, mais la Marquise l'appaisa, et ils allerent
ensemble chez la nourrice, qui demeuroit dans une de
leurs terres ; ils luy demanderent d'abord des nouvelles de son fils, elle répondit en pleurant que c'estoit le
plus méchant garçon de tout le Païs, qu'il laissoit perdre leur troupeau, et passoit les journées entiéres à la
chasse, adjoutant qu'il auroit esté bien plus propre à
estre Marquis que Berger. Voudriez-vous le changer
avec le nostre ? luy dit la Marquise. — Vous croyez
rire, repartit la maligne Bergere, peut être vous feroit-
il autant d'honneur que le vostre ; mais faites mieux,
chargez vous des deux.

Pendant ce Dialogue, le jeune chasseur arriva chargé
de gibier qu'il presenta au Marquis, avec une politesse
digne de sa naissance. La Marquise, qui crut se voir
dans un miroir en regardant ce jeune homme qui luy
ressembloit beaucoup, ne put retenir plus long temps
les mouvemens de la nature, et l'embrassa à plusieurs
reprises, les yeux baignez de larmes. Nous parlions, luy
dit le Marquis, de faire un échange de vous avec mon
fils, en seriez vous faché ? — Si cela pouvoit estre,
repartit le jeune homme, sans faire tort à Monsieur

vostre fils, je me sens assez de courage pour soutenir un rang si illustre. — Oüy, continua le Pere : mais c'est une necessité pour estre Marquis, d'avoir une marque jaune sur le bras gauche. Le jeune homme retrousse aussi-tôt sa manche et y montre sa marque jaune. Le Marquis et sa femme, ne pouvans douter de la verité, l'embrasserent de nouveau ; et la nourrice, voyant le mystere decouvert, n'eut pas la force de soutenir son imposture, et leur avoüa tout.

Ce fut par de semblables actions que la Reine des Fées s'acquit l'estime et la veneration d'une infinité de peuples. Sa generosité estoit admirée de toutes les Fées, mais il s'en trouvoit fort peu qui voulussent l'imiter ; la plûpart au contraire se servoient de leur pouvoir pour faire mille maux aux hommes, et soit par envie ou par malice, elles s'attachoient d'ordinaire à persecuter les belles personnes, et sur tout les grands Princes ; ce qui faisoit beaucoup de peine à la Reine Meridiana, qui auroit bien voulu estre par tout pour y remedier ; elle essaya plusieurs fois à leur donner de l'horreur pour le mal, et à leur inspirer de nobles sentimens, mais ce fut inutilement. Il y avoit de vieilles bossuës qui ne se nourrissoient que des larmes et des sanglots des Princesses persecutées[90], et qui auroient mieux aimé mourir que de cesser leurs malices. Meridiana, voyant que la mauvaise habitude avoit pris le dessus, et que la chose estoit sans remede, resolut enfin de se servir de son autorité et du pouvoir qu'elle avoit de les interdire de leurs fonctions de Fée, pour autant de temps qu'elle voudroit ; elle les assembla toutes, et leur temoigna le sensible déplaisir qu'elle avoit, de voir que les Fées, qui

90. On pense à Cendrillon de Perrault, et à Gracieuse, l'héroïne de Mme d'Aulnoy.

seroient honorées comme des Divinitez si elles s'appli-
quoient au bien, ne songeoient la plûpart qu'à tour-
menter les personnes illustres ; que les hommes estoient
assez malheureux par la courte vie, par les maladies,
par le manque de biens, et par une infinité d'accidens
imprevûs qui leur arrivoient journellement, sans que
les Fées missent toute leur industrie à les persecuter ;
que cela luy paroissoit si injuste, qu'elle avoit resolu
de les interdire pour trois siécles, et de ne leur laisser
que la liberté de faire du bien, afin qu'elles eussent le
temps de s'appliquer à des exercices de vertu[91], et
qu'elles se corrigeassent de leur malice inveterée. Elle
leur ordonna ensuite de se trouver dans les derniéres
années du troisiéme siécle dans la sale du Château de
Montargis[92], qui estoit grande et spacieuse, pour luy
rendre compte des progrés qu'elles auroient fait, promettant de rétablir dans leur[s] fonctions toutes celles
qui se seroient bien conduites, et qui auroient quelque
bonne action pardevers elles. Ce fulminant[93] Arrest fit
murmurer toute la troupe, mais il fallut obéir ; la plû-

---

91. Le texte original porte *vertus* ; on corrige en alignant sur
l'orthographe du dernier mot du conte.

92. Le château de Montargis (XIIe-XVe siècles) fut mis par François Ier à la disposition de Renée de France, qui s'y retira entre 1559
et 1575. Louis XIII racheta ce domaine aux descendants de Renée
de France et, en 1626, Montargis passa dans la famille d'Orléans en
devenant la propriété de Gaston, frère de Louis XIII. Son héritage
revint au frère de Louis XIV, le protecteur de Préchac. Androuet
du Cerceau décrit le château dans ses *Plus excellents bâtiments de
France*. Il contenait effectivement une grande salle où s'était tenue
une importante assemblée en 1531. Il était devenu d'un entretien oné-
reux pour Monsieur. Leurs Altesses Royales s'y étaient rendues récemment, comme le relate le *Mercure galant* d'octobre 1697 (p. 63).

93. *Fulminant :* terme de droit canon qui signifie publier un acte
de condamnation avec certaines formalités.

part des Fées abandonnerent les montagnes, et se retirerent presque toutes dans des vieux Châteaux, où elles s'amuserent à filer en attendant la fin de leur interdiction ; et depuis ce temps-là on n'entendit plus parler, ny d'enlevement, ny d'autres semblables vexations que les Fées faisoient ; et la memoire s'en seroit perduë si leurs contes ne nous fussent demeurés.

La Reine Meridiana, toûjours appliquée au bien, fit un voyage dans l'Arabie heureuse, d'où elle rapporta le Quinquina[94], la Sauge, et la Betoüane[95], et plusieurs autres herbes qui avoient la vertu de prolonger la vie ; elle les planta dans les Pyrenées, où l'on les trouve encore aujourd'huy, et dressa un magnifique parterre garny de toute sorte de fleurs, sur le haut du Pic de midy, sans que le temps ait pû détruire cet agréable parterre, qui subsiste encore, et que tous les curieux vont voir avec plaisir. Elle s'attacha ensuite pendant plusieurs années à connoître les eaux crystalines qui sortent des Pyrenées ; et s'estant aperceuë que ces eaux avoient plusieurs vertus differentes, elle jugea que si elle pouvoit les faire passer dans les mines d'or, de plomb et de soulphre qu'il y a dans ces Montagnes, les eaux prendroient la vertu de ces mineraux, et seroient d'un grand secours pour le soulagement des hommes ; elle examina leurs sources, les fit couler par de nouveaux conduits, et les mêla si bien, que ces eaux guérissoient toute sorte de maladies ; et c'est aux soins de cette illustre Fée que nous devons les eaux de *Bagnéres*[96]

---

94. Le quinquina, introduit par l'anglais Talbot, faisait miracle à la Cour pour la guérison des fièvres. Le poème de La Fontaine (ami du médecin Monginot) avait été publié en 1682.

95. Voir « Sans Parangon », p. 118, note 16.

96. Bagnères-de-Bigorre (Haute-Pyrénées) : ces eaux étaient

pour les fiévres et d'autres maladies differentes ; celles de *Bareges*[97] pour toute sorte de blessûres ; celles de *Cauteres*[98] pour les indigestions ; *Aigue-bonne* pour les ulceres, et *Aigue-cautes*[99] pour les Rhumatismes.

Quoyque Meridiana fut bienfaisante pour tout le monde, elle avoit une predilection particuliére pour son païs ; et songeant que la plûpart des Rois, de ce temps-là, étoient faineants ou imbecilles, elle estoit touchée de compassion de voir que les hommes estoient gouvernés par de semblables Princes ; l'opinion où elle estoit que les gens de son païs se portoient tous au bien, et la connoissance qu'elle avoit de leur bon esprit, luy avoit souvent fait desirer qu'un Prince de *Bearn* pût regner quelque jour dans le beau Royaume de France ; mais comme elle étoit ennemie des injustices, et que cela ne pouvoit se faire sans détrôner les Rois legitimes, elle differa long-temps l'éxecution de ce projet ; enfin elle en trouva l'occasion par le mariage d'Antoine de Bourbon avec Jeanne d'Albret heritiere de Navarre et de Bearn[100] ; la Fée disposa si bien les esprits, que l'affaire réussit.

---

connues depuis l'antiquité romaine. Montaigne s'y rendit en 1579. Mme de Maintenon y conduisit le duc du Maine.

97. Barèges (Hautes-Pyrénées) : les « eaux arquebusades » étaient recommandées pour le traitement des blessures.

98. Cauterets (Hautes-Pyrénées) : réputée pour ses eaux sulfurées ; fréquentée par Marguerite de Navarre et Jeanne d'Albret.

99. Eaux-Bonnes et Eaux-Chaudes (Pyrénées-Atlantiques) dans la Haute Vallée d'Ossau ; les eaux, fréquentées par Henri IV et les autres princes de Navarre, avaient une odeur sulfureuse ; on les recommandait pour la phtisie, les douleurs rhumatismales, les affections paralytiques.

100. Jeanne III d'Albret (1528-1572) : après l'annulation de son premier mariage avec le duc de Clèves, elle épousa Antoine de Bour-

La Reine accoucha de quatre enfans differens, que la Fée, qui avoit de grandes veües, abandonna aux destinées, ne trouvant pas qu'ils eussent les qualités necessaires pour remplir son projet ; mais enfin la Reine estant devenuë grosse pour une cinquiéme fois, la Fée doüa l'enfant[101] d'un bon esprit et d'une grande valeur, et fit en sorte qu'il fût élevé sans aucune delicatesse tout comme les enfans des particuliers, et ce fut luy qui parvint à la Couronne de France par son mérite, et peut-être aussi par les secours de la Fée. Ce Prince eut un fils[102] que la Fée doüa de beaucoup d'esprit, de valeur et de justice ; mais ayant oublié de doüer ces deux premiers d'une longue vie, et s'apercevant que les hommes avoient besoin d'exemples qui leur fussent long-temps présens pour les exciter à la vertu, elle résolut de réparer cette faute à la premiere occasion ; en effet elle doüa le fils de ce dernier Prince[103] de la justice de son Pere, de la valeur de son ayeul, et y ajouta encore une grande piété, et une longue vie.

Satisfaite de tant de bonnes actions, et sur tout de penser que les Bearnois, qu'elle estimoit beaucoup, auroient occasion à l'avenir de faire quelque usage de leurs talens et de leur bon esprit, par la faveur des Rois

---

bon. Elle mourut à Paris peu de temps avant le mariage de son fils, le futur Henri IV, avec Marguerite de Valois, sœur de Charles IX.

101. Henri de Navarre, né à Pau le 13 décembre 1553 ; il eut une jeunesse paysanne au château de Coarraze, près de Pau. Il prit le nom d'Henri IV en 1589, et fit son entrée dans Paris en 1594. Il mourut en 1610.

102. Louis XIII (1601-1643), fils d'Henri IV et de Marie de Médicis.

103. Louis XIV, né en 1638, a soixante ans au moment de la publication du conte.

qui se trouveroient leurs compatriotes, elle voulut effa-
cer de la memoire des hommes le souvenir des Fées,
et se retira dans sa grotte, où elle demeura plusieurs
années sans se laisser voir à personne.

Il ne s'en falloit qu'environ deux ans, que les trois
siécles de l'interdiction des Fées ne fussent passés, lorsque leur Reine, qui les avoit assignées au Château de
Montargis, s'aperçut qu'il étoit trop en desordre pour
y recevoir si bonne compagnie ; neanmoins comme la
situation de ce Château est tres avantageuse, qu'il y a
une sale fort spacieuse, une veuë charmante, une grande
forest, et une belle riviere, Meridiana desira que
l'assemblée y fust tenuë ; mais ne voulant pas se servir
de son art pour le rétablir, elle se souvint que le grand
Prince qui en estoit le maistre, tiroit son origine du voisinage des Pyrenées, et elle étoit informée qu'il sçavoit
embellir les maisons avec la même facilité qu'il gagnoit
des batailles : elle se servit fort à propos de cette connoissance, et insinua à ce Prince de rétablir le Château
de Montargis[104], ce qui fut executé avec autant de diligence que si les Fées y eussent travaillé, en sorte que
cette maison abandonnée depuis plusieurs années se
trouva en fort peu de temps en estat d'y loger commodement plusieurs grandes Princesses. Meridiana y estant
arrivée, toutes les autres Fées, impatientes de faire lever
leur interdiction, s'y rendirent aussi.

La Reine les ayant receües tres favorablement, leur
temoigna la joye qu'elle avoit de les revoir, et fut la
premiére à leur rendre conte de ses occupations pen-

---

104. Le château de Montargis n'avait plus de donjon, de tour,
ni d'église ; le duc d'Orléans y trouva les salles démeublées et dénu-
dées ; il entreprit de restaurer les lieux.

dant les trois siécles de leur absence : sa modestie la fit passer succintement[105] sur tous les biens qu'elle avoit procurés, et elle ne parla que de l'impatience qu'elle avoit euë de les revoir, persuadée que chacune de ses sœurs avoit bien fait, et s'estoit conduite beaucoup mieux qu'elle.

La Merlusine, ayant fait une profonde reverence, asseura la Reine qu'elle n'avoit jamais perdu d'occasion de faire du bien à ceux de sa maison, et à beaucoup d'autres ; et quoyqu'elle habitât depuis longtemps les montagnes du Dauphiné, elle avoit cedé sa retraite aux Chartreux, et s'estoit retirée dans le Château de Sassenage[106], où elle faisoit secrettement tous les biens dont elle estoit capable, sans autre motif que la satisfaction que les ames bien nées trouvent à pratiquer la vertu. La Reine la traita fort civilement, et aprés luy avoir fait beaucoup d'honneur et donné de grandes loüanges, elle leva son interdiction.

Une vieille Fée, fort chassieuse et mal bâtie, se présenta devant la Reine, et luy remontra qu'elle s'estoit retirée dans le Château de Pierre-encise[107], où elle avoit empêché que les prisonniers ne receussent point de lettres de personne, et qu'aucun d'eux n'échapât de cette

---

105. Furetière et Richelet adoptent l'orthographe *succintement*, alors que l'Académie écrit *succinctement*.

106. Château élevé par les seigneurs de Sassenage, à 6 km de Grenoble, sur le torrent du Furon. Il fut construit entre 1662 et 1669. La représentation de Mélusine, dans une cuve, au fronton de la façade, rappelle que cette fée, selon la légende, avait épousé l'un des premiers comtes de Lyon et du Forez, devenant ainsi l'ancêtre commune des Lusignan et des Sassenage.

107. Pierre-Encise, près de Lyon, sur un rocher qui domine la rive droite de la Saône, était, au temps de Louis XIV, une prison d'Etat qui reçut des hôtes célèbres comme Lauzun ou le marquis de Fresne.

rude prison, demandant pour récompense que la Reine luy permît de Féer comme elle faisoit autrefois. La Reine luy répondit que, puisque l'employ de Geoliére estoit si fort de son goût, elle luy ordonnoit de le continuer sans se méler d'autre chose ; ce jugement fut applaudi, et il s'éleva une grande huée contre la pauvre vieille.

Alors une grande Fée de bonne mine s'avança vers la Reine, et luy apprit qu'elle avoit choisi pour sa retraite le Château de Moncalier sur le Po[108], qu'elle s'estoit trouvée aux couches d'une Duchesse qui alloit de pair avec les Reines, qu'elle avoit doüé la petite Princesse dont elle estoit accouchée, de beaucoup d'esprit, d'une solide vertu, des plus beaux yeux du monde, d'un beau teint, et même d'une bonne conduite, fort prématurée, parce que dés sa naissance elle l'avoit destinée à occuper le plus auguste Trône de la Terre, adjoutant que sa confiance sur les bonnes qualités de cette aimable Princesse avoit esté si loin, qu'elle avoit persuadé à la Duchesse sa mere de la donner à l'épreuve pendant un an, asseurée que plus on la connoîtroit, on l'aimeroit toûjours davantage, ce qui avoit réussi comme elle l'avoit dit. La Fée voulut ensuite parler de beaucoup d'autres avantages qu'elle avoit procurez à son Païs ; mais la Reyne, voyant qu'elle entroit dans des détails trop delicats, l'interrompit, et l'asseura que ce qu'elle avoit fait pour la charmante Princesse dont

---

108. Moncalieri, à 9 km au sud de Turin. Château royal du XVe siècle appartenant à la famille de Savoie. Il est fait ici allusion à la naissance de Marie-Adélaïde de Savoie, fille du duc Victor-Amédée II ; elle épousa en 1697 le duc de Bourgogne qui n'avait alors que quinze ans. La princesse plut à Louis XIV par son charme et devint le centre de la Cour. Elle mourut à Versailles en 1712.

elle venoit de parler, estoit plus que suffisant pour mériter qu'elle continuât à Féer avec la même liberté qu'elle faisoit avant son interdiction ; et pour luy marquer plus fortement combien sa conduite luy estoit agréable, elle leva encore en sa faveur l'interdiction d'une autre Fée de ses amies, qui n'avoit rien fait pour mériter cette grace.

Il parut une autre Fée qui avoit l'air fort composé[109] ; elle apprit à la Reine qu'elle estoit depuis long-temps retirée au Château de Ferrare[110], qu'elle avoit empêché dans plusieurs occasions les Princes voisins de s'en rendre maîtres, et que son zele pour la Religion l'avoit engagée à faire tomber ce beau Duché entre les mains du Pape ; la Reine, sans entrer dans aucun détail, la blâma d'avoir laissé éteindre la maison des anciens Ducs de Ferrare, et la renvoya.

Alors il se presenta une autre Fée qui portoit une toque de velours noir sur sa teste, et dit à la Reine qu'elle habitoit au Château de Bossu en Flandre[111], et que pour imiter les bonnes actions de la reine des Fées, elle avoit cru ne pouvoir mieux faire que de purger le monde d'une infinité de libertins ; que pour y réussir elle attiroit tous les ans, aux environs de son Château,

---

109. *Composé :* hypocrite.

110. Château fort du XIVᵉ siècle, siège de la famille d'Este du XIIᵉ au XVIᵉ siècle. Cette Cour fut particulièrement brillante au XVIᵉ siècle sous le règne d'Hercule II et de Renée de France ; Ferrare fut annexée par le Pape en 1598.

111. Allusion possible au château de Boussu-en-Fagne, situé dans la province de Namur où l'on s'était beaucoup battu en 1692 et en 1695 (« Mais, mon Dieu, que de sang répandu à Namur ! » écrit Mᵐᵉ de Sévigné en 1695, *Corr.*, t. III, p. 1114). C'était un puissant château-fort dont il ne reste qu'un châtelet accompagné d'une tour ronde ; il a été réaménagé au XIXᵉ siècle.

plusieurs milliers d'hommes de toute sorte de nations, et en faisoit perir une bonne partie ; la bonne Reine eut horreur de cette grande cruauté ; et luy ayant reproché la mort de plusieurs Heros, elle luy deffendit de paroître jamais en sa presence.

Une autre Fée en habit de chasse se présenta devant la Reine, et luy dit qu'elle habitoit dans le Château de Fontainebleau[112], long-temps avant que François premier en eût augmenté le bastiment ; qu'elle avoit esté exposée à une infinité de medisances, jusques-là qu'on la faisoit passer pour un phantosme, sous prétexte qu'elle chassoit quelque fois dans la forest ; qu'elle asseuroit Sa Féale Majesté qu'elle n'avoit jamais fait de mal à personne, évitant même de faire peur aux Bergers, et qu'elle avoit eu la satisfaction de se trouver aux premiéres couches d'une sage Reine, et de doüer son enfant de toutes les vertus d'un Heros, et sur tout d'une grande probité, et d'une bonté semblable à celle de la Reine sa mere, et qu'elle voyoit avec plaisir que ce Prince ne s'estoit jamais démenti en rien, soit que le Roy son pere l'eût mis à la teste de ses Armées, qu'il l'eût appellé dans ses Conseils, ou qu'il l'eût chargé d'autres soins. La Reine, qui s'interessoit beaucoup au Prince de qui la Fée venoit de parler, leva son interdiction, et fit même son éloge.

---

112. La Cour se rendait chaque automne au château de Fontainebleau. L'abbé de Choisy décrit la vie qu'on y menait (*Mémoires*, p. 86). On y célébra la faveur de Mlle de La Vallière sous la conduite du duc de Saint-Aignan. Le Grand Dauphin naquit à Fontainebleau le 1er novembre 1661 ; le roi fit lui-même l'annonce de cet événement qui fut l'occasion de feux d'artifice et de ballets. Monseigneur fut un personnage populaire auprès des Parisiens. Il était également apprécié de ses soldats lorsqu'il exerça le commandement durant la guerre de la Ligue d'Augsbourg : il prit Philipsbourg, Mannheim et Trèves.

Une autre Fée, qui paroissoit la suivante de celle de Fontainebleau, se jetta aux pieds de la Reine, et luy apprit qu'elle demeuroit dans le Château de Chambor[113], où elle n'avoit presque point eu d'occasion de faire ny bien ny mal, que cependant elle avoit toûjours eu bonne volonté, et que, ne pouvant mieux faire, elle avoit souvent empêché les Renards de manger les Faisans ; elle avoüa même que la seule malice qu'elle eût jamais faite, estoit de se presenter à un chasseur sous la figure d'un renard, de se faire tirer plusieurs coups de fuzil, et de revenir sous la même figure demander au malheureux chasseur s'il n'avoit point veu passer deux de ses petits camarades ; toute la compagnie se prit à rire, et la Reine aussi.

La Fée pria cependant la Reine de la rétablir dans ses prérogatives de Fée ; la Reine y consentit, mais elle les borna à faire du mal aux renards, aux loups, aux chats, et à toutes les autres bestes qui mangent le gibier.

Une autre Fée, qui avoit la mine fort spirituelle, se présenta devant la Reine, et luy dit qu'elle s'estoit retirée au Château de Chantilly[114], où elle avoit beaucoup contribué à l'éducation de plusieurs grands Heros ; que dans ces derniers temps elle avoit eu un soin particu-

---

113. Le château de Chambord, bâti pour François Ier, fut sauvé de la ruine par Gaston d'Orléans vers 1641. Louis XIV, qui préférait ce château à celui de Blois, y séjournait pour s'adonner à la chasse. On avait fait des aménagements intérieurs entre 1682 et 1684.

114. Le château de Chantilly avait été embelli par les Montmorency au XVIe siècle. Le Grand Condé fit aménager par Mansart la demeure dans laquelle il se retira jusqu'à sa mort en 1686. Son fils, Henri-Jules de Bourbon-Condé (né en 1646), fit procéder à des embellissements. Le Grand Dauphin y fut reçu en 1688. Le *Mercure galant* de février 1697 et de juin 1698 se fait l'écho des fêtes et réceptions qui se donnaient à Chantilly.

lier d'embellir la maison et les jardins, et qu'elle avoit eu l'adresse d'y attirer une Princesse si charmante[115], qu'elle seule, sans le secours des eaux et des jardins, suffisoit pour rendre ce Château le plus agréable séjour de la terre ; la Reine, qui aimoit les actions où il paroissoit de la vertu et de l'industrie, luy permit de Féer comme autrefois.

Une nouvelle Fée se presenta avec des habits assez extraordinaires, et dit à la Reine qu'elle habitoit autrefois au Château de Heydelberg[116] ; que d'autres Fées, ennemies de la maison Palatine, s'estoient trouvées aux couches de l'Electrice, et avoient donné plusieurs mauvais sorts aux Princes et Princesses qui en estoient néz ; qu'elle s'y estoit rencontrée une seule fois par hazard, dans le temps que l'Electrice accouchoit d'une Princesse qu'elle avoit doüée d'une grande vertu[117], d'un bon esprit, de beaucoup de probité et d'élevation, d'une ame fort noble, qu'elle n'avoit pas même négligé de luy donner de belles dents, et de beaux cheveux ; mais cette Princesse ayant passé dans d'autres Etats, et l'Electorat dans des branches éloignées, où elle ne connoissoit personne, elle estoit dans la resolution de ne retourner plus à Heydelberg, suppliant la Reyne de luy assigner

---

115. Louise-Françoise de Bourbon, dite Mlle de Nantes, fille du roi et de Mme de Montespan, née en 1673 et légitimée la même année, avait épousé, en 1685, Louis III, duc de Bourbon, petit-fils du vainqueur de Rocroi.

116. Heidelberg, capitale du Palatinat, était dominée par le château des Electeurs Palatins (XVe siècle) qui surplombait le Neckar. En 1689, Louis XIV décida la destruction du château, qui fut exécutée le 2 mars. Ce second ravage du Palatinat, voulu par Louvois, fut une erreur politique.

117. Madame Palatine, née à Heidelberg en 1652, mariée à Philippe, duc d'Orléans, le 21 novembre 1671.

un autre Château pour sa demeure, et de lever son interdiction. La Reine, satisfaite de la bonne foy de la Fée
Allemande, la rétablit dans ses anciens privileges, et luy
assigna le Château et la Forest de Montargis pour sa
demeure ordinaire.

Une autre Fée fort replete se prosterna devant la
Reine, et luy dit qu'elle habitoit au Château et dans
la forest d'Amboise[118], que même une fois qu'elle se
baignoit dans la Loire, elle avoit empêché le naufrage
d'un bateau, et que cette action seule méritoit qu'elle
fût rétablie dans ses privileges ; mais la Reine, qui se
souvint que cette Fée avoit eu part à la conspiration
qui s'estoit tramée autrefois dans le Château d'Amboise, la renvoya sans vouloir l'écouter davantage.

La Fée du Château de Blois se presenta devant la
Reine, et luy dit qu'elle avoit eu soin de conserver à
Blois le beau langage et la bonne crême, demandant
à estre rétablie dans ses droits ; mais la Reine, qui se
souvenoit qu'elle avoit donné occasion à tout ce qui
s'estoit passé dans les derniers Etats de Blois, et qui
avoit la memoire encore recente des pernicieux conseils
qu'elle avoit inspirés depuis peu à un grand Prince qui
habitoit dans ce Château[119], luy ordonna de travailler

---

118. C'est au château d'Amboise (marqué par le souvenir de Charles VIII) que fut formée la Conjuration dirigée par La Renaudie en
1560 pour soustraire François II à l'influence des Guises. La Conjuration fut cruellement réprimée ; on pendit les coupables au bal-
con du château.

119. Le château de Blois commencé au XVe siècle fut agrandi
par les anciens comtes de Blois, puis par François Ier, enfin
par François Mansart pour Gaston d'Orléans (1635-1638). C'est au
cours des Etats généraux de 1588 que fut assassiné le duc de Guise,
sur l'ordre d'Henri III (23 décembre 1588). Gaston d'Orléans, frère
de Louis XIII, reçut le château de Blois en apanage. Il fut mêlé à

à perfectionner la crême de Blois, et luy deffendit de se mêler jamais d'autre chose.

Il se présenta une autre Fée assez simplement vêtuë, qui dit à la Reine qu'elle estoit une des plus anciennes Fées de l'Univers ; qu'elle habitoit dans le Château de Pons en Xaintonge[120], qu'elle l'avoit veu avec douleur changer plusieurs fois de maistre, et dans la crainte qu'il ne tombât enfin en de mauvaises mains, elle en avoit procuré la possession à un Prince qui n'estoit pas moins recommandable par son esprit et par une infinité de bonnes qualitéz, que par sa grande naissance ; la Reine, en faveur de cette bonne action, permit à la Fée de continuer à Féer comme autrefois.

Une autre Fée s'avança qui dit à la Reine qu'elle habitoit au Château d'Epagny en Bourgogne[121], dont elle avoit procuré la possession à une grande Princesse, qui, par son extrême beauté, par son air majestueux, et par sa bonne conduite, meritoit d'être comparée à la Reine

---

tous les complots contre Richelieu et s'opposa au roi en s'alliant avec l'Espagne (1632-1634). Amateur d'art et mécène, Gaston d'Orléans rassembla des collections dans son château qu'il orna d'un jardin botanique.

120. Le premier château de Pons fut détruit en 1179, puis relevé. Les barons de Pons descendaient des ducs d'Aquitaine. La ville fut prise par les Anglais en 1568. A partir du XVIIe siècle, la seigneurie de Pons est passée aux d'Albret à qui Préchac veut rendre hommage.

121. La village d'Epagny, à environ 10 km au nord de Dijon, n'avait qu'une « petite maison bourgeoise, datant du XVIIe siècle, [...] honorée quelquefois du titre de château » (*Extrait de l'Encyclopédie de la Côte d'Or* par Denizot). Le seigneur en était Lebelin, Grand Maître des Eaux et Forêts. L'anecdote du pont-levis semble donc relever de la fable ; mais il est possible que l'auteur souhaite rendre hommage à Madame la Princesse, Anne de Bavière, épouse du prince de Condé qui était gouverneur de Bourgogne depuis 1676.

des Fées, puisque sa reputation estoit connuë par tout
l'univers, jusques-là que des peuples des extrêmités de
la terre en faisoient leur divinité ; la Fée demanda
d'estre rétablie dans ses privileges, et ajouta même
qu'elle n'avoit jamais fait d'autre malice, que de rompre une fois le pont-levi[s] du Château, pour y retenir
plus long-temps la plus auguste compagnie du monde
qu'elle y avoit attirée ; la Reine trouva qu'elle estoit
de bon goût, et leva son interdiction.

Il en parut une autre qui avoit la mine fort serieuse,
et qui dit qu'elle habitoit dans le Château de Nancy[122] ;
que c'étoit avec beaucoup de regret qu'elle avoit veu
l'absence de son Prince, que si quelque chose avoit contribué à l'en consoler, c'estoit l'alliance qu'il avoit faite
avec une Reine d'un sang auguste, qui avoit beaucoup
de vertu et de pieté ; qu'elle avoit abandonné pour quelque temps le Château de Nancy pour se trouver aux
premiéres couches de cette Reine, et qu'elle avoit doüé
l'enfant d'une bonne mine, d'une grande valeur, et
d'une forte inclination de retourner dans ses Etats ; que
ce Prince se trouvant en âge d'estre marié, elle avoit
si bien conduit ses affaires, qu'elle luy avoit procuré
une jeune Princesse, qui ne comptoit que des Rois et
des Empereurs parmi ses ayeuls, mais beaucoup moins
considerable par sa haute naissance que par sa docilité, par son esprit et par ses maniéres nobles. Je me

---

122. En 1690, mourait à Velz le duc de Lorraine, Charles V, qui
s'était retiré à Vienne. De la duchesse Eléonore d'Autriche, son
épouse, il eut comme fils aîné Léopold Ier à qui la Paix de Ryswick
rendit ses états. Ce dernier arriva en mai 1698 à Lunéville pour attendre l'évacuation de Nancy ; il entra dans sa capitale le 17 août : la
ville et les forteresses étaient démantelées. Le 13 octobre 1698, il
épousa Elisabeth-Charlotte d'Orléans (1676-1744), fille de Monsieur
et de Madame Palatine.

flate, grande Reine, continua la Fée, qu'en faveur de
cet illustre couple, vous me rétablirés dans mes anciens
droits, dans l'asseurance que je vous donne que le premier enfant qui naîtra de cet auguste mariage ne man-
quera pas d'estre doüé fort avantageusement. La Reine
se prit à rire, et leva l'interdiction de la Fée.

Il se presenta une autre Fée qui parloit un François
corrompu, et qui dit à la Reine qu'elle habitoit le Château de Riswich[123], où elle avoit attiré par son adresse
les Ambassadeurs des plus grands Princes de la terre,
et, aprés plusieurs conferences, les avoit enfin obligez
à conclure une bonne paix. Elle voulut parler ensuite
du mérite des Princes de la maison de Nassau, à qui
ce Château appartient, mais la Reine, qui en estoit tres
persuadée, l'asseura qu'elle n'avoit pas besoin d'autres
raisons pour l'engager à lever son interdiction ; elle
donna de grandes loüanges à son zele, et non seulement
la rétablit dans toutes ses anciennes fonctions, mais elle
luy accorda la même grace pour une autre Fée, telle
qu'il luy plairoit de la choisir.

Une Fée fort décrepite parut devant la Reine, et luy
remontra qu'elle habitoit depuis tres long-temps dans
le Château de Loches[124], où il ne s'estoit jamais rien

---

123. Ryswick, bourg des Pays-Bas, proche de La Haye ; on y signa
les traités qui mirent fin à la guerre de la Ligue d'Augsbourg
(septembre-octobre 1697).

124. Le château de Loches, vaste et fortifié, avait été assiégé par
les Anglais à plusieurs reprises ; il fut épargné lors du saccage de
la Touraine (1361-1363). Le château avait été bâti pour l'essentiel
sous Charles VII ; Louis XI le fit rénover et l'utilisa comme prison
d'Etat. Après la mort du duc d'Epernon, ce fut François de Beauvilliers, premier duc de Saint-Aignan, qui devint gouverneur de
Loches. Le 20 juin 1687, Paul de Beauvilliers, duc de Saint-Aignan,
chevalier des Ordres du Roi et premier gentilhomme de sa chambre,
remplaça son père au gouvernement de Loches.

passé contre le service du Prince, que même les Anglois ayant assiégé ce Château qu'ils croyoient prendre par famine, et ayant reduit les assiégez à la derniére extremité faute de vivres, elle imita la voix d'un cochon, et se mit à crier jour et nuit sur les remparts, en sorte que les Anglois, persuadez qu'il y avoit encore de grandes provisions dans le Château, leverent le siége ; que d'ailleurs elle avoit esté d'une si grande delicatesse sur le choix des Gouverneurs de cette place, qu'elle n'y avoit jamais souffert que des personnes d'un grand merite, et d'une probité connuë, sans que, dans ces derniers temps où ce Château n'avoit plus ny garnison ny fortifications, elle se fût jamais relachée sur la probité du Gouverneur ; la Reine, qui aimoit les actions d'honneur, la rétablit dans tous ses privileges.

Il se presenta une autre Fée qui dit à la Reine qu'elle habitoit dans le Château de Barcelone[125], qu'elle avoit toûjours aimé les belles actions ; que neanmoins, quelque prédilection qu'elle eût pour sa patrie, elle avoit esté si touchée de l'extrême valeur de deux Princes qui avoient attaqué ses remparts, qu'elle n'avoit pû leur refuser l'entrée de son Château ; la Reine luy repliqua que toutes les femmes seroient vertueuses, si elles n'estoient touchées du mérite de quelqu'un, que puisqu'elle avoit eu plus d'attention à la valeur de ces deux Heros qu'à son devoir, elle luy ordonnoit de sortir du Château de Barcelone, et de se rendre à celuy d'Anet[126], où elle pourroit veiller à l'embellissement de

---

125. Sur le siège de Barcelone, voir *Sans Parangon*, p. 155, note 67. Préchac rend ici hommage au duc de Vendôme et à son frère, le grand-prieur, dont il préfère ignorer la poltronnerie dénoncée par Saint-Simon (*Mémoires*, t. XIII, p. 495).

126. Le château d'Anet, construit sous le règne d'Henri II pour

cette maison, luy laissant la liberté de se servir de tous ses anciens privileges pour cela.

La Reine vouloit finir la séance, lorsqu'il parut une autre Fée vetuë à la Turque, qui dit qu'elle habitoit depuis long-temps au Château d'Andrinople, où elle avoit souvent changé la condition d'une Esclave en celle de Sultane, et que pour se conformer au caractére de la Reine des Fées, elle avoit veillé à la conservation des Princes Ottomans, ayant même fait bannir la barbare coutume d'étrangler les cadets pour la seureté de l'aîné[127] ; que par là, trois freres avoient regné consecutivement, et ensuite le fils du premier avoit succedé à son pere et à ses oncles. La Reine leva son interdiction, donna de grandes loüanges à la vigilance de cette Fée, et dit qu'il seroit à souhaiter que toutes les Fées eussent la même attention, et veillassent à la conservation des grands Princes, se plaignant qu'il ne s'en fût trouvé aucune qui eût eu la vertu de passer en Espagne pour veiller à la Maison Royale ; mais les Fées luy répondirent qu'elles ne choisissoient que de vieux Châ-

---

Diane de Poitiers, revint au XVIIe siècle à la femme de César de Vendôme. Il était fort délabré lorsque le duc Louis-Joseph de Vendôme en hérita. A partir de 1681, celui-ci s'occupa de la restauration de son château ; il fit décorer l'intérieur pour accueillir des fêtes somptueuses ; un parc de Le Nôtre remplaça le jardin fermé de Diane de Poitiers. Le Grand Dauphin fit plusieurs séjours à Anet : la réception de 1686 fut particulièrement somptueuse.

127. Dans l'Empire ottoman, s'était institué à la fin du XIVe siècle l'usage de mettre à mort les frères de tout sultan nouvellement intronisé. Ahmed Ier (1603-1617) renonça le premier au « fratricide d'Etat » ; on vit alors se succéder trois frères, puis les trois fils de l'un d'entre eux : Mehmed IV (1648-1687), Salayman II (1687-1691), Ahmet II (1691-1695). Le récit s'achève donc dans une actualité toute récente puisque c'est le fils de Mehmed IV qui détenait le pouvoir lorsque le conte parut.

teaux pour leurs retraites, et que sa Majesté sçavoit bien qu'il n'y avoit point de Châteaux en Espagne.

Plusieurs Fées étrangéres se presenterent encore, mais la Reine, qui estoit persuadée des grandes vexations qu'elles faisoient dans les contrées où elles habitoient, ne voulut pas les écouter ; et aprés avoir fait un discours fort éloquent, pour exhorter celles qui demeuroient interdites à s'appliquer à la vertu, elle rompit la séance aprés les avoir assignées à revenir dans trois siécles dans la sale du Château de Pau, pour luy rendre compte des progrés qu'elles auroient fait dans les exercices de vertu.

Extrait du Privilege du Roy.

Par grace et privilege du Roy, donné à Paris le 6. jour de Mars 1698. Signé BOUCHER et scellé : Il est permis à M*** de faire imprimer, vendre et debiter, un livre de Contes, intitulés *Sans Parangon* et *la Reine des Fées*, pendant le tems et espace de six années consecutives : Avec deffenses à tous Imprimeurs, Libraires, et autres, d'imprimer ou faire imprimer, vendre ou debiter ledit livre, sous les peines et ainsi qu'il est plus au long porté par lesdites lettres de Privilege.

Registré sur le livre de la Communauté des Imprimeurs et Libraires de Paris le 7. May 1698.
Signé P. AUBOUYN
    Sindic.

Et ledit sieur **** a cedé le Privilege cy-dessus à Claude Barbin, Marchand Libraire à Paris, suivant l'accord fait entr'eux.

TABLE DES MATIÈRES

SOCIÉTÉ DES TEXTES FRANÇAIS MODERNES
(S.T.F.M.)

Fondée en 1905
Association loi 1901 (J.O. 31 octobre 1931)
Siège social : Institut de Littérature française
(Université de Paris-Sorbonne)
1, rue Victor Cousin. 75005 PARIS

Président d'honneur : † M. Raymond Lebègue, Membre de l'Institut.

Membres d'honneur : MM. René Pintard, † Jacques Roger, Isidore Silver, † Robert Garapon.

BUREAU : juin 1992

Président : M. Roger Guichemerre.
Vice-Présidents : Mᵐᵉ Yvonne Bellenger.
M. Jean Céard.
Secrétaire général : M. François Moureau.
Secrétaire adjoint : M. Georges Forestier.
Trésorier : M. Alain Lanavère.
Trésorier adjoint : Mˡˡᵉ Huguette Gilbert.

La Société des Textes Français Modernes (S.T.F.M.), fondée en 1905, a pour but de réimprimer des textes publiés depuis le XVIᵉ siècle et d'imprimer des textes inédits appartenant à cette période.

Pour tout renseignement et pour les demandes d'adhésion : s'adresser au Secrétaire général, M. François Moureau, 14 *bis,* rue de Milan 75009 Paris.

Demandez le catalogue des titres disponibles et les conditions d'adhésion.

LES PUBLICATIONS DE LA SOCIÉTÉ DES TEXTES FRANÇAIS MODERNES SONT EN VENTE AUX ÉDITIONS KLINCKSIECK
8, rue de la Sorbonne 75005 Paris

EXTRAIT DU CATALOGUE

(janvier 1993)

XVIᵉ siècle

Poésie :

4. HÉROËT, *Œuvres poétiques* (F. Gohin)
5. SCÈVE, *Délie* (E. Parturier).
7-31. RONSARD, *Œuvres complètes* (P. Laumonier), 20 tomes.
32-39, 179-180. DU BELLAY, *Deffence et illustration. Œuvres poétiques françaises* (H. Chamard) *et latines* (Geneviève Demerson), 10 t. en 11 vol.
43-46. D'AUBIGNÉ, *Les Tragiques* (Garnier et Plattard), 4 t. en 1 vol.
141. TYARD, *Œuvres poétiques complètes* (J. Lapp.)
156-157. *La Polémique protestante contre Ronsard* (J. Pineaux), 2 vol.
158. BERTAUT, *Recueil de quelques vers amoureux* (L. Terreaux).
173-174, 193, 195. DU BARTAS, *La Sepmaine* (Y. Bellenger), 2 t. en 1 vol. *La Seconde Semaine (1584),* I et II (Y. Bellenger *et alii*), 2 vol.
177. LA ROQUE, *Poésies* (G. Mathieu-Castellani).
194. LA GESSÉE, *Les Jeunesses* (G. Demerson et J.-Ph. Labrousse).

Prose :

2-3. HERBERAY DES ESSARTS, *Amadis de Gaule (Premier Livre),* 2 vol. (H. Vaganay-Y. Giraud).
6. SÉBILLET, *Art poétique françois* (F. Gaiffe-F. Goyet).
150. NICOLAS DE TROYES, *Le Grand Parangon des Nouvelles nouvelles* (K. Kasprzyk).
163. BOAISTUAU, *Histoires tragiques* (R. Carr).
171. DES PERIERS, *Nouvelles Récréations et joyeux devis* (K. Kasprzyk).
175. *Le Disciple de Pantagruel* (G. Demerson et C. Lauvergnat-Gagnière).
183. D'AUBIGNÉ, *Sa Vie à ses enfants* (G. Schrenck).
186. *Chroniques gargantuines* (C. Lauvergnat-Gagnière, G. Demerson *et al.*).

Théâtre :

42. DES MASURES, *Tragédies saintes* (C. Comte).
122. *Les Ramonneurs* (A. Gill).
125. TURNÈBE, *Les Contens* (N. Spector).
149. LA TAILLE, *Saül le furieux. La Famine...* (E. Forsyth).
161. LA TAILLE, *Les Corrivaus* (D. Drysdall).
172. GRÉVIN, *Comédies* (E. Lapeyre).
184. LARIVEY, *Le Laquais* (M. Lazard et L. Zilli).

XVIIᵉ siècle

Poésie :

54. RACAN, *Les Bergeries* (L. Arnould).
74-76. SCARRON, *Poésies diverses* (M. Cauchie), 3 vol.
78. BOILEAU-DESPRÉAUX, *Épistres* (A. Cahen).
123. RÉGNIER, *Œuvres complètes* (G. Raibaud).
151-152. VOITURE, *Poésies* (H. Lafay), 2 vol.
164-165. MALLEVILLE, *Œuvres poétiques* (R. Ortali), 2 vol.
187-188. LA CEPPÈDE, *Théorèmes* (Y. Quenot), 2 vol.

Prose :

64-65. GUEZ DE BALZAC, *Les premières lettres* (H. Bibas et K.T. Butler), 2 vol.
71-72. Abbé de PURE, *La Pretieuse* (E. Magne), 2 vol.
80. FONTENELLE, *Histoire des oracles* (L. Maigron).
132. FONTENELLE, *Entretiens sur la pluralité des mondes* (A. Calame).
135-140. SAINT-ÉVREMOND, *Lettres* et *Œuvres en prose* (R. Ternois), 6 vol.
142. FONTENELLE, *Nouveaux Dialogues des morts* (J. Dagen).
144-147 et 170. SAINT-AMANT, *Œuvres* (J. Bailbé et J. Lagny), 5 vol.
153-154. GUEZ DE BALZAC, *Les Entretiens* (1657) (B. Beugnot), 2 vol.
155. PERROT D'ABLANCOURT, *Lettres et préfaces critiques* (R. Zuber).
169. CYRANO DE BERGERAC, *L'Autre Monde ou les Estats et Empires de la Lune* (M. Alcover).
182. SCARRON, *Nouvelles tragi-comiques* (R. Guichemerre).
191. FOIGNY, *La Terre Australe connue* (P. Ronzeaud).
192-197. SEGRAIS, *Les Nouvelles françaises* (R. Guichemerre), 2 vol.

Théâtre :

57. TRISTAN, *Les Plaintes d'Acante et autres œuvres* (J. Madeleine).
58. TRISTAN, *La Mariane. Tragédie* (J. Madeleine).
59. TRISTAN, *La Folie du Sage* (J. Madeleine).
60. TRISTAN, *La Mort de Sénèque, Tragédie* (J. Madeleine).
61. TRISTAN, *Le Parasite. Comédie* (J. Madeleine).
62. *Le Festin de pierre avant Molière* (G. Gendarme de Bévotte — R. Guichemerre).
73. CORNEILLE, *Le Cid* (G. Forestier et M. Cauchie).
121. CORNEILLE, *L'Illusion comique* (R. Garapon).
126. CORNEILLE, *La Place royale* (J.-C. Brunon).
128. DESMARETS DE SAINT-SORLIN, *Les Visionnaires* (H. G. Hall).
143. SCARRON, *Dom Japhet d'Arménie* (R. Garapon).
160. CORNEILLE, *Andromède* (C. Delmas).
166. L'ESTOILE, *L'Intrigue des filous* (R. Guichemerre).
167-168. *La Querelle de l'École des Femmes* (G. Mongrédien), 2 vol.
176. SCARRON, *L'Héritier ridicule* (R. Guichemerre).

Photocomposé en Times de 10
et achevé d'imprimer en mai 1993
par l'Imprimerie de la Manutention à Mayenne
N° 145-93